〔日〕东野圭吾 著

解忧杂货店

李盈春 译

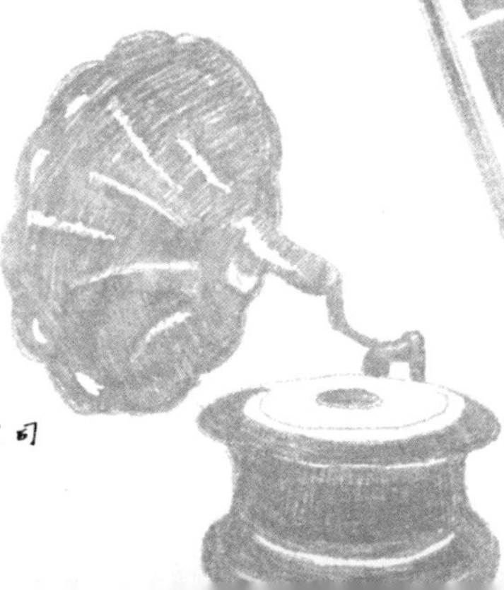

南海出版公司

新经典文化股份有限公司
www.readinglife.com
出　品

目 录

第一章　回答在牛奶箱里

1

“去那间废弃的屋子吧！”提议的是翔太，“我知道一间合适的废弃屋。”

“合适的废弃屋？什么意思？”敦也看着翔太问。翔太是个小个子，脸上还带着少年的稚气。

“合适的意思就是合适喽，正好可以用来藏身的意思。上次来踩点的时候偶然发现的，没想到还真派上了用场。”

“对不住啦，你们两个。”幸平高大的身躯缩成一团，恋恋不舍地盯着停在一旁的旧款皇冠车，“我做梦也没想到，竟然会在这种地方没电了。”

敦也叹了口气。

“现在再说这话，还有什么用。”

“可是，到底是怎么回事呢？明明之前什么问题也没有啊！也没把灯开着不关……”

“是年限到了。”翔太简短地说，“里程数看见没，已经超过十万公里，老化啦。本来就快报销了，跑到这里就彻底不行了。所以我早说了，要偷就偷辆新车。”

“唔……”幸平抱起胳膊，低吟了一声，“可是新车都有防盗装置。”

“不提这个了。”敦也摇摇手，“翔太，你说的那间废弃屋在附近吗？”

翔太歪头想了想。“走得快的话，二十分钟能到。”

“好，那就去看看吧！你带路。”

“行啊，但车子怎么办？丢在这里保险吗？”

敦也环顾四周，他们所在的地点是住宅区里按月付费的停车场，虽然现在有空位，可以把皇冠车停在那儿，但如果被车位的主人发现，势必会报警。

“虽然不大保险，但车子动不了也没办法。你们两个，没有不戴手套乱摸吧？这样应该就不会从车辆方面被追查到了。”

“那就是一切听天由命啰？”

“我不是说了只有这个办法了吗？”

“确认一下嘛。OK，跟我来吧。”

翔太轻快地迈出脚步，敦也跟在后面。他右手提着一个很沉的包。

幸平走在敦也身旁。

“喂，敦也，叫个出租车怎么样？再走一小段就到大路了，那儿会有空车过来吧。”

敦也冷哼了一声。

“这个时间，这个地点，三个形迹可疑的男人叫出租车，司机肯定会留下印象。等我们仨的画像一公布，那就全完啦。”

“司机会使劲盯着我们看吗？”

“万一盯着我们看呢？就算没盯着看，万一那家伙只要瞄一眼就能记住长相呢？”

幸平默默地走了几步，小声说了声对不起。

“算了，闭上嘴走路吧。”

三人在位于高地的住宅区里穿行，此时已是凌晨两点多。路边造型相似的民宅鳞次栉比，窗口的灯光几乎都已熄灭。尽管如此，还是不能掉以轻心。如果冒冒失失大声讲话，搞不好就会被人听到，告诉警察“深夜有几个可疑男人经过”。敦也希望警察认为嫌犯是乘车逃离现场，当然，前提是那辆偷来的皇冠没被立刻发现。

脚下是一条平缓的坡道，但走着走着，坡度愈来愈陡，住家也渐渐稀少。

“喂，要走到什么时候啊？”幸平喘着粗气问。

“还有一会儿。”翔太回答。

实际上，说完这话没多久，翔太就停下了脚步。路旁矗立着一栋房屋。

那是一栋不算大的商住两用民宅。住宅部分是木造的日式建筑，约两间[①]宽的店铺卷帘门紧闭。卷帘门上只安了一个信件投递口，什么也没写。旁边有一间看似仓库兼车库的小屋。

“就是这儿？”敦也问。

“嗯……”翔太打量着房子，迟疑地歪着头，“应该是吧。”

“什么叫应该是？不是这里吗？”

“不，就是这里。只不过好像跟上次来时有点不一样，感觉应该再新一点。”

“你上次是白天来的吧，会不会是这个原因？”

“有可能。”

敦也从提包里拿出手电筒，照了照卷帘门周围。

门的上方有一块招牌，依稀可以辨认出“杂货”的字样，前面大

---

①日本的长度计量单位，1 间为 6 尺，约合 1.818 米。

概是店名，但看不清楚。

“杂货店？在这种地方？会有客人上门吗？”敦也忍不住问。

“不就是因为没人上门才荒废了嘛。”翔太的理由很有说服力。

“说得也是。那我们从哪儿进去？”

“有后门，锁坏了。”

翔太招呼了一声“这儿”，便钻进杂货店和小屋之间的空隙。敦也等人也紧随其后。空隙约一米宽，边走边抬头望向天空，一轮圆月正悬挂在上方。

里面果然有个后门，门旁钉着一个小木箱。这什么啊，幸平咕哝着。

“你不知道吗？是牛奶箱，用来放送来的牛奶。”敦也回答。

“这样啊。”幸平佩服地看着木箱。

推开后门，三人走了进去。虽然有尘土的气息，但还没到让人不舒服的程度。进门是一块约两叠大小的水泥地，放着一台锈迹斑斑的洗衣机，八成已经不能用了。

脱鞋处摆着一双落满灰的凉鞋，他们穿着鞋径直便往里迈。

首先映入眼帘的是厨房。地上铺着木地板，窗边并列着水槽和灶台，旁边有一台双门冰箱，厨房中央摆放着餐桌和椅子。

幸平打开冰箱。“什么也没有呀。”他一脸无趣地说。

“那不是很正常吗？”翔太不满地嘟起嘴，“话说回来，要是有东西呢？你还打算吃？”

“我就是说说而已嘛。”

厨房旁边是和室，里面有衣柜和佛龛，角落里堆放着坐垫。还有一个壁橱，不过谁都没兴趣打开。

和室往前就是店铺。敦也用手电筒四下照了照，货架上只剩下寥寥的商品，都是些文具、厨房用品、清洁用具之类的。

“真走运！”正在查看佛龛抽屉的翔太叫道，“有蜡烛，这下不怕黑了！”

翔太用打火机点上几根蜡烛，摆在房间四处，房内顿时明亮了许多。敦也关掉了手电筒。

“总算松口气了。”幸平在榻榻米上盘腿坐下，“现在就等天亮啦。”

敦也取出手机，看了眼时间。凌晨两点半刚过。

“哟，里面还有这种东西。”拉开佛龛最下方的抽屉后，翔太翻出一本杂志，看样子是过期的周刊。

“给我看看。”敦也伸出手。

擦去灰尘，敦也重新审视着封面。一名年轻女子在封面上微笑，大概是演艺明星吧。他觉得自己仿佛在哪儿见过，仔细打量了一会儿才想起来，是个经常在连续剧里出演母亲角色的女演员，现在应该已经六十多岁了。

敦也把周刊翻过来，查看发行时间，发现是在距今约四十年前。他把这事告诉翔太和幸平，两人都惊得双目圆睁。

“真厉害！那个年代都发生什么事了？”翔太问。

敦也翻看着内页。周刊的样式和现在没什么区别。

“手纸和洗衣粉遭抢购，超市一片混乱……这个好像听说过。”

“噢，这我知道。”幸平说，“是石油危机。”

敦也扫了一遍目录，又翻了翻彩页便合上周刊。里面既没有明星写真，也没有裸女艳照。

“这家人是什么时候搬走的呢？”把周刊塞回佛龛的抽屉，敦也扫视着整个房间，“店里还有少量商品，冰箱和洗衣机也都在，似乎走得很匆忙。”

“准是连夜逃跑。”翔太断定，“没有客人上门，欠的债却越来越多，然后某天夜里就收拾细软跑路了。嗯，总之就是这么回事吧。”

“也许吧。”

“我饿了。”幸平可怜巴巴地说，“不知道附近有没有便利店？”

“有也不能去。”敦也瞪了幸平一眼，“天亮之前就在这儿老实待着。你睡上一觉，时间很快就过去了。”

幸平缩了缩脖子，抱着膝盖。“饿着肚子我睡不着呀。”

“而且榻榻米上全是灰，叫人怎么躺啊。”翔太说，“至少要找点东西铺在上面。”

“你们等一下。”敦也说着站起身，拿上手电筒，来到外面的店铺。

他在店里转悠着，用手电筒照着货架，希望找到塑料苫布之类的东西。

货架上有卷成筒状的窗户纸。敦也心想，把这铺开可以凑合用用，于是伸手去拿。就在这时，背后传来轻微的响动。

敦也吓了一跳，回头看时，只见一个白白的东西掉进卷帘门前的瓦楞纸箱里。用手电筒往纸箱里一照，似乎是封信。

一瞬间，敦也全身的神经都紧绷起来。信是从投信口丢进来的。三更半夜，又是废弃的屋子，不可能有邮递员来送信。可见，有人发现敦也他们躲在这里，并且有事情要告诉他们。

敦也做了个深呼吸，打开投信口的盖子，向外张望。本以为说不定已经被警车团团包围，不过跟预想相反，外面黑沉沉的，杳无人影。

稍稍松了口气，敦也拾起那封信。信封正面什么也没写，背面用圆圆的字体写着“月兔”。

拿着信回到和室，给翔太和幸平看过后，两人的脸色都变得十分难看。

“这是怎么回事，不是原来就放在里面的吗？”翔太说。

“是刚刚才丢进去的。我亲眼所见，绝对不会错。再说，你看看这信封，很新吧？如果原来就在那里，应该落满灰才对。”

幸平缩起高大的身体。“是警察吗……”

“我也这么想过，不过可能性不大。警察才不会这么磨磨蹭蹭。”

“是啊。”翔太喃喃道，“而且警察也不会用‘月兔’这样的名字。”

“那到底是谁呢？”幸平不安地转了转漆黑的眼珠。

敦也盯着这封信。从手感来看，内容相当厚实。如果里面是信纸，显然是一封长信。投信人究竟想告诉他们什么呢？

“不，不对。”他低声说，“这封信不是寄给我们的。”

为什么？幸平和翔太同时望向敦也。

“你们想想看，我们进这屋才多久？要是随手写个便条就算了，这么厚一封信，至少要写半个小时。”

“原来如此。听你这一说，还真是这样。”翔太点点头，“不过里头也不一定是信。”

“这倒也是。”敦也的目光又落到信封上。信封得很严密。他打定了主意，两手捏住封口处。

“你要干吗？”翔太问。

“拆开看看，这样最省事。”

“可是这封信不是写给我们的啊。”幸平说，“擅自拆开不大好吧？”

“没办法，谁叫信封上没写收信人。”

敦也撕开封口，戴着手套的手指伸了进去，拿出信纸。展开一看，上面密密麻麻写满了蓝色的字迹。第一行是“初次向您求教”。

“这什么意思？”敦也不禁脱口而出。

幸平和翔太也都凑过来看。

这是封十分奇妙的信。

初次向您求教，我是月兔，性别女。由于某种原因，请允许我隐去真名。

我从事某项体育运动，抱歉的是，这项运动的名称同样不便透露。至于缘由，我自己这样说也许有点自大，不过因为成绩不错，我入围了明年奥运会比赛的候选名单。所以如果说出这项运动的名称，某种程度上就可以知道我是谁。而我想要请教您的事，如果略去我是奥运会参赛候选人这一事实，又无法交代清楚，希望您能够理解。

我有一个深爱的男友。他是我最重要的理解者、帮助者和支持者，从心底期盼我能出征奥运会。他说，为了这一目标，他甘愿付出任何牺牲。

事实上，无论是物质上还是精神上，他都给了我无可估量的助力。正是因为他的无私奉献，我才能努力拼搏至今，再艰苦的训练也咬牙忍耐。我知道，只有站到奥运会的舞台上，才是对他最好的报答。

然而，噩梦却降临在我们身上。他突然病倒了。听到病名时，我眼前一片漆黑。是癌症。

医生坦白对我说，他的病基本没有治愈的希望，只剩下半年左右的时间了。虽然医生只告诉了我，但恐怕他自己也有所察觉。

他在病床上嘱咐我，不要挂念他的病情，全心投入训练，现在正是最关键的时期。实际上也的确如此，一系列的强化集训、出国比赛接踵而来，为了获得奥运会参赛资格，我必须奋发努力。这一点我心里很明白。

但在我内心深处，还有一个运动员之外的“我”。这个“我”想要和他在一起，放弃训练，陪伴在他身边，照顾他的生活。事实上我也向他提出过放弃参加奥运会，但他听后那悲伤的表情，我到现在想起都不禁落泪。他对我说，不要有这种想法，你参加奥运会是我最大的梦想，以后别再提起这个话题了。他还跟我约定，无论发生什么事，在我站上奥运会的舞台之前，他绝不会死，让我好好努力。

我们对周围的人隐瞒了他的真实病情。虽然计划奥运会后就结婚，但还没有通知双方家人。

我不知道该如何是好，每天都在迷茫中度过。尽管还在坚持训练，但完全集中不了注意力，成绩当然也难以提高。与其这样浪费时间，不如干脆放弃比赛算了——我也曾冒出这样的念头，但想到他那悲伤的表情，我又迟迟无法下定决心。

就在我愁肠百转的时候，偶然听说了浪矢杂货店的传闻。抱着一线希望，我写下这封信，期待您为我指点迷津。

随信附上回信用的信封，请您务必帮帮我。

月兔

2

读完信，三个人面面相觑。

“这是怎么回事？”翔太率先打破沉默，“为什么会有这种信投进来？”

“因为有烦恼吧。”幸平说，“信上是这么写的。”

“这我知道，我是说，为什么咨询烦恼的信会投到杂货店来？还是一家没有人住、早就荒废的杂货店。”

“这种事，你问我我也不知道啊。”

“我没问你，只是把疑问说出来而已。这到底是怎么回事？”

听着两人的对话，敦也往信封里望去。里面有一个叠好的信封，收信人那里用签字笔写着“月兔”。

“这是怎么回事呢？”他终于开口了，“看起来不像是煞费苦心的恶作剧，而是很有诚意地在请教，并且烦恼着实不轻。”

“该不会是搞错地方了吧？”翔太说，“肯定是别的地方有家替人解决烦恼的杂货店，被人错当成了这里。”

敦也拿起手电筒，欠身站起。“我去确认一下。”

从后门出来，绕到店铺前方，敦也用手电筒照向脏兮兮的招牌。

凝神看时，虽然招牌上油漆剥落殆尽，很难辨认，但“杂货”前面的字样应该是“浪矢”。

回到屋里，敦也把自己的发现告诉了两人。

“这么说，的确是这家店啰？一般会有人相信把信丢到这种废屋里，就能收到认真的答复吗？”翔太歪着头说。

“会不会是同名的店？”说话的是幸平，“正牌的浪矢杂货店在其他地方，这家因为名字一模一样所以被误认了？”

“不，不可能。那块招牌上的字很模糊，只有知道这里是浪矢杂货店才会认出来。更重要的是……”敦也找出刚才那本周刊，“我总觉得在哪儿见过。”

“什么在哪儿见过？”翔太问。

“‘浪矢’这个名字。好像是在这本周刊上吧。”

敦也翻开周刊的目录，匆匆浏览着，很快目光停在了一个地方。

那篇报道的标题是“超有名！解决烦恼的杂货店”。

“就是这篇，不过不是‘浪矢’，是‘烦恼’[①]……”

翻到对应的页数，报道的内容如下：

一家能够解决任何烦恼的杂货店很受欢迎，那就是位于××市的浪矢杂货店。只要把想咨询的事情写在信里，晚上投进卷帘门上的信箱投递口，第二天就能从店后的牛奶箱里得到答案。店主浪矢雄治（七十二岁）笑着讲述道：

“这件事的起因是和附近的孩子们拌嘴。他们故意把‘浪矢’(namiya)念成‘烦恼’(nayami)，看到招牌上写着‘提供商品订购服务，欢迎咨询’，又来问我：‘爷爷，那咨询烦恼也行吗？’我说‘行行，咨询什么都行’，他们就真的跑来咨询。因为原本只是开玩笑，所以一开始问的问题都没什么正经，像是‘讨厌学习可又想成绩单上全五分，该怎么办’之类的。但我坚持认认真真地回答每个问题，渐渐严肃的咨询多了起来，比如‘爸爸妈妈整天吵架，觉得很痛苦’这样的。没过多久，咨询方式就变成写信投进卷帘门上的信箱里，回信放在店后的牛奶箱中。这样一来，匿名的咨询也可以得到回复了。后来从某个时期开始，也逐渐有成年人来咨询烦恼。虽然跟我这个普通的老头子讨教也没什么用，我还是会用自己的方式努力思考，做出回答。”

在被问到“什么样的问题比较多”时，店主回答说恋爱问题占大多数。

“不过老实说，这类问题是我最不擅长的。”浪矢先生说。这大概是他自己的烦恼吧。

---

①原文中“浪矢（ナミヤ）”和“烦恼（ナヤミ）”均以片假名书写，十分相似。

报道配了一张不大的照片，照片上毫无疑问就是这家店。一位瘦小的老人站在店前。

“看来这本周刊不是凑巧留下来的，而是特意收藏的，上面登着自家的店嘛。不过，还是很让人吃惊啊……”敦也喃喃道，“这就是能咨询烦恼的浪矢杂货店？到现在还有人来咨询吗？都已经过去四十年了。”说着，他望向“月兔”的来信。

翔太拿起信件。

“信上说‘听说了浪矢杂货店的传闻’，从这句话的口气来看，好像是最近才听说的。莫非现在还有这样的传闻？”

敦也交抱起双臂。“也没准，虽然很难想象。”

“会不会是从哪个糊涂的老人家那儿听说的？”幸平说，“那个老人家不晓得浪矢杂货店已经变成现在这样了，才会把这个传闻告诉了月兔。”

“不可能。如果是那样，她一看到这栋屋子就会发现不对劲。很明显，这里早就没人住了。”

“那就是月兔的脑子有问题。烦恼过了头，神经衰弱啦。”

敦也摇摇头。“脑子有问题的人写不出这样的文章。”

“那到底是怎么回事？”

“我这不是正在想吗！”

“说不定——”翔太提高了声音，“现在还在继续？”

“什么继续？”

“烦恼咨询呀，就在这儿。”

“这儿？什么意思？”

“虽然这儿现在没人住了，但没准还在接受烦恼咨询。那个老头儿住在别的地方，时不时过来收一下信，然后把回信放在后面的牛奶箱里。这样就说得通了。”

“虽然能说得通，但这等于假设老头儿还活着，那他早就超过一百一十岁了。”

“也许已经换了店主呢？”

“可是完全看不出有人进出的迹象啊。”

“他不用进屋，只要打开卷帘门就能收信了。”

翔太的话不无道理。为了查个明白，三人一起来到店里，却发现卷帘门已经从里面焊死，无法打开。

“见鬼！”翔太啐了一口，“到底是怎么回事啊？”

三人回到和室。敦也重又读起月兔的来信。

“那现在怎么办？”翔太问敦也。

“算了，不用放在心上。反正我们天一亮就走了。”敦也把信纸塞回信封，放到榻榻米上。

三人陷入短暂的沉默。隐约有风声传来，烛焰微微摇曳着。

“这个人该怎么办呢？”幸平咕哝了一句。

“你说什么？”敦也问。

“就是奥运会啊。”幸平接着说，“她真的要放弃吗？”

“谁知道呢。”敦也摇摇头。

“这样恐怕不好吧。”说话的是翔太，“她的恋人可是一心盼着她参加奥运会啊。”

“可是心上人都病得快死了，这个时候怎么训练得下去。还是陪在男友身边比较好。这也是她男友真正的想法，不是吗？”幸平很难得地用坚定的口气反驳。

“我不这么觉得。她男友就是为了想看到她参加奥运会的英姿，才和病魔顽强搏斗，想要努力活到那一天。要是她放弃了，男友不就没有活下去的动力了吗？”

“可是她信上也写了，现在干什么都没心思。照这样下去，奥运会只怕也没戏。要是既没能陪伴恋人，到最后心愿又没实现，那不是雪上加霜？”

“所以她得拼死努力才行啊。现在不是纠结这纠结那的时候，为了恋人，她也要刻苦训练，夺得奥运会入场券。这是她唯一的选择。”

“啊？”幸平皱起眉头，“这我可做不到。”

“又没叫你做，是跟月兔说的。”

“可是我自己做不到的事情，是不会要别人去做的。翔太，如果是你呢？你做得到吗？”

被幸平一问，翔太顿时语塞。“敦也你呢？”他赌气似的转向敦也问。

敦也看看翔太，又看看幸平。

“我说你们两个，较哪门子的真啊，这种事我们没必要操心。”

“那这封信怎么办？”幸平问。

“怎么办……没法办。”

“可是总得写封回信吧，不能丢开不管呀。”

“什么？”敦也看着幸平的圆脸，“你想写回信？”

幸平点点头。

“还是回封信的好，毕竟是我们擅自拆看了人家的信。”

“你说什么呢。这里本来就没人住，要说不对，也是往这种地方投信的人不对。没有回信也是理所当然。翔太，你也是这么想的吧？”

翔太摸了摸下巴。“嗯，这么说也没错。”

“是吧？丢到一边得了，别多管闲事。”

敦也去店铺里拿了几卷窗户纸回来，递给两人。

“好了，把这个铺上睡觉！”

翔太说了声“Thank you”，幸平说了声“谢谢”，接了过来。

敦也把窗户纸铺到榻榻米上，小心翼翼地躺了下去。就在他合上眼打算睡一觉时，却发现那两个人好像还没动，于是又睁开眼睛，抬头望去。

两人仍然抱着窗户纸盘坐在那儿。

“不能带过去吗？”幸平自言自语道。

“带谁？”翔太问。

“她那个生病的男友。要是集训啊海外比赛啊都带他过去，就能一直在一起了，训练和比赛也都不耽误。”

“恐怕不行吧。她男友可是个病人啊，而且只有半年的命了。”

“但我们还不知道他能不能走动。如果可以坐轮椅行动的话，不就能带他一起去了吗？”

“要是还能坐轮椅，她就不会来咨询了。八成已经卧床不起，动不了了吧。”

“这样吗？”

“应该没错啦。”

“喂！”敦也开口道，“怎么还在扯这种无聊的事？不是叫你们别管了吗！”

两人讪讪地闭上嘴，低下了头。但很快翔太又抬起头来。

“你的意思我明白，但心里总觉得放不下。因为这个月兔好像真的特别苦恼，让我很想帮她一把。”

敦也冷哼一声，坐起身来。

“帮她一把？别让人笑掉大牙了。我们这种人能帮上什么忙？要钱没钱，要学历没学历，要门路没门路，也就能干干闯空门这种不入流的勾当。而且就连这么简单的活计，都没能顺顺当当地完成。好歹抢了点值钱东西，逃跑用的车又坏了，所以现在才窝在这个地方吃灰。我们连自己的事情都搞不定，还给别人出主意，怎么可能？”

敦也滔滔不绝，翔太缩着脖子，垂下了头。

“总之赶快睡觉！天一亮上班的人就都出门了，到时我们就混进人群里逃走。”说完敦也又躺了下去。

翔太终于开始铺窗户纸，不过动作很慢。

“哎，”幸平犹豫着开了口，“还是写点什么吧？”

“写什么？”翔太问。

“回信呀。就这么置之不理，心里总有点在意……”

“你傻了吗？”敦也说，“在意这种事情干吗？”

“可是，我觉得哪怕随便写点什么，也比不写好得多。有人肯倾听烦恼就已经很感激了——很多人不都会有这种感受吗？这个人的苦恼没法向周围人倾诉，所以很痛苦，就算我们给不了什么好建议，回上一句‘你的苦恼我已经明白了，请继续努力’，她也会多少得到点安慰吧？”

“嘁！”敦也啐了一声，“那就随便你。真没见过你这么愣的。”

幸平站起身。“有没有写字用的东西？”

“店里好像有文具。”

翔太和幸平去了外面的店铺，过了一会儿，两人嘎吱嘎吱地踩着地板回来了。

“找到文具了吗？”敦也问。

“嗯。签字笔都写不出来了，不过圆珠笔还能用，而且还有信纸。”幸平高兴地说着，走进隔壁的厨房，在餐桌上铺开信纸，然后坐到椅子上，“那么，写点什么好呢？”

“你刚才不是说了吗？‘你的苦恼我已经明白了，请继续努力’，这么写不就行了。”敦也说。

“光写这个未免太冷淡了吧。”

敦也咂了下嘴。“你爱怎么写怎么写。”

“刚才说的那个怎么样？就是把男朋友带在身边的方案。”翔太说。

“要是做得到，她就不会来咨询了。这不是你自己说的吗？”

“我是说过没错，不过还是先跟她确认一下吧？”

拿不定主意的幸平转向敦也。“你觉得呢？”

“不知道。”敦也把头扭到一边。

幸平拿起圆珠笔。动笔之前，他又看了看敦也和翔太。

“信的开头是怎么写来着？”

“噢，得写点客套话，什么敬启者啊，寒暄省略之类的。”翔太说，“不过这种用不着吧，她的来信上也没写这些。就当电子邮件一样写好了。”

“这样啊，当邮件一样写。嗯，邮件——不对，是‘来信已经读过了’。来、信、已、经、读、过、了……”

“不用念出来。”翔太提醒道。

幸平写字的声音连敦也都听得到，一笔一画写得很用力。

没过多久——“写好啦！”幸平拿着信纸过来了。

翔太接了过来。“字真烂啊。”

敦也也从旁瞄了一眼，字果真很烂，而且几乎全是平假名。

来信已经读过了。确实很难办啊，我完全理解你的烦恼。我有一个想法，能不能把你男朋友带到你要去的地方？对不起，出不了什么好主意。

“怎么样？”幸平问。

“挺好的啊。”翔太回答，“对吧？”他寻求敦也的赞同。

“随便啦。”敦也说。

幸平把信纸仔细折好，放进收信人写着“月兔”的那个信封。“我去放到牛奶箱里。”说着，他从后门走了出去。

敦也叹了口气。

“真是的，他脑子里在想什么呢？给一个素不相识的人出主意，也不看看现在是什么时候。连翔太你也跟着凑热闹，到底想干吗啊？”

“别这么说嘛，偶尔一次有什么关系。”

“什么叫‘偶尔一次’？”

“平常我们哪儿有机会倾听别人的烦恼，也没人会想找我们咨询，恐怕一辈子都不会有。这是第一次，也是最后一次。所以说反正就这么一次，有什么不好？”

敦也又哼了一声。“你们这叫不自量力。”

幸平回来了。

“牛奶箱的盖子太紧了，简直败给它了。好久没人用了吧？”

“是啊，现在早就没人送——”敦也正要说出“牛奶”两字，突然顿住了，“幸平，你的手套呢？”

“手套？在那儿。”幸平指了指餐桌。

“你几时摘下来的？”

“写信的时候。因为戴着手套很难写字……”

“混蛋！”敦也刷地站起，“信纸上有可能沾上指纹了！”

“指纹？有什么危险吗？”幸平一脸迷糊地问。

敦也恨不得往他那圆脸上抽一巴掌。

“警察很快就会知道我们躲在这儿！要是那个叫月兔的女的没去牛

奶箱取信怎么办？人家一查指纹，我们就全玩完了！你交通违章的时候被采集过指纹吧？”

“啊……没错。”

“嘁！就说别多管闲事。”敦也抓起手电筒，大踏步穿过厨房，来到后门外。

牛奶箱的盖子盖得严严实实，就像幸平说的，的确很坚固。但敦也还是使尽全力把它打开。

用手电筒照进去，里面空空如也。

敦也打开后门，朝屋里问道：“喂，幸平，你把信放哪儿了？”

幸平边戴手套边走出来。

“没放哪儿，就放在那个牛奶箱里。”

“里面没有啊！”

“咦？不可能……”

“不会是你以为放进去了，其实掉出来了吧？”敦也用手电筒照着地面。

“绝对没那回事，我确实放进去了。”

“那它哪儿去了？”

“不知道……”就在幸平迷惑不解的时候，急促的脚步声响起，翔太冲了出来。

“怎么了？出什么事了？”敦也问。

“我听到店铺那边有动静，过去一看，这个掉在投信的小窗下面。”翔太脸色苍白，递出一个信封。

敦也屏住呼吸，关掉手电筒，蹑手蹑脚地绕到房屋侧面，躲在阴影里偷偷观察店铺门口。

然而——

那里没有人影，也没有人离去的迹象。

3

感谢您及时的回信。昨晚把信投进店里的信箱后，今天一整天我都在担心，咨询这种棘手的问题会不会让您很为难。收到回信后，我总算放心了。

浪矢先生的建议很合理。可能的话，我也想带他去我出国比赛和集训的地方。但考虑到他的病情，这是行不通的。因为一直在医院里积极接受治疗，他才得以暂时控制住病情的恶化。

您或许会想，既然如此，不妨在医院附近进行训练。但他所在的医院周边没有我训练所需的场地和设施，目前我只能在没有训练的日子里，花很长时间去看他。

与此同时，下一次强化集训的出发日也快到了。今天我去见了他，他让我好好训练，拿出好成绩，我点头答应了。其实我真正想说的是，我不想去集训，我想陪伴在你身边。但我还是极力忍住了。我知道如果这样说，他一定会很伤心。

即使分隔两地，我还是希望至少能看到他的脸。有时我会幻想，要是有漫画里出现的那种可视电话多好啊。这是在逃避现实吧。

浪矢先生，非常感谢您愿意分担我的烦恼，尽管只是通过书信向您倾诉，也让我心情轻松了不少。

虽然答案只能由我自己得出，但如果您有什么想法，请回信给我。反之，如果您再想不出什么建议，也请如实告诉我。

我不想让您为难。

无论如何，明天我都会去牛奶箱那里看看。

拜托您了。

月兔

最后一个读完信的是翔太。他抬起头，眨巴着眼睛。“这是怎么回事？”

“我哪儿知道！”敦也说，“怎么会这样？这是什么啊？”

“不是回信吗？月兔投进来的。”

幸平这么一说，敦也和翔太同时望向他。

“为什么会投进来？”两人异口同声地问。

“为什么……”幸平抓了抓头。

敦也指了指后门。

“你把信放到牛奶箱里，也就是五分钟前的事。我们紧接着过去看时，信已经消失了。就算是那个叫月兔的女的取走了信，写这么一封回信总得花点时间吧？可是马上第二封信就来了，再怎么想都很奇怪。”

“我也觉得奇怪，但这千真万确就是月兔的回信，不是吗？因为她很详细地回答了我的问题。”

敦也无法反驳幸平的话，他说得确实没错。

“给我看看。”说完，敦也从翔太手里抢过信来，从头又读了一遍。如果不知道幸平的回答，的确写不出这样的信。

“见鬼，这怎么回事？有人在耍我们么？”翔太焦躁地说。

“你说对了！”敦也指着翔太的胸口，“是有人设计好的！”敦也把信扔到一边，拉开旁边的壁橱，里面只有被褥和瓦楞纸箱。

“敦也，你这是干吗？”翔太问。

“我看看有没有人藏在这里。肯定是有人偷听到幸平写信前的对话，抢先一步写好回信。不对，还可能装了窃听器。你们俩也去那边找找！”

“等等，谁会干这种事？”

“谁知道，搞不好哪里有这种变态，喜欢恶整躲进这栋废弃屋的人。”敦也用手电筒照着佛龛里面。

翔太和幸平还是没动。

“怎么啦？干吗不去找？”

被敦也一问，幸平歪起脑袋。

“嗯……我看不大像，不会有人干这种事。”

“但事实不是明摆着吗？除此之外没有别的可能了。”

“也许吧。”翔太看起来并没有释然，“那信从牛奶箱里消失呢？”

“那个……是耍的什么花招吧，就跟变戏法一样。”

“花招啊……”

幸平又读了一遍信，然后抬起头。“这个人，有点怪啊。”

“怎么说？”敦也问。

“你看，信上说‘要是有可视电话多好啊’，这个人没有手机吗？还是手机没有视频通话功能？”

“应该是医院里不能用手机吧？”翔太答道。

“可是她还说‘漫画里出现的那种’，她肯定不知道有能视频通话的手机。”

“怎么会？如今这时代，不可能啊。”

“不，肯定是这样。好吧，我来告诉她！”幸平朝厨房的餐桌走去。

“喂，你干吗？还要写回信？只会被人家耍啦！”敦也说。

“可是，现在还不知道是不是这样。”

“绝对是有人恶作剧。那个人听到刚才那番话，又会抢先写好回信——不对，等一下！”敦也脑海里灵光一闪，“原来是这样啊。好了幸平，你去写回信。我想到了一个好办法。”

“怎么突然改主意了？”翔太问。

“没事，你们马上就知道了。”

不一会儿，幸平搁下了圆珠笔：“写好啦！”敦也站在一旁，看着信纸，字还是很烂。

> 第二封来信已经读过了。告诉你一个好消息，有能视频通话的手机，各家制造商都出的。在医院里悄悄用，别被发现就行了。

“这么写行吗？”幸平问。

“可以啊。”敦也说，“怎么样都行，快装进信封。”

第二封来信里同样附了一个收信人为“月兔”的信封，幸平把信纸折好，放到信封里。

“我也一道过去，翔太，你留在这儿。”敦也握着手电筒，走向后门。

到了门外，幸平一直看着信掉进牛奶箱。

“很好，你找个地方躲起来，盯着这个箱子。”

“明白。敦也你呢？”

“我到前面守着，看看到底是什么人来投信。”

敦也绕到屋前，从暗处窥伺门口的动静。此时还寂无人影。

过了片刻，他感觉背后似乎有人靠近，回头一看，是翔太过来了。

“搞什么，不是叫你待在屋里吗？”敦也说。

“有人出现吗？”

“还没有，所以我还在这儿守着。”

翔太一听，顿时半张着嘴，露出迷惘的表情。

“你怎么了？”敦也问。

翔太把一个信封递到他面前。“来了。”

“什么来了？”

“就是，”翔太舔了舔嘴唇，继续说道，“第三封来信。”

4

谢谢您再次回信。有人能理解我的苦恼，我就已经感到轻松了不少。

不过很抱歉，您这次的回信我看不太懂，不，老实说，是完全无法理解。

可能是我学习不用功，没什么文化的缘故吧，浪矢先生为了鼓励我特意讲的笑话也理解不了，真是太惭愧了。

妈妈常跟我说，不懂的事不能马上就去问人，自己要先努力查找答案。我也尽可能地这样做。但是这一次，我无论如何都搞不明白。

手机到底是什么东西呢？

因为您是用片假名写的，我想可能是外来语，但没查到这个词。如果是英语，应该是“catie”或者“katy”[①]，但似乎也都不对，可能不是英语吧？

不知道“手机”这个词的意思，浪矢先生宝贵的建议就无

①手机的日文发音是“ke-i-ta-i”。

异于对牛弹琴。希望您能不吝赐教。

在您百忙之中还为这种事来打扰，实在万分抱歉。

月兔

月兔的三封来信并排摆在餐桌上，三人围坐在桌前。

“我们来理理头绪。”翔太开口说，“这回幸平放到牛奶箱里的信又消失了。幸平一直在暗处盯着，但没有人靠近过牛奶箱。另一边，敦也盯着店门口，也没有人靠近过卷帘门。可是第三封信却放进来了。到这里为止，我说的有什么和事实不符的吗？”

“没有。”敦也简短地回答，幸平也默默点头。

“也就是说，”翔太竖起食指，“没有人接近过这里，但幸平的信消失了，月兔的信投进来了。牛奶箱和卷帘门我都仔细检查过，没有任何机关。你们觉得这是怎么回事？”

敦也靠在椅背上，十指交叉抱在脑后。

“就是因为想不明白，才会这么苦恼啊。”

“幸平你呢？”

幸平晃了晃圆圆的脸颊。“我不知道。”

“翔太，你想到什么了吗？”

敦也一问，翔太就低头看着三封来信。

“你们不觉得纳闷吗？这个人竟然不知道手机，还以为是外来语。”

“就是开个玩笑吧。”

“是这样吗？”

“当然是，现在哪儿有不知道手机的日本人啊！”

翔太随即指向第一封来信。

“那这怎么解释？这上面提到‘明年的奥运会’，可是仔细一想就知道，明年既没有冬季奥运会也没有夏季奥运会。前两天伦敦奥运会才刚闭幕。”

敦也不由得“啊”了一声。为了掩饰失态，他皱起眉头，揉了揉鼻子下面。“一定是她记错了吧？”

“是吗？这么重要的事情也会记错吗？她可是以参加奥运会为目标啊。而且她连可视电话都不知道，你不觉得这也太离谱了吗？”

“那倒也是……”

“除此之外，还有一件特别诡异的事。”翔太压低了声音，“我刚才在外面的时候注意到的。”

“什么事？”

翔太闪过一丝犹豫的神色，然后才开口。

“敦也，你现在手机是几点？”

“手机？”敦也从口袋里拿出手机，看了眼时间，“凌晨三点四十。”

“嗯。也就是说，我们已经在这里待了一个多小时了。”

“是啊，这有什么问题吗？”

“嗯，还是……跟我来吧。”翔太站了起来。

他们再次从后门来到屋外。翔太站在屋子与隔壁仓库的空隙当中，抬头望着夜空。

“第一次经过这里的时候，我记得月亮是在正上方。”

“我也记得，怎么了？”

翔太目不转睛地望着敦也。

“你不觉得不对劲吗？已经一个多小时过去了，月亮的位置几乎没变过。”

敦也愣了一下，不明白翔太在说什么。但他很快就反应过来，顿时心脏狂跳，脸颊发烫，背上冷汗直流。

他拿出手机，显示的时间是凌晨三点四十二分。

“到底怎么回事？为什么月亮没有移动？”

“也许现在这个季节月亮就是不大移动吧……”

“哪儿有这种季节！”翔太立刻驳斥了幸平的意见。

敦也看看自己的手机，又看看夜空的月亮。究竟发生了什么，他完全摸不着头绪。

“对了！”翔太开始操作手机，像是在给哪里打电话。

打着打着，他的脸色僵住了，眼睛眨个不停，失去了刚才的从容。

“怎么啦？你在给谁打电话？”敦也问。

翔太没作声，把手机递了过去，示意他自己听。

敦也将手机贴到耳边，里面传来一个女声：

“现在为您报时：凌晨两点三十六分。”

三人回到屋里。

“不是手机坏了，”翔太说，“是这栋屋子的问题。”

“你是说，屋里有什么东西让手机的时钟不准了？”

对敦也的看法，翔太没有点头认同。

“我觉得手机的时钟没有出错，还在正常运转，只是显示的时间和实际时间不一样。”

敦也皱起眉头。“怎么会这样？”

“我想，可能是这栋屋子和外界在时间上被隔绝了。两边时间的流逝速度不同，这里很长的一段时间，在外界只是短短一瞬间。”

“啊？你说什么呢？”

翔太又看了一眼来信，然后望向敦也。

“没有人靠近这间屋子，幸平的信却消失了，月兔的信也来了。照常理来说，这种事情是不可能发生的。那么，我们不妨这样想，有人取走了幸平的回信，读过后又送来了下一封信，只是这个人我们看不到。”

“看不到？是透明人吗？”敦也说。

“噢，我懂了！是幽灵在捣鬼。这里还有这玩意儿啊？”幸平缩起身体，环视着周围。

翔太缓缓摇头。

“不是透明人，也不是幽灵。那个人，不是这个世界的人。”他指着三封来信，继续说道，“是过去的人。”

“过去？什么意思？”敦也的声音高了八度。

“我的想法是这样的，卷帘门上的投信口和牛奶箱连接着过去。过去的某个人把信投到那个时代的浪矢杂货店里，现在的这个店就会收到。反过来，我们把信放到牛奶箱里，就会进入过去的牛奶箱。虽然不知道为什么会发生这种事情，但从这个角度来想，一切都说得通了。”

月兔是过去的人——翔太最后得出结论。

敦也一时哑然。他不知道说什么好，大脑自动拒绝思考。

“怎么可能？”他好不容易说出话来，“不可能有这种事！”

“我也这么觉得，但这是唯一合理的解释。如果不同意，你来另外想个解释，要说得通的。”

被翔太这么一说，敦也无话可答。他当然想不出其他说得通的解释。

“就因为你要写什么回信，事情才会变得这么麻烦！”敦也不由得迁怒于幸平。

“对不起……”

“别怪幸平了。如果被我说中了，这可是件很了不得的事。我们是在和过去的人通信呢！”翔太两眼放光。

敦也陷入了迷茫，不知道该做什么，也不知道该怎么做。

“走吧！”说着，他欠起身，“离开这地方。”

那两人惊讶地望着他。“为什么？”翔太问。

“因为这里让人觉得不舒服。万一事情越来越麻烦就糟了。走吧，可以藏身的地方有的是。在这间屋子里待再久，实际的时间也几乎没有变化。如果天一直不亮，我们躲在这儿也没什么意义。”

然而那两人没有同意，都沉着脸默不作声。

“怎么了？你们倒是说句话呀！”敦也吼道。

翔太抬起头。他的眼里闪着认真的光芒。

“我想再待一会儿。”

“为什么？”

翔太侧头沉吟着。

“我也说不清楚为什么，但是我知道，我正在经历一件很神奇的事情。这样的机会太难得了……不，该说是一生都不会再有。所以我不想白白浪费。你要走就走吧，我还想在这儿再待一会儿。”

“待在这种地方干吗？”

翔太看了眼桌上的一排来信。

“写写信啰。能和过去的人交流，真是太棒了。”

“嗯，没错！”幸平也点头附和，“这个月兔的烦恼也不能不帮她解决啊。”

敦也看着两人，往后退了几步，重重地摇头。

“真搞不懂你们俩，到底在想什么呢？跟过去的人通信，有什么好开心的？算了吧，要是被卷进怪事里怎么办？我可不想牵扯进去。”

“所以我不是说了吗，你想走就走啊。”翔太的表情放松下来。

敦也深吸了一口气，想要反驳，却无话可说。

“随便你们了，反正会发生什么事，谁也不知道。”

他回和室抓起提包，看也没看两人便从后门离开。抬头望向天空，那轮圆月的位置依然几乎没有变化。

敦也取出手机。他想起手机里内置有电波钟，便试着自动校时。一瞬间液晶屏上显示的时间，和刚才报时电话里听到的时间分毫不差。

路灯寥寥的幽暗道路上，敦也一个人走着。深夜的空气冰凉沁人，但他脸上热得如火烧一般，浑然不觉。

不可能有这种事情，他想。

投信口和牛奶箱通向过去，名叫月兔的女子是从过去寄来的信？

太荒唐了！虽然这么想的确解释得通，但实际上不可能发生这种事情。一定有什么地方搞错了，有人在捉弄他们。

就算真的被翔太说中，那种不正常的世界，绝对是敬而远之为妙。万一出了什么事，谁也指望不上，只能自己顾好自己。他们一直都是这样活过来的。若非必要，和别人扯上关系不会有任何好事。更何况对方是过去的人，并不能帮现在的他们什么忙。

走了一阵子，敦也来到了大路上。身边偶尔有车经过。沿着这条路走下去，前方出现了一家便利店。

我饿了——他想起幸平可怜巴巴的声音。待在那种地方，如果不睡上一觉，只会更加饥肠辘辘。他们到底打算怎么办呢？还是说，只要时间不流逝，肚子也不会变饿？

这个时间去便利店，只怕会被店员记住长相。更重要的是，还会被监控系统拍到。那两人就不管了，他们俩会自己解决的吧。

想是这么想，敦也还是停下了脚步。现在便利店里除了店员，似乎没有别人。

敦也叹了口气。没办法，谁叫我人好呢——他把提包藏到垃圾箱后面，推开了玻璃门。

买了饭团、甜面包和瓶装饮料，敦也离开了便利店。店员是个年轻人，一眼也没看敦也。监控系统虽然可能在运作，但这个时间买东西，也不见得就会被警察怀疑。没准人家反倒会想，如果是案犯，这样的举动也太反常了吧。敦也决定尽量往好处想。

他取回藏起的包，折返来路。把吃的给了那两人就走，他可不想在那栋古怪的屋子里久留。

很快废弃屋就到了。庆幸的是，路上一个行人也没碰到。

敦也再次打量着这栋屋子。望着紧闭的卷帘门上的信箱投递口，他不禁想，如果现在从这边投下信件，会到达哪个时代的浪矢杂货店呢？

穿过屋子与仓库间的空隙，他来到后门外。门敞开着。他朝里面张望了一下，走了进去。

“啊，敦也！”幸平兴高采烈地说，“你回来啦！已经一个多小时了，我还以为你不回来了呢！”

“一个小时？”敦也看了看手机上的时间，“才十五分钟啊。而且我不是回来，是给你们送吃的。”

“哇！”幸平眼前一亮，马上伸手去抓饭团。

“在这儿待着，什么时候天才亮啊？”敦也对翔太说。

“这个嘛，我已经想到好办法了。”

“好办法？”

“后门现在敞开着，对吧？”

“嗯。”

“这样屋里和屋外的时间就同步了。我和幸平试了各种各样的法子，最后才发现的。而且这样一来，和你的时间差也只有一个小时了。”

“这样啊……”敦也凝视着后门，“这到底是什么机关啊？这屋子是怎么回事？”

“怎么回事不知道，不过这样你就没必要出去了。待在这儿也能等到天亮。”

“是啊，还是在一起的好。”幸平附和道。

“可你们还要写那奇怪的信吧？”

“有什么关系嘛。你要是讨厌的话，就别管了。不过我们其实挺想听听你的看法。”

听了翔太的话，敦也皱起眉头。“我的看法？”

“你出去后，我们写了第三封回信，然后又收到了来信。你先看一遍嘛。”

敦也看着他们，两人的眼神都似乎有事要告诉他。

“我也就看看啊。”说着，他坐到椅子上，“你们回信是怎么写的？”

“这里有草稿。”翔太把一张信纸放到他面前。

翔太他们的第三封回信内容如下。写信的应该是翔太，字很好认，也用上了汉字。

关于手机的事，你还是忘了吧。这跟现在的你没有关系。

请再多说一些你和男友的情况。特长是什么？两人有共同的爱好吗？最近有没有一起出去旅游？看过电影吗？如果喜欢音乐，最近的大热歌曲里你喜欢什么歌？

如果你能告诉我相关的信息，我就可以更好地给出建议。拜托了。

（写信的人换了，请不要在意。）

浪矢杂货店

“这都什么呀？为什么要问这些问题？”敦也扬着信纸问。

“因为首先要搞清楚这个月兔是什么时代的人，不然说话也对不上啊。”

“那直接问‘你是哪个时代的’不就行了？”

听了敦也的回答，翔太皱起眉头。“你得替对方想想，人家可不知道这个状况。突然问这种话，她只会觉得我们脑子坏了。”

敦也鼓起下嘴唇，伸手抓了抓脸颊。他实在没法反驳。“那对方是怎么回答的？”

翔太从桌上拿起一封信。“你先读读看。”

干吗这么神秘兮兮的，敦也心里嘀咕着，从信封里取出信纸展开。

感谢您再一次的回信。上次投完信后，我一直在查询手机的事情，也向周围的人打听过，但还是不明白。虽然很想知道答案，但如果跟我没有关系，现在就不去多想了。如果有一天您能告诉我，我会不胜感谢。

您说得对，应该多跟您说说我们是怎样的人。

就如第一封信中所说，我是一名运动员。他以前也从事同样的运动，我们因此而结识。他也曾是奥运会候选选手。但除此之外，我们都是很普通的人。说到共同的爱好，应该是看电影。今年看过的电影有《超人》、《洛奇2》。《异形》也看了，他觉得很精彩，不过我不太喜欢这种类型。我们也常听音乐，最近比较喜欢Godiego和南天群星这两个组合。您应该也觉得《可爱的艾莉》是一首名曲吧？

写着写着，我又回想起他还没生病时的日子，心情愉快多了。莫非这就是浪矢先生的目的？无论如何，这样的往复书简（或许这么说有点怪）的确鼓励了我。如果可以，明天也期待您的回信。

月兔

“原来如此。”读完信后，敦也喃喃道。

“《异形》和《可爱的艾莉》啊……这样就能大致知道时代了吧？应该是咱们父母那一辈人。”

翔太点点头。

“刚才我用手机查了一下。噢，对了，这间屋子里没有手机信号，打开后门就有了。这个先不提，我查了信上提到那三部电影的上映年份，都是一九七九年。《可爱的艾莉》也是一九七九年发布的。”

敦也耸了耸肩。

“挺好啊，这样就能确定是一九七九年了。”

“没错。也就是说，月兔想要参加的奥运会，是一九八〇年的那届。”

“应该是吧。那又怎样？”

翔太目不转睛地盯着敦也，仿佛要看穿他内心深处。

“怎么了？”敦也问，“我脸上粘了什么东西吗？”

“该不会你也不知道吧？幸平不知道也就罢了，连你也……”

“快说是怎么回事？”

翔太轻吸了一口气，开口道：“一九八〇年的奥运会在莫斯科举行，日本抵制了那届奥运会。”

5

敦也当然也知道那件事，只是不知道是发生在一九八〇年。

当时还是东西方持续冷战的时代，事件的导火索是一九七九年苏联入侵阿富汗。为了表示抗议，美国首先宣布抵制莫斯科奥运会，并呼吁西方各国采取一致行动。日本对此一直意见不一，但最后还是选择追随美国抵制——翔太从网上查到的内容概括起来就是这样。敦也还是第一次知道这件事的详细经过。

“那问题不就解决了？只要写信跟她说，明年的奥运会日本不会参加，你把比赛的事忘了，尽管去照顾恋人不就行了。”

听敦也这样说，翔太苦着脸。

“这种事，写了人家也不会信吧。事实上直到正式决定抵制之前，日本的选手们一直都相信他们能参加奥运会。”

“要是跟她说我们这儿是未来世界……”说到这里，敦也皱了皱眉，“不行吗？”

“她只会觉得我们在开玩笑。”

敦也啧了一声，一拳捶在桌上。

“那个，”一直没作声的幸平犹豫着开口了，“一定要写理由吗？”

敦也和翔太同时望向他。

“我是说……”幸平抓了抓后脑勺，“真正的理由不写也不打紧啊，就直接说‘总之别训练了，去照顾你男朋友吧’，不行吗？”

敦也和翔太对看一眼，同时点了点头。

“你算说对了。”翔太说，“当然行咯，这样问题就解决了。她就是因为想知道该怎么办，才来寻求建议，可以说把我们当成了最后一根救命稻草。所以没必要告诉她真正的理由，就明白跟她说，如果真的爱你男朋友，就应该陪伴他到生命最后一刻，他内心也是这样期盼的。”

翔太拿起圆珠笔，开始往信纸上写字。

“这样行吗？”

说着，他把写好的信给敦也看，内容和他刚才说的基本相同。

“可以啊。”

“那就好。”

翔太拿着信从后门出去，关上了后门。敦也侧耳细听，先是打开牛奶箱盖子的声音，接着啪嗒一声，盖子关上了。

几乎同一时间，“啪！”店门口传来什么东西落地的声音。

敦也走进店铺，往卷帘门跟前的瓦楞纸箱里看去，里面有一封信。

衷心感谢您的回信。

老实说，我没想到您会给出这么干脆的回答。我原本以为您会回答得更含糊些，最后让我自己作出选择。但浪矢先生没有做这种半吊子的事。正因为这样，“咨询烦恼的浪矢杂货店”才会受到人们的喜爱和信赖吧。

“如果你真的爱他，就应该陪他到生命最后一刻。”

这句话深深刺入了我的心。一点也没错，没必要再犹豫了。

然而，您说“他内心应该也是这样期盼的”，我却很难这样认为。

事实上今天我给他打了电话。我想告诉他，我准备按照浪矢先生的建议，放弃参加奥运会。但他似乎看穿了我的想法，抢先对我说：“有给我打电话的时间，我更希望你用来训练。虽然听到你的声音很开心，但想到我们说话的时候，或许已经被对手拉开了差距，我就忧心忡忡。”

我感到很不安。如果我放弃了奥运会，他会不会极度失望以致病情恶化呢？除非能保证不会发生这种状况，不然我实在没有勇气说出口。

我这样想，很软弱吧？

月兔

读完信，敦也抬头望向布满灰尘的天花板。

“真是莫名其妙，这人搞什么名堂嘛？要是不想照我们说的办，一开始就别来咨询啊！”

翔太叹了口气。

“也不能怪她，她哪里想得到自己是在向未来的人咨询。”

“她说跟男朋友通了电话，也就是说两人现在不在一起生活。”幸平看着信说，“真可怜呢。”

“这个男人也可气，”敦也说，“总得体谅一下女方的心情吧！奥运会说到底，不过是个豪华版的运动会罢了。不就是项运动嘛！男朋友得了不治之症的时候，怎么可能把心思放在那上面。就算他是病人，也不能这么任性，让女方为难啊！”

“那男人也有他的苦衷吧。他知道参加奥运会是女朋友的梦想，所以不希望她因为自己而放弃。说他是逞强也好，硬撑也罢，总之他也是在勉强自己啊。”

“就是这一点让人窝火。那家伙肯定是陶醉在自己的逞强里。”

“也许吧。”

“绝对是。他就是要摆出一副悲剧女英雄……不对，是悲剧英雄的架势。”

“那回信该怎么写？”翔太把信纸移到面前，问道。

“就写首先要让那男人清醒过来。直接跟他讲明好了，不就是项运动嘛，别拿它来束缚恋人。奥运会跟运动会没什么两样，不要太死心眼了！”

翔太握着圆珠笔没动，蹙起眉头。

“这种话月兔说不出口吧？”

“说不出口也得说，不然神仙也没辙。”

“别讲这么不负责任的话。她要是说得出口，就不会写信来了。”

敦也两手揪着头发。“麻烦死了！”

“让别人替她说呢？”幸平冒出一句。

“替她说？谁替她说？”翔太问，“她男友的病情没对任何人透露啊。”

“话是这么说，但不告诉父母恐怕不太好吧？要是说出来，大家都会理解她的心情。”

“没错！”敦也打了个响指，“不管是哪一方的父母都行，总之要把他的真实病情透露出去。这样谁都不会再要月兔去参加奥运会了。翔太，就这么写。”

“知道了。”说着，翔太唰唰地动起笔来。

写好的回信内容如下：

我很理解你内心的犹豫。不过，请你相信我。就当是被骗也好，请照我说的去做。

坦白说，他错了。

不过是项运动而已。即便是奥运会，也不过就是个大型的运动会。为了这种事，浪费所剩不多的和恋人在一起的时间，太愚蠢了。这一点你必须让他明白。

如果可以，我真想替你向他说出这番话，但这是不可能的。

所以请把这件事告诉你或他的父母。他们知道他的病情后，都会站在你这一边。

不要再犹豫不决了。忘了奥运会吧，我不会害你的。照我说的去做，将来你一定会庆幸听了我的话。

浪矢杂货店

把信放进牛奶箱后，翔太从后门回来了。

"都再三叮嘱她了，这回应该没问题了吧？"

"幸平！"敦也朝门口喊道，"回信来了吗？"

"还没呢。"幸平的声音从店里传来。

"还没来？怪了。"翔太不解地说，"之前都是马上就来了啊。是不是后门没关紧？"他从椅子上欠起身，像是准备再去确认一次。

就在这时，"来啦！"幸平在店里喊了一声，拿着信回来了。

好久没给您写信了，我是月兔。承蒙您不吝指点，我却将近一个月没有回信，真是很抱歉。

我本想早点回信，但就在这个时候，强化集训开始了。

不过这也许只是个借口，其实是我不知道该怎样写才好。

看到您在信上直率地说"他错了"，我有些惊讶。即使他罹患了不治之症，只要您认为他犯了错，就会毫不留情地指出，这样的态度让我不禁有点紧张。

不过是项运动，不过是个奥运会……或许是这样吧。不，恐怕就是这样。说不定我们烦恼的事情实际上微不足道。

可是这样的话，我无论如何也说不出口。我知道这对别人来说无所谓，可我和他，都曾为了这项运动竭尽全力地拼搏过。

他的病情迟早要让双方父母知道，但现在还不能说。他的妹妹刚生了孩子，父母还沉浸在喜悦之中。他说想让父母再过段开心的日子，我也完全理解他的心情。

这次集训的时候，我给他打了好几次电话。当我告诉他我在积极训练时，他非常高兴。我觉得那不像是装出来的。

但我还是应该忘掉奥运会吧，还是应该放弃比赛，一心一意地照顾他吧，这也是为了他好吧。

我越想越感到迷茫。

月兔

敦也真想大吼一声。这封信读得他一股无名火起。

“搞什么，这个蠢女人！都说了让她放弃，还跑去参加集训！要是这中间那男人死了怎么办？”

“可是有男朋友盯着，想不去参加也不行吧。”幸平慢悠悠地说。

“就算参加了，最后也是白费力气。什么叫‘越想越感到迷茫’啊，亏我们这么苦口婆心，她怎么就是不听？”

“因为她在为男友着想啊，”翔太说，“她不想剥夺他的梦想。”

“不管怎样都要被剥夺，因为她注定参加不了奥运会。就没有办法让她知道这一点吗？”敦也不停地抖着腿。

“让她故意受伤怎么样？”幸平说，“要是因为受伤去不了奥运会，她男友就会放弃了吧？”

“哦，这好像行得通。”

敦也表示赞成，但翔太反对。

“不能这样。这不就跟剥夺他的梦想一样吗？月兔就是因为不忍心这样做，才会这么苦恼啊。”

敦也皱了皱眉。

“什么梦想不梦想的，烦不烦？又不是只有奥运会这一个梦想！”

翔太一听，顿时瞪大眼睛，仿佛想到了什么。

“太有道理了！最好让他明白，不是只有奥运会这一个梦想，而且要给他一个足以取代奥运会的梦想。比方说……”他想了想，接着说，“孩子。”

“孩子？”

“就是小宝宝。让她跟男友说自己怀孕了。不用说，当然是男友的孩子。这样就必然要放弃奥运会，但他有一个即将拥有自己孩子的梦想，也会激励他努力活下去。”

敦也在脑海里整理了一下这个想法，下一秒他就鼓掌叫好。

“翔太，你真是个天才！就这么办。简直太完美了！那男的只有半年光景了吧？扯个谎也不会露馅。”

翔太答应一声，坐到餐桌前。

这就算搞定了吧，敦也想。虽说不知道她男友发现病情的时间，但从之前的几封信来看，也就是最近的事。在那之前他们都过着平常的生活，所以应该也发生过性关系。虽然可能采取了避孕措施，不过这种事很容易就能搪塞过去。

然而，把这封回信放进牛奶箱后，从投信口投来的信件却写着如下的内容。

您的来信我已经拜读过了。这个意想不到的建议让我很吃惊，同时也很佩服。的确，给他另外一个梦想来替代奥运会，这也不失为一种办法。如果听说我怀孕了，相信他绝不会让我堕胎去参加奥运会，而是期望我生下一个健康的孩子。

不过，还是存在问题。首先是怀孕的时间。我和他最后一次发生关系，大概是在三个多月前。现在才说发现怀孕了，多少有些不自然吧。如果他找我要证据，我该如何是好？

就算他相信了，这件事也要告诉他父母。当然，也要告诉我父母。随后还会在亲戚朋友间传开。可是我不能向他们透露我是假怀孕，不然还要解释为什么要撒这个谎。

我不擅长演戏，也不会说谎。当周围的人因为我怀孕的事而兴奋激动时，我并没有把握能一直演下去。随着时间过去，肚子没有变大就会很奇怪，所以还要进行相应的伪装。我觉得早晚会败露的。

还有一个重要的问题。如果他的病情发展减慢，那个不存在的预产期到来时，他有可能还健在。到了时间却没有生下孩子，他就会明白一切都是谎言。一想到他那时失望的神情，我的心就隐隐作痛。

您的建议是很好的，但由于以上这些原因，我想我做不到。

浪矢先生，谢谢您为我费了这么多心思。有幸得到您数次指点，我已经十分满足，内心充满感激之情。不过我意识到这个问题终究得由我自己得出答案，您就不必回这封信了，很抱歉给您添了不少麻烦。

月兔

“这算什么？”敦也把信扔到一边，霍地站起，“之前来回写了那么多信，最后来一句不用回信了，这算什么意思？这女的到底有没有诚意听别人的话？所有的意见她都当耳边风！”

“不过她说的也是事实，确实很难一直演下去。”幸平说。

“你懂什么！这可是她男朋友的生死关头，居然还讲这么天真的话！只要拼尽全力去做，哪儿有做不到的事情！”敦也坐到厨房的餐桌前。

“敦也你要写回信？笔迹会不一样哦。”翔太问。

“管它呢，不狠狠说她一通我气不顺。”

“好吧，那你说，我写。”翔太在敦也对面坐下。

月兔小姐：

你难道是个傻瓜吗，还是你确实是个傻瓜？

为什么我告诉你的好主意你都不照着去做？

要我跟你讲几遍你才懂，忘掉奥运会吧！

不管你多么努力训练，想去参加奥运会都没有意义。

你绝对去不了。所以放弃吧，没用的。

迷茫本身也没用。你有这个空，不如马上去找他。

你放弃奥运会他会很伤心？伤心过度病情会恶化？

别开玩笑了。你去不了奥运会算多大的事？

现在世界上战争四起，不参加奥运会的国家多的是，日本也不能置身事外。你很快就会懂我的意思了。

不过算了，你爱怎样就怎样吧。照你自己的意思去做，然后使劲后悔吧。

最后，我再说一次：你就是个傻瓜。

浪矢杂货店

6

翔太点上新的蜡烛。可能是眼睛已经适应了光线，几根蜡烛就能把整个房间看得很清楚。

“没有信来了。”幸平小声嘀咕着，“之前都没等过这么久，她不会再写信了吗？”

“恐怕不会再写了。”翔太叹着气说，“被人劈头盖脸说成那样，一般不是泄气就是恼火。不管是哪种反应，我看她都没心情写信了。”

“什么意思嘛，你是说这都怪我？”敦也瞪了翔太一眼。

“我可没这么说。其实我的想法和你一样，觉得说点重话也好。不过该说的都说了，她不回信我们也没法子，不是吗？”

“……这还差不多。”敦也转过脸去。

“可是，她究竟会怎么做呢？”幸平说，“还是继续坚持训练？然后顺利入选奥运会参赛名单？后来日本抵制了这么重要的奥运会，她一定很震惊吧？”

“要真是那样,就是她活该。谁叫她不听我们的话。”敦也不屑地说。

“她的男朋友怎么样了呢？会活到什么时候？能活到日本决定抵制奥运那天吗？”

听了翔太的话，敦也默然不语。尴尬的沉默笼罩着三人。

“对了,要这样到什么时候？”幸平突然问,“我是说后门。一直关着，时间就不会流逝了吧？”

“可是门一打开，和过去的联系就切断了。就算她投了信进来，也到不了这里。”翔太转向敦也，“怎么办？”

敦也咬着下唇，开始弄响手指关节。左手五根手指全部响过一遍后，他看向幸平。“幸平，你去打开后门。”

“这样好吗？”翔太问。

“不管了。把这个叫月兔的女的忘了吧，反正也跟咱们没关系。幸平，你还不快去！”

“好。”幸平说着站了起来。

就在这时，“砰砰！”门口那里传来动静。

三人同时停止动作。面面相觑后，他们一起望向门口。

敦也慢慢站起身，迈步走向店铺。翔太和幸平也跟了上去。

这时，又响起“砰砰”的声音，有人在敲卷帘门，好像是在向店里窥视。敦也停下脚步，屏住呼吸。

紧接着，从投信口掉落一封信。

浪矢先生还住在这里吗？如果已经不住在这里，拾到这封信的是其他人，麻烦您不要拆阅，直接烧掉即可。里面没写什么重要的内容，读了也不会有任何收获。

以下是致浪矢先生的信。

许久未曾联系了，您还记得我吗？我是去年年底数次和您通信的月兔。光阴似箭，转眼已过了半年，您身体还好吗？

那段时间真的很感谢您。您亲切地帮我出主意，让我永生难忘。您的每一封回信都充满真诚。

在此向您报告两件事。

第一件事您应该已经知道了，日本正式决定抵制奥运会。虽然有一定程度的心理准备，但真正决定的那一刻，仍然深感震惊。尽管我没能入选，但想到那些已经入选的朋友，心情还是很沉重。

政治和体育……我觉得这完全是两码事，但如果上升到国家间的问题，恐怕就很难这么说了吧。

第二件是关于恋人的事。

一直顽强与病魔斗争的他，今年二月十五日在医院去世了。当时我正好有空，得以赶到医院，紧握着他的手，送他走完人生最后一程。

他对我说的最后一句话是："谢谢你带给我的梦想。"

直到生命的最后时刻，他都在憧憬我登上奥运赛场的样子。我想，那就是支撑他活下去的希望吧。

所以料理完他的后事，我立刻再次投入训练。距离选拔赛已经没有多少时间了，更重要的是，我想全力以赴争取最后的机会，以此作为我对他的祭奠。

结果之前也提到了，我没能入选参赛名单，因为实力不足。但我已经尽了全力，所以不觉得遗憾。

即使成功入选，最终也无法参加奥运会，但我并不因此后悔过去这一年的选择。

现在我能有这样的心态，都是托了浪矢先生的福。

坦白说，我最初写信向您咨询时，内心已经倾向于放弃奥运会。这当然是因为想陪伴在恋人身边，照顾他到最后一刻，但并不是唯一的原因。

那时的我，在训练上遇到了瓶颈。

再怎么焦急成绩也上不去，每天都深深感到自己能力的极限。我厌倦了和对手们的竞争，也承受不了无法参加奥运的压力。我想逃离这一切。

就在这个时候，他发现了病情。

不可否认，我有过“终于可以摆脱艰苦运动生涯”的想法。恋人遭受不治之症的折磨，专心照顾他是理所当然的。没有人可以指责我。最重要的是，我也能接纳这样的自己。

但他察觉到了我的懦弱，所以才一直对我说，无论如何都不要放弃奥运会，不要剥夺他的梦想。他原本并不是这么任性的人。

我真的不知道该如何是好。我想照顾他，想逃避奥运会，也想实现他的梦想。种种思绪在心头缠绕，我渐渐不知道自己真正想要的是什么了。

烦恼到最后，我写下了第一封信。但我在信里没说真话，隐瞒了内心想要逃避奥运会的事实。

不过恐怕浪矢先生轻易就看穿了我的把戏。

通过几次信后，您突然直接给出“如果真的爱你男朋友，就应该陪伴他到生命最后一刻”的答案。看到这句话时，我受到的冲击不啻被人猛敲了一锤。因为我的想法远没有那么纯粹，而是狡猾得多，丑陋得多，也卑微得多。

之后浪矢先生也继续给出极其坚定的建议。

“不过是项运动而已。”

“奥运会不过就是个大型的运动会。”

“迷茫是没用的，不如马上去找他。”

真是不可思议，为什么您能如此充满自信地断言呢？后来我明白了，您是在考验我。

如果您让我忘掉奥运会，我很容易就能接受的话，说明奥运会在我心中的分量不过如此。那么我就应该放弃训练，专心照顾他。但如果您一次又一次地让我放弃，我却始终无法下决心，就说明我对奥运会的感情其实很深厚。

想到这里，我忽然意识到一个事实。

我的内心深处是向往奥运会的。那是我从儿时就有的梦想，无法轻易舍弃。

有一天，我对他说：

“我比任何人都爱你，想要永远和你在一起。如果我放弃比赛就能让你好起来，我会毫不犹豫地放弃。但如果不是这样，我希望坚持我的梦想。因为一直以来追寻着梦想，我才活出了自我，而你喜欢的也正是这样的我。我没有一刻忘记过你，但请让我去追逐梦想吧。”

听完这番话，病床上的他流下泪来。他对我说：

“我早就在等你这句话了。看到你为了我而烦恼，我很难过。让深爱的人放弃梦想，这比死还让我痛苦。即使分隔两地，我们的心也会永远在一起。你不要有任何顾虑，我希望你无怨无悔地去追寻梦想。”

从那天起，我不再迷茫，重新投身到训练当中。因为我已经明白，陪伴在他身边并不是照顾他的唯一方式。

就在那段日子里，他离开了人世。他最后对我说的那句“谢谢你带给我的梦想”，还有临终时满足的表情，对我来说就是最大的奖赏。虽然没能参加奥运会，但我得到了比金牌更有价值的东西。

浪矢先生，我衷心地感谢您。如果没有和您通信，我会失去最重要的东西，并为此悔恨终生。我从心底感谢和钦佩您敏锐的洞察力。

或许您已经不住在这里了，但我还是祈祷您能收到这封信。

月兔

翔太和幸平都沉默不语。是不知道该说什么好吧，敦也想。因为他自己也是如此。

月兔最后的来信完全出乎他们意料。她没有放弃奥运会。虽然努力到最后，不仅没有入选参赛名单，对日本来说奥运会也不复存在，她也丝毫不后悔。她觉得她得到了比金牌更有价值的东西，为此打心底感到高兴。

而且她还认为这多亏了浪矢杂货店的帮助。敦也他们又气又急写下的信,她却相信她是因此选择了正确的道路。这应该不是讽刺挖苦吧，谁也不会为这个目的写这样一封长信。

笑意渐渐涌了上来。真是太好笑了！敦也胸口不住起伏，很快就笑出声来，最后变成哈哈大笑。

“你怎么了？”翔太问。

“你不觉得很好笑吗？这女的真够傻的。我们很认真地让她忘了奥运会，她却一厢情愿地理解成她希望的意思，因为歪打正着就来感谢我们。还说什么‘钦佩您敏锐的洞察力’，我们哪儿有这种东西！”

翔太也露出笑容。“不过，这不是挺好的嘛，歪打正着。”

“是啊，而且我觉得很开心。”幸平说，“以前我从来没有帮谁解决过烦恼，就算是蒙对了也好，歪打正着也好，得到别人的夸奖还是挺高兴的。敦也你不这么觉得吗？”

敦也皱起眉头，摸了摸鼻子下面。

“嗯……还算不讨厌。”

“对吧？果然是这样！”

“我可没你那么高兴。这件事就算到此为止了，现在该把后门打开了。再这么关着门，时间什么时候才能过去。”敦也走向后门。

就在他握住门把手，正要打开时，翔太开口了。“等一下！”

“干吗？”

翔太没回答，径自朝店铺走去。

“怎么了？”

敦也问幸平，他也只是歪头表示不解。

很快翔太回来了，一脸的闷闷不乐。

“你干吗去了？”敦也问。

“又来了。”翔太说着，慢慢扬起右手，“好像是另外一个人写来的。”

他的手上捏着一个茶色的信封。

第二章　深夜的口琴声

1

接待来客的窗口里，坐着一个看上去明显超过六十岁的瘦削男人。去年他还不在这里，大概是退休后过来上班的。克郎有些不安地说了句："敝姓松冈。"不出所料，男人反问："哪位松冈先生？"

"松冈克郎，来做慰问演出的。"

"慰问？"

"圣诞节的……"

"哦！"男人好像终于反应过来了，"听说有人要来演出，我还以为是乐团，原来就您一个人啊。"

"是啊，不好意思。"克郎脱口道歉。

"您稍等。"

男人打了个电话，和对方简短地交谈几句后，对克郎说："请在这里等一下。"

没过多久，来了一名戴眼镜的女子。克郎认识她，去年的晚会也是她负责的。她似乎也记得克郎，笑着打了声招呼："好久不见了。"

"今年也请多关照。"克郎说。

"彼此彼此。"她回道。

克郎被带到休息室，房间里有简单的沙发和茶几。

“时间约四十分钟，和去年一样，曲目的安排就交给你了，可以吗？”负责的女子问。

“没问题。曲目会以圣诞歌曲为主，再加上几首原创歌曲。”

“这样啊。”女性露出暧昧的笑容，可能是在好奇所谓的原创歌曲是什么。

离演奏会开始还有段时间，克郎便在休息室里等候。塑料瓶里已经备好了茶，他倒进纸杯里喝了起来。

这是他连续第二年来儿童福利院“丸光园”演出了。这栋四层高的钢筋混凝土建筑矗立在半山腰上，除居室外，食堂、浴室等设施一应俱全，从幼儿到十八岁的青年都在这里过着集体生活。克郎见过不少儿童福利院，这里的规模算得上中上等。

克郎拿起吉他，最后一次检查音准，然后低低地练习发声。没问题，状态还不错。

那名女子过来通知他，演出可以开始了。他又喝了一杯茶便欠身站起。

演奏会的会场是体育馆，孩子们规规矩矩地坐在一排排折叠椅上，大多是小学生模样。克郎一上场，他们就噼噼啪啪地鼓起掌来，肯定是辅导员吩咐他们这么做的。

台上已经准备了麦克风、椅子和谱架。克郎先向孩子们鞠了一躬，然后坐到椅子上。

“小朋友们好。”

“你好。”孩子们回应道。

“这是我第二次来这里演出，去年平安夜时我也来过。每次都是圣诞节前夜过来，有点像圣诞老人，可惜我没有礼物。”会场里响起零星的笑声。“不过和去年一样，我会把歌曲当礼物送给大家。”

他首先弹唱的是《红鼻子驯鹿》。这首歌孩子们很熟悉，中途就跟着合唱了起来。

接着又唱了几首经典的圣诞歌曲，在演唱的间歇还插入谈话互动。孩子们都很开心，一起打起了拍子，气氛可以说是越来越热烈。

这期间克郎开始注意到一个孩子。

这个女孩坐在第二排的最边上，如果是小学生，应该是高年级的学生了。她望着别处，根本没看克郎的方向。或许是对歌曲毫无兴趣，嘴里也没跟着哼唱。

但她那略带忧郁的表情吸引了克郎。在她身上，有种不属于孩子的成熟韵味。克郎很想让她观看自己的演出。

童谣可能太幼稚了，让她觉得无趣，克郎于是唱起了松任谷由实的《恋人是圣诞老人》。这是去年热映的电影《雪岭之旅》的插曲。在这种场合演唱这首歌，严格来说是违反著作权法的，不过应该不会有人告发吧。

大多数孩子都听得很高兴，但那个女孩依然望着旁边。

之后克郎又演唱了那个年龄的少女喜欢的歌曲，依然毫无效果。看来只能放弃了，她对音乐不感兴趣。

“那么，现在为大家送上最后一首歌，也是我每次演奏会结束时的保留曲目，请大家欣赏。”

克郎放下吉他，取出口琴，调整气息后，闭上眼睛，徐徐吹奏起来。这首曲子他已经吹了几千遍，不需要再看乐谱。

三分半钟的演奏时间里，整个体育馆鸦雀无声。结束吹奏前，克郎睁开了眼睛。那一瞬间，他心中一震。

那个女孩眼也不眨地望着他，眼神十分真挚。尽管已经一把岁数了，克郎还是禁不住心怦怦直跳。

演奏结束后，克郎在孩子们的掌声中退场。负责的女子过来跟他说了声“辛苦了”。

克郎想向她打听那个少女，话到嘴边又咽了回去。他不知道该从何问起。

不过他却意外地和那少女有了交流。

演奏会过后，在食堂举办了餐会，克郎也应邀参加。他正吃着饭，那个女孩走了过来。

“那首歌叫什么名字？”她直视着克郎的眼睛问。

“你说哪首？”

“最后用口琴演奏的那首，我没听过。”

克郎笑着点点头。

“你当然没听过，那是我原创的。”

“原创？”

“就是我自己写的曲子。你喜欢吗？”

少女用力点头。

“那首歌太好听了，我还想再听一遍。”

“是吗？那你等我一下。”

克郎今晚要在这里留宿。他来到为他准备的客房，取了口琴后返回食堂。

他把少女带到走廊上，用口琴演奏给她听。她眼神专注，听得很入神。

“这首歌没有名字吗？”

“算是有吧，叫《重生》。”

“重生……”她喃喃地重复了一遍，开始哼唱起来。克郎大吃一惊，她完美地再现了《重生》的旋律。

“你已经记住了？”

听他这样问，少女第一次露出了笑容。“我最拿手的就是记歌。”

“那可真是了不起。”

克郎凝视着少女的面庞，脑海里闪过“才华”这个词。

“对了，松冈先生不去当职业歌手吗？”

“职业歌手啊……谁知道呢。”克郎歪着头，掩饰着心头泛起的涟漪。

“我觉得那首歌肯定会红的。”

“是吗？”

她点点头。“我很喜欢。”

克郎笑了。“谢谢你。”

就在这时，他们听到“小芹！”的喊声，一个女员工从食堂里探出头来。

“你能不能去喂小辰吃饭？”

“噢，好的。”被唤作小芹的少女向克郎低头致意后，匆匆走向食堂。

过了一会儿，克郎也回到食堂。小芹坐在一个小男孩旁边，把勺子递到他手上。男孩个子很小，脸上没什么表情。

负责演唱会的女子刚好就在克郎身旁，于是他装作不经意地问起小芹他们。她听后露出复杂的表情。

“他们姐弟俩是今年春天入园的，听说是遭到父母虐待。弟弟小辰只跟姐姐小芹一个人说话。”

“这样啊……”

克郎看着正细心照料弟弟的小芹，似乎明白她为什么那么排斥圣诞歌曲了。

餐会结束后，克郎回到房间。躺在床上，窗外传来阵阵欢声笑语。

起身往楼下看时，孩子们正在放烟火，好像一点也不怕冷。

小芹和小辰也在，他们站在人群外观看。

松冈先生不去当职业歌手吗？

很久没有人这样问他了。上一次含糊地笑着敷衍过去，也已经是十年前的事了。但那时的心境与现在截然不同。

父亲——他向着夜空低语。对不起，我连打个败仗都没能做到。

克郎的思绪回到了八年前。

2

得知奶奶过世的消息，是在七月将近之际。那天克郎正为开门营业做准备时，接到了妹妹荣美子打到店里的电话。

他早就知道奶奶的状况不妙，肝脏和肾脏都逐渐衰弱，随时有可能撒手人寰。但他始终没有回去。虽然很挂念奶奶的病情，但他也有不愿回去的苦衷。

“明天守夜，后天举行葬礼。哥你什么时候回来？”荣美子问。

克郎一手握着话筒，胳膊杵在柜台上，另一只手抓了抓头。

“我还要上班，得跟老板商量商量。”

他听到荣美子深吸了一口气。

“什么上班，不就是打杂吗？那家店以前不也是老板一个人打理吗？只不过请一两天假，怎么也能同意吧？你不是也说过，就是因为随时可以请假，你才没去打别的工，一直在那家店上班吗？”

她说得没错。她不仅记性好，个性也很强，不是那种三言两语就能糊弄过去的人。克郎陷入了沉默。

"你要是不回来，我会很为难的。"荣美子提高了声音，"爸爸身体不好，妈妈照顾奶奶也累得不行了。而且奶奶以前那么疼你，我觉得你应该回来参加葬礼。"

克郎叹了口气。

"好吧，我会想办法。"

"尽可能早点回来，可以的话今晚就回。"

"那可不行。"

"那就明天早上，最迟中午。"

"我考虑考虑。"

"好好想想吧，你一直都是这么任性。"

这是什么说话态度——克郎正想抱怨一句，荣美子已经挂断了电话。

放下话筒，克郎坐到凳子上，心不在焉地望着墙上的画。画上画的似乎是冲绳的海滩。老板很喜欢冲绳，这家小小的酒吧里到处装点着与冲绳有关的小玩意。

克郎将视线移向店里的角落。那里并排放着一把藤椅和一把民谣吉他。这两样都是他的专用品。每当有客人点歌的时候，他就坐在那把椅子上弹吉他。有时是给客人伴奏，但一般都是克郎自己唱。第一次听他唱歌的客人几乎都会感到惊讶，说他一点都不像是业余的。也常有人对他说，不如去当职业歌手。

克郎嘴上谦虚着"哪里哪里"，心里却在想"其实我早就立下这个目标了"。为此他不惜从大学退了学。

克郎从中学时就对音乐很感兴趣。初二那年，他去一个同学家玩，看到一把吉他。同学说那是他哥哥的，并教给他弹奏的方法。这是他有生以来第一次接触吉他。起初他不是很会弹，但反复练习后，就能弹出一小段简单的旋律了。当时那种喜悦的心情,真不是语言所能形容。一股上音乐课吹竖笛时从未体验过的快感席卷了他全身。

过了几天，克郎终于鼓起勇气，跟父母说他想要把吉他。父亲是开鱼店的，跟音乐完全不沾边。他瞪圆了眼睛，大发雷霆地咆哮道:“不准跟这样的朋友来往！”大概在父亲心目中，弹吉他的年轻人就等同于不良少年。

我会努力学习，考上本地最好的高中，如果落榜就放弃吉他，再也不弹——克郎许下种种所能想到的承诺，再三恳求。

在那之前，他从来没要过什么，所以父母也为他的执着感到吃惊。母亲首先松了口，随后父亲也妥协了。但他们带他去的并不是乐器行，而是当铺，说先用流当的吉他将就一下吧。

“反正以后说不定要扔，犯不着买贵的。”父亲板着脸说。

尽管是当铺的流当品，克郎依然十分高兴。那天晚上睡觉时，他把买来的旧民谣吉他放在了枕边。

他几乎每天都照着从二手书店买来的教材勤奋练习吉他。当然，因为跟父母有约在先，他也很努力地念书。他的成绩因此突飞猛进，即使周末一直待在二楼的房间里弹吉他，父母也无法挑剔。后来他顺利考上了目标高中。

高中有轻音乐社，克郎马上加入进去。他和那里结识的三个朋友组成乐队，在很多地方公开演出。起初他们只是翻唱现有乐队的歌曲，渐渐地开始演奏自己的原创歌曲。那些歌曲多数都是克郎写的，主唱也是他。朋友们对他的创作评价很高。

然而升上高三后，乐队就自然而然地解散了。不用说，这是因为要考大学。他们约定如果四人都顺利考上大学，就重新组建乐队，但最后没能实现。有一位成员没考上。虽然他一年后也上了大学，重组乐队的事却再也无人提起。

克郎考上了东京某所大学的经济学院。其实他很想走音乐之路，但知道父母一定会强烈反对，所以放弃了。继承家里的鱼店，是他从小就被规划好的人生路线，父母似乎压根儿没想过他会选择其他的道路，他自己也模模糊糊地觉得，自己这辈子应该就是这样了吧。

大学里有很多音乐社团，克郎加入了其中一个。但他很快就失望了。社员们整天只想着玩，根本感受不到对音乐的诚意。当他指出这一点时，立刻招来了白眼。

“干吗，耍什么帅，玩音乐不就是图个开心嘛。”

“就是。那么拼命干吗，又不是要当职业歌手。”

面对这些指责，克郎一句也没反驳。他决定退社。再争论下去也没有意义，他们根本不是一路人。

此后他也没有加入别的社团。他觉得一个人奋斗更轻松自在。跟没有干劲的人在一起厮混，只会徒增压力。

从那时候起，他开始挑战业余歌唱比赛。他是从上高中以后经常在观众面前唱歌的。起初他总是预赛就被淘汰，但连续参加过几次后，名次便逐渐靠前。而且参加这些比赛的多数是常客，不知不觉彼此就熟悉起来。

他们对克郎造成强烈的刺激。这种刺激用一句话概括，就是他们对音乐的热情。他们宁可牺牲一切，也要提高自己的音乐水准。

我也不能输给他们——每次听到他们演唱时，他都这样想。

每天醒着的时间几乎全部花在了音乐上，连吃饭和洗澡时都在构思新歌。渐渐地，他不再去上学了。他看不出上学有什么意义。自然，他也就拿不到学分，一再留级。

他的父母完全不知道去东京读大学的独子已经变成了这样。他们一直认为他四年后就会顺利毕业，回到家乡。所以当克郎在二十一岁那年夏天打电话回去，告诉他们自己已退学的时候，电话那端的母亲顿时哭了起来，接过电话的父亲用震破鼓膜的声音怒吼：“到底怎么回事？”

“我要走音乐这条路,所以上大学也没什么意义。”听到克郎的回答，父亲咆哮得更凶了。他觉得很烦,径自挂了电话。当晚父母便赶到东京，父亲气得满脸通红，母亲则脸色苍白。

在六叠大的房间里，他们一直谈到天快破晓。父母说，要是不上大学了，就赶紧回家继承鱼店。克郎没有答应。他毫不让步地说，如果那样做，他会后悔终生。他要继续留在东京，直到实现心愿为止。

父母连个囫囵觉也没睡，第二天一早就坐首班电车回家了。克郎从公寓的窗子里目送两人离去。他们的背影看起来那么落寞,那么瘦小。克郎禁不住合掌致歉。

之后三年过去了。本来应该早已大学毕业，但他依然一无所有。他还是和以前一样，为了参加业余歌唱比赛而日日苦练。其间他也曾数次入选。只要继续参加下去，总有一天会被音乐界人士注意到吧，他想。然而到目前为止，还没有人找上他。他也给唱片公司寄过试听带，但都如石沉大海。

只有一次，一位常来店里的客人把他介绍给一位音乐评论家。克郎在那人面前演唱了自己写的两首歌。他希望成为创作型歌手，那两首歌也都是他的得意之作。

“还不错。”一头波浪状白发的音乐评论家说，“旋律很清新，歌也唱得相当好，很了不起啊。”

克郎很高兴。说不定有机会出道了，他内心的期待迅速膨胀开来。

那位客人替克郎问道：“他能成为职业歌手吗？”

克郎绷紧了身体，不敢看评论家的表情。

停顿了一下后，“嗯……”评论家沉吟着，“还是别抱这个希望为好。”

克郎抬起头。“为什么？”他问。

“歌唱得跟你一样好的人多的是，如果你的声音很有特色，自然另当别论，但你没有。”

评论家说得一针见血，克郎无话可说。其实这一点他自己也心知肚明。

“歌写得怎么样？我觉得很好听。”那时也在场的老板问。

“以外行来说，是还好。”评论家淡淡地答道，“不过可惜也就这个水平了。歌的旋律总有似曾相识的感觉，没有自己的新意。”

这话真是尖锐。懊恼和伤心让克郎全身发烫。

自己没有音乐才华吗？想吃音乐这碗饭是不自量力吗？

从那天起，他一直在想这个问题。

3

结果克郎第二天下午才从公寓出门，随身带着一个运动背包和一个西装袋。西装袋里装着向老板借来的黑色西装。因为不知道什么时候才能回东京，他本想把吉他也带上，但被父母看到准会念叨，所以还是忍忍算了。作为替代，他往包里塞了把口琴。

克郎在东京站上了列车。车厢里很空，他一个人占据了能坐四人的包厢，脱掉鞋子，把脚搭在对面的座位上。

要去克郎老家那个小镇，从东京站乘电车大约要两个小时，中间还要换乘。虽然知道有人每天坐车往返东京上班，克郎还是觉得那样的生活很难想象。

他说了奶奶过世的事情后，老板马上就同意他回家。

“这是个难得的机会，和父母好好谈谈吧，像未来的打算什么的。”老板劝他。听起来似乎在委婉地暗示他，差不多该放弃音乐这条路了。

我真的没有成功的希望吗？望着窗外闪过的田园风光，克郎茫然地想。回家后肯定会被父母教训一通，内容也不难猜到——你到底要做梦做到什么时候，世上哪有那么便宜的事，赶快清醒过来继承家业吧，反正你也找不到什么像样的工作。

克郎轻轻摇了摇头。还是别想这些烦心事了。他打开运动背包，从里面拿出随身听和耳机。去年刚刚问世的这种音响器材具有划时代的意义，让人无论走到哪里都能享受音乐。

按下播放键，闭上眼睛，耳边响起旋律美妙的电子乐。演奏者是Yellow Magic Orchestra乐队①。乐队的成员都是日本人，但首先成名于海外。据说他们在洛杉矶为The Tubes乐队②做暖场演出时，观众全体起立，赞叹不已。

所谓才华横溢，说的就是这样的人吧——尽管告诉自己别再想了，克郎心头还是禁不住掠过这种悲观的想法。

不久到了离老家最近的车站。走出车站，映入眼帘的是一片熟悉的景象。连接主干道的大路两旁，是一排排不大的店铺，做的都是附近的熟客生意。这是他从大学退学之后第一次回到家乡，小镇的氛围几乎没有任何改变。

克郎停下脚步。在花店和杂货店之间，有一家约两间宽的商店半

---

①简称YMO，日本电子乐队的先驱，由坂本龙一、细野晴臣和高桥幸宏在1978年组建。

②成立于1973年的美国摇滚乐队。

掩着卷帘门。卷帘门上方的招牌上写着“鱼松”两字，旁边还有一行小字“鲜鱼送货上门”。

鱼店的创始人是克郎的祖父。当时店铺不在现在这个地方，门面也更宽敞。但那家店在战争中被烧毁，于是战后在这里重新开业。

克郎钻进卷帘门，店里光线很暗。仔细看时，冷藏展示柜里并没有鱼。现在这个季节，鲜鱼一天都存不住，卖剩的估计都得冷冻起来。墙上贴了一张纸，上面写着“开始出售蒲烧鳗鱼”。

闻惯了的鱼腥味，毕竟有些令人怀念。克郎往店后头走去。后面是通往主屋的脱鞋处。主屋拉门紧闭，但缝隙里透出光来，也有人在走动。

他调整了一下呼吸，说了声:“我回来了。”说完他又想，也许说“你好”更合适。

门一下拉开，穿着黑色洋装的荣美子出现在眼前。一段时间不见，她俨然已是大人的模样了。看到克郎，她“呼”地松了口气。

“太好了，我还以为你说不定不回来了。”

“怎么可能，我不是说了会想办法嘛。”克郎脱了鞋走进去，瞥了一眼窄小的房间，“就你一个人？爸妈呢？”

荣美子皱起眉头。

“早就去会场啦。本来我也得去帮忙，但你回来时家里一个人没有也不行，所以就在这儿等你。”

克郎耸了耸肩。“这样啊。”

“哥，你该不会穿这身去守夜吧？”

克郎穿的是T恤搭配牛仔裤。

“当然不会了，你等我一下，我这就换衣服。”

“快点啊！”

“知道了。”

克郎提着行李上了楼。二楼有两间分别为四叠半和六叠的和室，他直到高中毕业都住在六叠的那间里。

一拉开纸门，顿时觉得空气很闷。窗帘没有拉开，房间里光线很暗。克郎打开墙上的电灯开关，日光灯的白光下，昔日生活过的空间依然保持着原样。旧卷笔刀还放在书桌上，墙上贴的明星海报也没被撕掉。书架上摆着参考书和成排的吉他教材。

当初克郎去东京后不久，就听母亲说荣美子想用这个房间。他回答说，他无所谓。当时他已经萌生了走音乐这条路的想法，觉得自己不会再回老家了。

然而房间至今保持原样没变，说明父母或许仍在期待他回来。想到这里，克郎的心情不禁有些沉重。

换好西装，克郎和荣美子一起出了家门。虽是七月，幸好天气还很凉快。

守夜的地点在最近刚落成的镇民中心，走路过去约十分钟。

走进住宅区后，眼前的景色和过去截然不同，令克郎颇为讶异。据荣美子说，现在新居民的数量不断增加。就算是这样一个小镇，多少也会有点变化，克郎心想。

“哥，你有什么打算？”走在路上，荣美子问道。

虽然明白她的意思，克郎还是故意装傻：“什么打算？”

“当然是你的未来啊。真要能干上音乐这行也不错，不过你有把握吗？”

“那还用问，要是没有我就不干了。”说这句话时，他发现自己的心在怦怦直跳，有种自欺欺人的感觉。

“可是我无论如何都不敢相信，我们家会出个有音乐才华的人。你的演出我也去看过，我觉得很棒，但是当职业歌手能不能行得通，那又是另外一回事了吧？”

克郎的表情扭曲了一下。

“少自以为是了，你懂什么呀，根本就是个外行！”

本以为荣美子会生气，但她很冷静。

“是啊，我是外行，对音乐界一无所知。所以才问你啊，到底有什么打算。既然这么有自信，就拿出点更具体的理想吧。比如你有什么计划，今后要怎么发展，什么时候能用音乐养活自己？要是不知道这些，别说我了，爸妈他们也会不放心啊。”

虽然妹妹说得很对，克郎还是冷哼了一声。

“要是什么都能按照计划顺利实现，谁还用辛苦打拼？不过从本地女子大学毕业，又到本地信用银行上班的人是不会懂的。”

他说的是荣美子。明年春天毕业的她已经早早找好了工作。本以为这回她该生气了，但她只是深深叹了口气，然后不经意似的问道：“哥，你想过爸妈的晚年吗？”

克郎沉默了。父母的晚年——这是他不愿去想的事情之一。

“爸爸一个月前病倒了，还是跟以前一样，心脏病发作。”

克郎停下脚步，望向荣美子。“真的吗？”

“当然是真的。”荣美子定定地望着他，“幸好问题不大。不过奶奶卧床不起的当儿又出了这事，真是急死人了。”

“我一点都不知道。”

“听说是爸爸让妈妈别告诉你。”

“哦……”

那意思是，没必要联系自己这种不孝之子吗？克郎无法反驳，唯有保持沉默。

两人重又迈步向前。直到抵达镇民中心，荣美子再没有说话。

4

镇民中心是一栋比普通平房住宅略大的建筑，身穿丧服的男男女女在来回忙碌着。

母亲加奈子站在接待处，正和一个瘦削的男人说着什么。克郎慢慢走过去。

加奈子发现了他，惊讶地张大了嘴。他正想说“我回来了”，一看母亲身旁的那个男人，顿时说不出话来。

那是父亲健夫。他瘦了太多，克郎几乎认不出了。

健夫盯着克郎看了半天，才张开紧抿着的嘴。

“你怎么来了，谁通知你的？”他粗声粗气地问。

“荣美子跟我说的。”

“是吗？”健夫看了眼荣美子，又把视线移向克郎，“你怎么有空来这儿？”

你不是立志不实现理想不见面吗？——克郎觉得他其实是想说这句。

“如果你是要我回东京的话，我马上就回去。”

“克郎！”加奈子责怪地喊了一声。

健夫烦躁地挥了挥手。

“我没这么说。我现在很忙，少给我添麻烦。”说完他便匆匆离开。

克郎正凝望着他的背影，加奈子开口了：“你可算回来啦，我还以为你没准不回来了。”

看来是加奈子交代荣美子打的电话。

“我是给荣美子念叨烦了。话说回来，爸他瘦多了。听说前阵子又病倒过，要紧吗？”

被克郎一问，加奈子的肩膀垂了下来。

“他自己还在逞强，不过我看他体力是一落千丈了。毕竟都六十多岁的人了。”

“这样啊……”

健夫和加奈子结婚时，已经过了三十六岁。克郎从小就常听他说，这都是因为他一心扑在重建鱼松上，根本没空找老婆。

快到下午六点了，守夜即将开始，亲戚们陆续都到了。健夫兄弟姐妹众多，光他这边的亲戚就不下二十人。克郎最后一次和他们见面，已经是十多年前的事了。

比父亲小三岁的叔叔很亲热地过来跟他握手。

“哟，克郎，还挺精神的嘛！听说你还在东京，在那儿做什么啊？”

“啊，呃，什么都干。”

没法明确地回答，克郎自己也觉得尴尬。

“什么都干是什么意思？你特意延期毕业不会就是为了玩吧？”

克郎吃了一惊。看来父母没把自己退学的事告诉亲戚。就在附近的加奈子显然听到了这番对话，但她什么也没说，把脸转向一边。

一股屈辱感涌上心头。健夫和加奈子都觉得没脸告诉别人自己儿子要走音乐这条路。

其实他自己同样没有勇气说出口，但这样逃避也不是办法。

克郎舔了舔嘴唇，直视着叔叔。“我退学了。”

“什么？”叔叔一脸难以置信的表情。

“我不上大学了，中途退学。”他继续说下去，眼角余光发现加奈子全身僵硬，“我想以音乐为生。”

“音乐？”叔叔的表情就像从来没听说过这个词。

这时守夜开始了，两人的谈话就此结束。叔叔脸上写满了疑问，抓着其他亲戚说个没完，似乎是在确认克郎所说的到底是不是实情。

诵过经后，守夜按部就班地进行。克郎也上了香。遗像里的奶奶笑得很慈祥。克郎还记得小时候奶奶是多么疼爱他，如果她还活着，现在肯定会支持他的。

守夜结束后，大家转移到另一个房间。那里已经备好了寿司和啤酒。克郎扫视了一眼，留下的全是亲戚。去世的奶奶已经年近九十了，所以他们脸上并没有多少悲痛的神色。很久没见的亲戚们聚在一起，倒是一派和乐融融的气氛。

就在这样的氛围当中，突然有人大声说道：“多嘴！别人家的事你少管！”克郎不用看也知道是父亲。

“这不是别人家的事。搬到这里之前，这店是我们过世老爹的家，我也在那儿住过！”和健夫争吵的，是刚才那位叔叔。大概是喝了酒，两人脸上都红通通的。

“老爹开的那个店已经在战争中烧毁了，现在这个店是我开的，你有什么资格说三道四！”

“你这叫什么话？还不是靠了鱼松这块招牌，你才能在那里重新开张。这招牌是老爹传给你的，这么重要的店，你不跟我们打个招呼就要收掉，算怎么回事？”

“谁说要收掉？我还准备继续干呢！”

“就你这种身体状况，还能干到什么时候？连装鱼的箱子都搬不动。本来让独生子去东京上大学就很可笑，开鱼店又不需要学问。”

“你什么意思？看不起我们开鱼店的吗！”健夫霍地站起。

“算了算了。”眼看两人就要扭打起来，周围的人赶忙过来阻止。健夫又坐了下去。

“……真是的，我真搞不懂，到底在想什么呢？”气氛缓和下来后，叔叔一边用酒盅喝着酒，一边咕哝，“放着大学不上去当歌手，这种荒唐事亏你也能同意。”

“闭嘴！不用你管！”健夫反唇相讥。

空气里又有了火药味，于是婶婶她们把叔叔拉到了较远的一桌。

两人的争吵平息了，气氛却依然尴尬。“差不多该告辞了。”一个人说着率先站起身，其他亲戚也纷纷离去。

“你们也回去吧。”健夫对加奈子和克郎说，“香火有我照看。”

“你行吗？不要硬撑着啊。”

“别老拿我当病号。”面对担心的加奈子，健夫不高兴地说。

克郎和加奈子、荣美子一起离开了镇民中心。但没走多远，他就停下了脚步。

“不好意思，你们先回去吧。”他对两人说。

“怎么了？落下东西了？”加奈子问。

“不，不是……”他欲言又止。

“你要跟爸说说话？”荣美子问。

“嗯。”他点点头，“我想还是聊一聊比较好。”

“这样啊，我知道了。那我们先走吧，妈。”

但加奈子没动。她低着头沉思了片刻，抬头看着克郎。

“你爸没生你的气，他觉得你只要做自己喜欢的事就行了。”

“……是吗？”

“所以他刚才和叔叔吵起来了啊。”

“嗯……”

这一点克郎也感觉到了。“闭嘴！不用你管！”——父亲对叔叔说的这句话，从字面理解就是“独生子爱干什么就干什么，反正我们没意见”，所以克郎想问问父亲，这句话的本意是什么。

“你爸希望你实现梦想。”加奈子说，“他不想耽误你，不想因为自己生病而让你放弃梦想。你和他聊聊可以，别忘了这一点。”

“嗯，知道了。”

目送两人离开后，克郎转身返回。

事情的发展是他在东京站上车时完全没想到的。他已经做好了被父母埋怨、被亲戚责怪的心理准备，没想到父母却成了他的后盾。他想起三年前两人从他公寓离去时的情景，没能说服儿子的他们，是如何转变了想法呢？

镇民中心的灯基本都灭了，只有后面的窗户还透出亮光。

克郎没从大门进去，而是蹑手蹑脚地靠近那扇窗户。玻璃窗内侧的拉门本来关着，现在拉开了一些，他就透过那缝隙向里张望。

这不是守夜后招待众人的那个房间，而是安放着棺材的葬礼会场。前方的祭坛上燃着线香，折叠椅整齐地排列着，健夫就坐在最前面。

克郎正纳闷他在干什么，健夫站了起来。他从旁边的包里拿出一样东西，上面包着白布。

健夫来到棺材前，慢慢打开白布。里面的东西一瞬间闪出光芒。那一刻，克郎知道了那是什么。

是菜刀。一把老菜刀。有关它的故事，克郎早已听得耳朵长茧了。

那是爷爷创建鱼松时用过的菜刀。决定由健夫继承家业时，爷爷亲手把这把菜刀传给了他。听说健夫年轻时一直用它练习技艺。

健夫在棺材上展开白布，把菜刀放在上面。抬头看了眼遗像后，他双手合十，开始祈祷。

看到这一幕，克郎的胸口隐隐作痛。他能感觉到健夫在心里对奶奶说了些什么。

应该是在道歉吧。从父亲手里接过的店铺，在自己这一代不得不关门。祖传的菜刀也无法传给自己的独子。

克郎离开了窗前。他没有从大门进去，而是走出了镇民中心。

5

克郎觉得很对不起父亲。这是他第一次打心底这么想。无论如何，他必须感谢父亲对任性儿子的包容。

可是，这样下去真的可以吗？

叔叔也说过，父亲的身体状况已经很不好了，鱼店也不知道能干到什么时候。就算暂时由母亲来打理，她也要同时看护父亲。鱼店随时都有关门的危机。

真到了那一天，会是怎样的状况？

明年春天荣美子就上班了。她是在本地的信用银行工作，所以应该可以继续住在家里。但光靠她的收入是照顾不了二老的。

该怎么办呢？要放弃音乐，继承鱼松吗？

那是现实的选择。可是那样一来，自己多年的梦想呢？母亲也说，父亲不希望他因为自己而放弃梦想。

重重叹了口气后，克郎环顾四周，停住了脚步。

他到了一个完全陌生的所在。新的住宅不断增加，不知不觉间已走错了路。

快步四下转了转，他终于找到一条认识的路。儿时常来嬉戏的空地就在那附近。

那是一条平缓的上坡路，克郎开始慢慢往前走。不久，右侧出现一栋熟悉的建筑，是以前经常买文具的杂货店。没错，发黑的招牌上写着“浪矢杂货店”。

关于这家店，除了买东西外还有些别的回忆。他曾经向店主浪矢爷爷咨询过各种各样的烦恼，当然现在看来，那都是些微不足道的烦恼，比如“请告诉我运动会赛跑拿第一的方法”,或者“怎样让压岁钱变多”。但浪矢爷爷总是很认真地回答。记得让压岁钱变多的方法是“制定法律，规定压岁钱必须装在透明的红包里”，原因是“这样一来，爱面子的大人就不好意思只包一点点压岁钱了”。

那位爷爷现在还好吗？克郎怀念地望着杂货店。店铺生锈的卷帘门紧闭，二楼住家部分的窗户也没有亮灯。

他绕到旁边的仓库侧面。以前他常在仓库的墙上乱写乱画，老爷爷也不生气，只是跟他说，反正你都要画，给我画得好看点。

很可惜，墙上的涂鸦已经找不到了。毕竟过去了十多年，想必早已风化消失了吧。

就在这时，杂货店门前传来自行车的刹车声。克郎从仓库暗处探出头，正看到一个年轻女子从自行车上下来。

她停下自行车，从斜挎的背包里取出一样东西，投进浪矢杂货店卷帘门上的小窗。克郎看在眼里，不由得“咦”了一声。

这一声并不大，但由于周围一片寂静，显得分外刺耳。她怯怯地望向克郎，接着慌忙骑上自行车，似乎把他当成了变态。

“请等一下，你误会了，误会了，我不是坏人。”克郎摇着手跑出来，“我不是躲在这里，是怀念这栋房子，过来看看而已。”

跨在自行车上，像是立刻就要蹬下脚踏板的她，向克郎投来警惕的眼神。她长发束在脑后，化着淡妆，长得很端正，看上去和克郎差不多年纪，或许还要小一些。T恤袖子里露出的胳膊很健壮，可能是从事某项体育运动。

“你看到了吗？”她问，声音略带沙哑。克郎不明白她的意思，没有作声。“你看到我做什么了吗？”她又问了一遍，语气里透着责备。

“我看到你把信封放进去……”

克郎说完，她皱起眉头，咬着下唇，把脸扭向一边。过了一会儿，她又转向克郎。

“拜托你一件事。请你忘掉刚才看到的事情，也忘掉我。”

“哎……”

“我先走了。”说完她就要蹬车离开。

“等等，我就问一个问题。”克郎急忙追上去，挡在自行车前，“你刚才投进去的是咨询信吗？”

她低下头，抬眼望着克郎。“你是谁？”

“熟悉这家杂货店的人。小时候就向店主爷爷咨询过烦恼……”

“名字？”

克郎皱了皱眉。“在问别人名字之前，应该先报上自己的名字才对吧。”

她骑在自行车上，叹了口气。

“我的名字不能告诉你。刚才投进去的不是咨询信，而是感谢信。”

“感谢信？”

“半年多前我来咨询过，得到了宝贵的意见，问题因此得以解决。所以我写信去道谢。”

“咨询？向这个浪矢杂货店？那位爷爷还住在这里吗？”克郎看看她，又看看老旧的店铺，问道。

她歪着头。

“我不知道是不是还住在这里，不过去年我把咨询信放进去后，第二天后面的牛奶箱里就有回答……”

没错。晚上把写有烦恼的信投进卷帘门上的小窗，第二天早上回信就会出现在牛奶箱里。

“现在还接受咨询吗？”

“那我就不清楚了。我最后一次收到回信后，也好久没来过了。刚才投进去的感谢信，也许不会被读到，不过我觉得即使这样也要写这封信。”

看来她得到的指点着实宝贵。

“那个，”她说，“你问够了没？回去晚了家里人会担心的。”

“噢……你走吧。”

克郎让到一边。她用力蹬下脚踏板，自行车转动起来，很快加快了速度，不到十秒钟，她就消失在克郎的视线里。

他重又望向浪矢杂货店，完全看不出有人生活的迹象。要是这家店能回复咨询，除非有幽灵住在这里。

他从鼻子里呼了口气。唉，别傻了，怎么可能有这种事。他轻轻摇头，离开了这个地方。

回到家，荣美子一个人在客厅。她说她睡不着觉，喝点酒帮助入睡。矮脚桌上放着一瓶威士忌和玻璃杯。不知道什么时候，她已经长大了。加奈子看来已先睡了。

“你和爸聊了吗？”荣美子问。

“没有。我没回镇民中心，散了一会儿步。”

“散步？都这时候了，你上哪儿散的步？”

“随便走走。对了，你还记得浪矢杂货店吗？”

“浪矢？记得啊。就是那家位置很偏僻的店嘛。”

“那里现在还有人住吗？”

“啊？”荣美子的声音里带着疑问，“没人住了吧，前一阵就关了门，应该一直空着。”

“是吗，果然是这样啊。”

“什么意思？那家店怎么了？”

“没什么。”

荣美子纳闷地扁了扁嘴。

“对了哥，你打算怎么办？真的就这样抛下鱼松不管吗？”

“别用这种口气讲话。”

“可事实就是这样呀。你不继承的话，店就只有关门了。我倒是无所谓，爸妈怎么办？你不会也不管他们了吧？”

“烦死了，我正在好好考虑呢。”

“你是怎么考虑的？跟我说说。”

“都说了你很烦啊！”

克郎冲到二楼，西装也没脱就倒到床上。种种思绪在他脑海里盘旋，但也许是残留酒精的作用，完全理不出头绪。

过了一会儿，他慢吞吞地起身，坐到书桌前，拉开了抽屉。他在抽屉里找到了报告用纸，还有圆珠笔。

他将纸展开，写下“寒暄省略 浪矢杂货店”。

6

第二天的葬礼也进行得很顺利，到场的基本还是昨天那些人。亲戚们早早就来了，但可能是因为昨晚的那场风波，都对克郎有些冷淡，叔叔也没再找他说话。

除了亲戚，引人注目的还有商业街和社区自治会的人。克郎从小就和他们很熟。

其中一位是他的同学。因为穿着正装，克郎一开始都没认出他是自己的初中同学。他家经营的印章店和鱼松在同一条商业街上。

说到这里，克郎想起以前听人说过，这位同学从小就死了父亲，一直跟爷爷学习刻章的手艺，高中一毕业就去店里帮忙。今天他应该是代表印章店来吊唁的。

他上完香，从克郎他们面前经过时，很有礼貌地低头致意。那模样看起来比克郎要大上好几岁。

葬礼结束后，就是出殡和火葬。之后家属和亲戚回到镇民中心，举行头七法事。最后健夫向亲戚们致谢，一切就此结束。

送走了亲戚们，克郎他们也要回去了。东西很多，他们打开店里厢式货车的后厢门，把祭坛用品和花装了进去，这样一来后座就没多少地方了。开车的是健夫。

“克郎，你坐副驾驶座好了。”加奈子说。

他摇摇头。

“不了，妈你坐吧，我走回去。”

加奈子露出不满的表情，大概以为他不想坐在父亲旁边。

“我有个地方想去一下，马上就回。”

“哦……”

加奈子似乎还是无法释然。克郎转过身，快步离去。要是被问起去哪儿就麻烦了。

他边走边看了眼手表，快到傍晚六点了。

昨天深夜，克郎从家里溜了出来。他是要去浪矢杂货店。牛仔裤口袋里装着茶色的信封，里面的报告用纸上写满了他现在的烦恼。写信人当然就是他自己。

他没有透露自己的名字，但几乎毫无保留地写下了目前的状况。他想知道的是，在这种情况下该如何是好。是继续追寻梦想，还是放弃梦想，继承家业——说白了就是这么回事。

不过事实上，今天早晨一醒来他就后悔了。他觉得自己干了件蠢事。那栋房子里不可能有人住，昨晚那女子说不定脑子有问题。要真是这样就麻烦了，他可不希望那封信落到别人手里。

但另一方面，他也抱着一线希望。没准自己也能像那女子一样，得到适当的建议呢？

怀着半信半疑的心情，克郎走在坡道上。不久，浪矢杂货店的老旧店铺出现在眼前。昨晚来时天太黑没看清楚，原本米色的墙面已变得黑黝黝的。

店铺和旁边的仓库间有条细窄的通道，要绕到屋子后面，只能从这里进去。为了避免墙壁弄脏衣服，他走得很小心。

后面有扇门，门旁果然安着木质牛奶箱。克郎咽了口唾沫，伸手去掀侧面的盖子。有点紧，不过还是打开了。

往里看去，里面有个茶色的信封。克郎探手取了出来。这似乎就是他原来的那个信封，收信人一栏用黑色圆珠笔写着“致鱼店艺术家先生”。

他着实吃了一惊。莫非当真有人住在这里？克郎站在后门前侧耳细听，却没听到丝毫声息。

也可能回信的人住在别的地方，每天晚上过来查看有没有咨询信。这样就解释得过去了。可是，为什么要不辞辛苦地这么做呢？

克郎不解地离开了杂货店。不过，这个问题其实无关紧要，也许浪矢杂货店有浪矢杂货店的理由。相比之下，他更关心回信的内容。

手里拿着信，克郎在附近转悠着，想找个能静下心来读信的地方。

终于，他找到了一个小公园，里面只有秋千、滑梯和沙池，一个人影也没有。他在角落的长椅上坐下，做了几次深呼吸后，拆开了信封。里面是一张信笺。他忐忑不安地读了起来。

鱼店艺术家先生：

你的烦恼我已经了解了。

感谢你把这么奢侈的烦恼讲给我听。

真幸福啊，你是祖传鱼店的独生子吗？那什么也不做也能继承这家店啰。想必有很多以前的老客户，用不着辛辛苦苦招揽生意。

容我问一句，你周围有没有因为找不到工作而烦恼的人呢？

要是没有的话，这可真是个好世道啊。

再过三十年你看看，就不会有这种无忧无虑的日子了。只要有份工作就不错了。就算大学顺利毕业，也不知道能不能找到饭碗，这样的时代就要到来了。一定会来的，我敢跟你打赌。

不过你中途退学了啊，也就是不上学了？父母给你出钱，好不容易才考上的大学，你就这么放弃了？啧啧啧。

还有音乐是吧？你的目标是要成为艺术家吧？宁可丢下祖传的鱼店不管，也要凭一把吉他去打拼吗？哎呀哎呀。

我已经不想给什么建议了，只想说一句，你爱怎么着就怎么着吧。满脑子天真想法的人，在社会上吃点苦头也是好事。不过话虽这么说，既然顶着浪矢杂货店的招牌，还是回答一下吧。

我不会害你的，把吉他丢到一边，赶紧去继承鱼店吧。你爸的身体不是不大好吗？现在不是你吊儿郎当的时候。靠音乐吃饭是行不通的，那只有少数有特殊才华的人才做得到，你不行。别做白日梦了，面对现实吧。

浪矢杂货店

读着读着，克郎拿信的手发起抖来。不用说，是气的。

这算什么？他想。凭什么自己要被人这样骂？

放弃音乐，继承家业——这样的回答在他意料之中。从现实的角度考虑，对方这样回答也无可厚非。可就算如此，也不用讲得这么难听吧？简直太没礼貌了。

早知道就不去咨询了。把信纸和信封揉成一团塞进口袋里，克郎站了起来，想找个垃圾箱扔掉。

但他没找到垃圾箱，最后还是揣着这封信回了家。父母和荣美子正忙着将祭坛用品摆在佛龛前。

“你去哪儿了？这么晚才回来。”加奈子问。

“嗯，随便转了转……”克郎说着上了楼。

回到自己的房间，换了衣服，克郎把揉成团的信纸和信封扔进了垃圾箱。但他马上又改变了主意，捡了回来。展开皱皱巴巴的信纸，他重又读了一遍。不管读多少遍，都是那么的让人不痛快。

虽然不想理会，但就这么算了却又心有不甘。写这封信的人根本错得离谱。从他那句“祖传的鱼店”来看，肯定以为是家特别气派的店，把来咨询的人想成是有钱人家的少爷吧？

他要克郎“面对现实”，但克郎并没有逃避现实。正因为不想逃避，才会如此烦恼，而回答者却并不明白这一点。

克郎来到书桌前，拉开抽屉，拿出报告用纸和圆珠笔。花了些时间，他写成了如下的一封信。

寒暄省略　浪矢杂货店：

感谢您的回信。没想到能得到您的回答，让我惊讶极了。

不过读完信后，我很失望。

老实说，您一点也不明白我的烦恼。我也知道继承家业是更为稳定的选择，不消您来告诉我。

可是目前来看，说稳定也没有那么稳定。

您可能误会了，我家的店是个门面只有两间宽的小店，生意也谈不上有多红火，勉强赚个生活费而已。即使继承了这家店，也不能说未来就高枕无忧了。那么，大胆去探索一下别的道路，不也是一种想法吗？上一封信上也提到过，现在父母也都支持我，如果我就此放弃梦想，会让他们失望的。

您还有一个误会。我是把音乐当作职业来对待的，准备靠唱歌、演奏和作曲为生，您却以为我是拿艺术当消遣的那种人，所以才会问我，“你的目标是要成为艺术家吧？”对于这个问题，我的回答是斩钉截铁的否定。我的目标并不是成为不食人间烟火的艺术家，而是要成为职业音乐人，也就是Musician。

只有有特殊才华的人才能成功，这道理我也明白。但您怎么能断定我就没有这种才华呢？您并没有听过我的歌，不是吗？请不要一厢情愿地下结论。任何事情，不挑战一下是不知道结果的，对吧？

静候您的回信。

鱼店音乐人

7

“你几时回东京？”葬礼第二天，克郎正吃着午饭，头上缠着毛巾的健夫从店里走进来问道。鱼松从今天开始恢复营业，早上克郎从自己房间的窗子里，目送健夫开着厢式货车去进货。

“还没想好。”他含糊地回答。

“光在这儿混日子，有用吗？你说你要走音乐的道路，恐怕不是这么轻巧吧？”

“我没有混日子，我在考虑很多事情。”

“你在考虑什么？”

“行了，问这个又有什么用？”

“三年前我就狠狠骂过你一回。你得全力以赴，尽最大努力打拼给我看看！”

“烦不烦哪，这种事你不说我也知道。”克郎放下筷子，站了起来。厨房里的加奈子担心地看着他。

傍晚时分，克郎出了门。不用说，他是去浪矢杂货店。昨天深夜，他将第二封信投进了卷帘门上的小窗。

打开牛奶箱，一如昨天那般，里面放着克郎原来的那个信封。看来回信的人果然每天都来查看有没有咨询信。

和昨天一样，克郎在附近的公园读了信。信的内容如下：

鱼店音乐人先生：

不管大店小店，总归是店。托了这家店的福，你才能一路念到大学吧？就算经营很辛苦，为店里出点力不也是做儿子的责任吗？

你说父母都支持你。只要是亲生父母，除非你去犯罪，否则你干什么他们不支持呢？所以说，你怎么能把这话当真？

我没说要你放弃音乐。把它当成爱好不行吗？

坦白跟你讲，你没有音乐才华。虽然我没听过你的歌，但我就是知道。

因为你已经坚持了三年，还是没能混出个模样来，不是吗？这就是你没有才华的证据。

看看那些走红的人吧，他们可不用花这么久才受到注目。真正才华横溢的人，绝对会有人赏识的。可是谁也没留意到你，你得接受这个事实。

你不喜欢被人叫作“艺术家”吗？那你对音乐的感觉恐怕已经落后于时代了。总之一句话，我不会害你的，马上去当鱼店老板吧！

浪矢杂货店

克郎咬着嘴唇。跟上次一样，这次的回信也很过分，简直被说得体无完肤。

但不可思议的是，他并不是很生气，反而有种痛快的感觉。

克郎又读了一遍，忍不住重重地叹了口气。

说得没错啊——他不得不承认，自己内心是认同对方的。虽然言语粗鲁，但信上所说都是事实。如果真有出众的才华，一定会有人慧眼识珠——这一点克郎自己也明白，只是他一直不愿面对。他总是用时运还没到来安慰自己，其实若真正有才华，运气并不是那么重要。

以前从没有人跟他说过这种话，顶多说“很困难啊，还是放弃吧”。因为谁都不想对自己的话负责任。但这个回信人不一样，说话没有丝毫顾忌。

对了……他的目光又落到信纸上。

这个人到底是谁？竟然如此直言不讳，说话毫不客气。别人通常都会用相对委婉的表达方式，他的信里却完全感觉不到照顾情绪的意思。写信的人，肯定不是克郎熟悉的浪矢爷爷，那位爷爷的措辞会温和得多。

克郎想见见这个人。很多事写信是说不清楚的，他想当面谈谈。

到了晚上，克郎又从家里溜了出来。牛仔裤的口袋里同样放着一个信封，里面装的是第三封信。经过一番左思右想，他写下了如下的内容。

寒暄省略　浪矢杂货店：

感谢您再次回信。

坦白说，我感到很震惊，没想到您会如此激烈地指责我。我一直以为自己是有一定才华的，期待着终有一天能崭露头角。

不过您的直言不讳，倒让我觉得很痛快。

我想我应该重新审视自己了。仔细想想，我在追寻梦想上太固执己见了，或许其中也有死要面子的成分。

可是说来惭愧，我还没能下定决心，还想在追求音乐的道路上再坚持一阵子。

然后我意识到了我真正的烦恼是什么。

其实很久以前我就知道自己应该怎样选择，只是一直无法下决心舍弃梦想。到现在，我依然不知道怎样才能做到这一点。

打个比方，这就如同单相思的感觉，明知恋情不会有结果，却还是忘不了对方。

文字很难充分表达我的心情，所以我有个请求：能不能和您当面谈一次？我也非常想知道，您是怎样的一个人。

在哪里能见到您呢？只要您告诉我，无论哪里我都会去。

鱼店音乐人

浪矢杂货店和往常一样，静静地伫立在夜色中。克郎来到卷帘门前，打开投递信件用的小窗。他从牛仔裤口袋里拿出信封塞进去，塞到一半的时候停住了。

他感觉卷帘门里边似乎有人。

如果是这样，对方会从里面把信封拉进去。先维持这个样子，看看动静再说。

他瞄了眼手表，晚上十一点刚过。

克郎把手伸进另一个口袋，拿出一只口琴。深吸了一口气后，他面对着卷帘门，悠悠地吹奏起来。他想吹给门里的人听。

这是他最满意的一首原创歌曲，名字叫“重生”。歌词还没有填，因为暂时想不到合适的内容。现场演出的时候，他总是用口琴来吹奏，旋律是流畅的叙事曲风格。

演奏完一段后，他将口琴从唇边移开，注视着半露在小窗外的信封。然而它并没有被拉进去的迹象。看样子店里没有人，说不定要到早上才来收信。

他伸手把信塞了进去。啪嗒一声，隐约传来信封落地的声音。

8

“克郎，快起来！”

身体被猛烈摇晃，克郎睁开眼睛，眼前是加奈子苍白的脸。

克郎皱起眉头，眨了眨眼。

“怎么回事？”他边问边拿起枕旁的手表，时间是早上七点多。

“糟了！你爸在市场上晕倒了！”

“啊？”克郎坐起来，一下子清醒了，“什么时候？”

“刚才市场上的人打电话来说的，已经把他送到医院了。”

克郎从床上跳起来，伸手去拿搭在椅背上的牛仔裤。

穿好衣服，他和加奈子、荣美子一起出了门，在卷帘门上贴上“今日暂停营业”的告示。

搭上出租车，他们赶到医院。一位鱼市的中年工作人员正等在那里，他似乎也认识加奈子。“他搬货的时候突然显得很痛苦，所以我赶紧叫了救护车……”那个男人解释道。

“这样啊，给您添麻烦了。接下来的事情就由我们来处理，您回市场去吧。”加奈子向他致谢。

抢救结束后，主治医生过来谈话，克郎和荣美子也都在旁。

“简单来说就是过度劳累，导致心脏不堪重负。最近他有没有什么操劳的事情？”满头白发、颇有风度的医生以沉稳的语气问道。

加奈子说他刚忙完葬礼，医生理解地点点头。

“可能是因为不仅身体上，精神上也持续紧张的缘故。他心脏的状况不会立刻恶化，不过还是小心为好，建议他定期接受检查。”

“我会让他这么做的。”加奈子回答。

此时已经可以探视，他们随后便去了病房。健夫躺在急诊病房的床上，看到克郎他们，他的表情有些尴尬。

“都跑过来也太小题大做了，又不是什么大事。”他逞强地说，声音却有气无力。

“果然店还是开早了，应该休息上两三天才对。”

听加奈子这样说，健夫沉着脸摇了摇头。

“怎么可能！我没事。咱们的店要是停业，客户们就麻烦了。有的人就等着咱家的鱼呢。”

“可万一逞强把身体累垮了，那不就得不偿失了吗？”

“我都说了，我没什么大事。”

“爸，你别太拼命了。”克郎说，“如果一定要开店，我来帮忙。”

三个人的视线都集中到他脸上，每个人的眼神里都透着惊异。

沉默了一秒后，“你瞎说什么呀！”健夫不屑地说，“你能干点什么？连怎么收拾鱼都不懂。”

“才不是。你忘了吗？我上高中之前，每年暑假都到店里帮忙。”

“那跟专门干这行是两码事。”

“可是……”克郎顿住了。

健夫从毯子下面伸出右手，制止了儿子的话。

“那你的音乐呢？”

“我会放弃……”

“什么？”健夫撇了撇嘴，“你要当逃兵？”

“不是，我是觉得继承鱼店更好。”

健夫不耐烦地咂舌。

“三年前说得那么了不起，结果就这样？老实跟你讲，我就没想把店交给你。”

克郎愕然望向父亲，加奈子也担心地叫了声：“他爸！”

“你要真是一门心思想干鱼店，那自然另说，但你现在不是这么想的。以你这种心态，就算继承了鱼店，也不可能干好。等过了几年，你准会又心神不定地想，要是继续搞音乐就好了。”

“没那回事。”

“怎么没有，我都知道。到那个时候，你有很多理由替自己开脱。‘因为我爸病倒了，没办法只能继承了’，‘都是为了这个家作出的牺牲’，总之什么责任也不想负，全是别人的错。”

“他爸，别这么说嘛……”

“你给我闭嘴——怎么样，没话说了吧？有什么意见就说来听听啊！”

克郎噘起嘴，瞪着健夫。“为家里着想有这么不对吗？”

健夫哼了一声。

“这种好听的话还是等你有点成就再说吧。你一直坚持音乐，搞出什么名堂了吗？没有吧？既然你不听父母的话，一心扑在一件事上，那你就只剩下这件事了。要是连这事都做不成，倒以为自己干鱼店没问题，那你也太小看鱼店了。”

一口气说了这么多，健夫显得有些难受，按住了胸口。

“他爸，”加奈子说，“你不要紧吧？——荣美子，快去叫大夫。”

“不用担心，我没事。喂，克郎，你听好了。”健夫躺在床上，目光严肃地望着他，“我也好，鱼松也好，都还没脆弱到需要你照顾的程度。所以你不要想这些有的没的，再去全力打拼一次，在东京奋战一场。就算最后打了败仗也无所谓，至少你留下了自己的足迹。做不到这点你就不要回来。明白了吧？”

克郎不知道该说什么，唯有沉默不语。健夫又用强硬的语气问了一遍：“明白了吗？”

“明白了。”克郎小声回答。

“真的明白了？这可是男人之间的约定。”

面对父亲的问题，克郎重重点头。

从医院回到家，克郎立刻动手打点行装。除了收拾带来的行李，他还整理了房间里剩余的物品。因为很久没有好好收拾过了，他又打扫了一下卫生。

“书桌和床都帮我处理了吧，书架如果不用的话也丢掉好了。”休息兼吃午饭的时候，克郎对加奈子说，“那个房间我以后不用了。”

“那我可以用吗？”荣美子马上问道。

“嗯，行啊。”

“太好了。”荣美子轻轻拍了拍手。

“克郎，你爸话是那么说，但你随时都可以回来。”

克郎苦笑着望向母亲。

“你在旁边也听到了吧？那是男人之间的约定。”

“可是……”加奈子只说了这两个字，没有再说下去。

克郎打扫房间一直到傍晚。这之前早些时候，加奈子去了趟医院，接回了健夫。和早上相比，健夫的气色好了很多。

晚饭是寿喜烧[1]，加奈子似乎花大价钱买了上等牛肉。荣美子高兴得像个孩子，健夫却因为医生嘱咐这两三天要戒烟戒酒而喝不了啤酒，懊恼得唉声叹气。对克郎来说，这是葬礼过后第一顿和和气气的饭。

吃完晚饭，克郎换上出门的衣服，准备回东京了。加奈子说“明

---

① 日本的一种火锅料理，通常食材包括高级的牛肉切片、大葱、茼蒿、豆腐、魔芋丝等。

天再走就好了”，健夫则嗔怪说“他想走就让他走吧”。

“那，我走了。”双手提着行李，克郎向父母和荣美子道别。

“多保重啊！”加奈子说。健夫没作声。

出了家门，克郎没有直接去车站，而是绕了个弯。他想最后再去一趟浪矢杂货店，昨天那封信的回信也许已经放在牛奶箱里。

过去一看，回信果然在里面。克郎把信塞进口袋，重新打量这家已经荒废的店铺。落满灰尘的招牌仿佛在向他诉说什么。

到车站搭上车后，克郎开始读信。

鱼店音乐人先生：

第三封信我已经拜读了。

由于无法详述的原因，请恕我不能和你会面。而且，我想还是不见面为宜。见了面，你会很失望的。想到“原来一直在向这种家伙咨询啊”，你自己也会觉得不是滋味。所以这件事就算了吧。

是吗，你终于要放弃音乐了？

不过恐怕只是暂时的吧，你的目标依然是成为音乐人。说不定读到这封信时，你已经改变了心意。

这到底是好是坏，很抱歉，我也不知道。

但有一点我想告诉你。

你对音乐的执着追求，绝不是白白付出。

我相信，将会有人因为你的歌而得到救赎。你创作的音乐也必将流传下去。

若要问我为何能如此断言，我也很难回答，但这的确是事实。

请你始终坚信这一点，坚信到生命最后一刻。

我只能说这么多了。

浪矢杂货店

读完信，克郎感到很纳闷。

这封回信是怎么回事？措辞突然变得很有礼貌，和之前的简单粗暴判若两人。

最不可思议的是，对方预见到克郎再次决心成为音乐人。或许正因为有这种洞悉人心的能力，才叫作“咨询烦恼的浪矢杂货店”。

请坚信到生命最后一刻——这是什么意思？是说终有一天会梦想成真吗？为什么他能这样断定呢？

克郎把信塞回信封，放进包里。无论如何，这封信给了他勇气。

9

路过的CD店门口，蓝色封套的CD堆得像小山一样。克郎拿起一张，细细品味着喜悦的滋味。封套上印着专辑的名字“重生”，旁边写着“松冈克郎”。

终于迎来了这一天！历经艰辛，他终于成功了。

这是条漫长的道路。怀着坚定的决心，再次回到东京的克郎比以前更加全心投入音乐。他不断挑战各种比赛，参加试音，给唱片公司寄试听带，街头演出的次数更是数不胜数。

尽管如此，他依旧默默无闻。

时光转眼即逝，他渐渐不知道自己该何去何从。

就在这时，一个偶尔来看他演出的客人问他，要不要去孤儿院做慰问演出。

虽然很怀疑这样做有什么用，他还是答应了。

他去的是一所小型孤儿院，里面只有不到二十个孩子。演奏的时候他心里很没底，听演奏的孩子们也不知道该怎么反应。

后来一个孩子开始打拍子，其他的孩子纷纷效仿，最后克郎也加入进来。他感到很开心。

很久没有这样打心底享受唱歌了。

从那以后，他就不断去日本各地的孤儿院演出，擅长的适合儿童的曲目超过一千首。然而到最后，还是没能正式出道——

克郎疑惑地歪着头。没能出道？那这里的CD又是怎么回事？不是已经风光出道了吗？还是凭借自己最喜欢的一首歌。

他哼起了《重生》，但却死活想不起歌词。这也太匪夷所思了，明明是他自己写的歌。

到底歌词是什么呢？克郎打开CD盒，取出封套想看歌词，手指却突然动弹不得，无法将折叠的封套展开。店里传来震耳欲聋的声音。这是怎么了？什么音乐这么吵——

下一瞬间，克郎睁开了眼睛。他一时想不起自己身在何处。陌生的天花板、墙壁、窗帘——顺着视线看到这里，他终于记起这是丸光园的一间客房。

铃声大作，他听到似乎有人在尖叫，还有人在喊："起火了，冷静点！"

克郎跳了起来，抓起旅行包和夹克，套上鞋。幸好昨晚他没脱衣服就睡着了。吉他怎么办？他只花一秒钟就得出结论——不要了。

一出房间，他吃了一惊。走廊里浓烟滚滚。

一名工作人员用手帕捂着嘴，向他招手。"这边，请从这边逃离。"

克郎依言跟着他往外跑，一步两个台阶地狂奔下去。

马上就要到楼下时，克郎却停住了脚步。他在走廊上看到了小芹。

“你在干吗！快跑啊！”克郎大喊。

小芹双眼通红，泪水打湿了脸颊。“我弟弟……辰之不在屋里。”

“什么？他去哪儿了？”

“我不知道，不过可能在屋顶平台。他睡不着的时候总是去那里。”

“屋顶平台……”克郎犹豫了一下，但接下来的动作却很迅速。他把自己的行李塞给小芹。“帮我拿着，你赶快跑！”

“啊？”留下瞪大眼睛的小芹，克郎转身冲上楼梯。

短短一会儿，烟雾又浓了很多，他眼泪簌簌直掉，喉咙也痛了起来。不仅看不清楚周遭，连呼吸都很困难。更可怕的是看不到火光，究竟是什么地方起火了呢？再停留下去很危险，要马上逃走吗？克郎正想着，突然听到了孩子的哭声。

“喂！你在哪儿？”他出声喊道。刚一张嘴，烟就涌进了喉咙。尽管呛得受不了，他还是奋力向前。

有什么东西崩塌的声音传来，与此同时，烟雾变淡了。他看到一个少年蹲在楼梯上。正是小芹的弟弟。

克郎把少年扛到肩上，正要往下跑时，轰隆一声巨响，天花板掉了下来，转瞬间周围已是一片火海。

少年哭喊起来，克郎也心乱如麻。

但待在这里是死路一条。要活命，只有冲下楼。

克郎扛着少年在火海里奔跑。他自己也不知道要往哪儿跑，怎么跑。巨大的火焰不断袭来，他全身剧痛，无法呼吸。

红光与黑暗，同时将他包围。

似乎有人在喊他，但他已无力回答，身体一动也不能动了。不对，他都不知道自己的身体还在不在。意识渐渐模糊，仿佛要睡着了。

一封信上的文字，朦胧地浮现在他脑海中。

你对音乐的执着追求，绝不是白白付出。

我相信，将会有人因为你的歌而得到救赎。你创作的音乐也必将流传下去。

若要问我为何能如此断言，我也很难回答，但这的确是事实。

请你始终坚信这一点，坚信到生命最后一刻。

啊，是这样啊。现在就是最后的时刻，我只要现在仍然坚信就好吗？

如果真如信上所说，爸，我也算是留下足迹了吧？虽然我打了一场败仗。

10

挤得人山人海的体育馆里，一直充满了狂热的欢呼声。此前的三首安可曲，都让歌迷们的热情充分燃烧。然而最后这首却风格迥异。忠实的歌迷们似乎都知道这一点。她一拿起话筒，数万人就安静下来。

“最后还是往常的那首歌。”绝代的天才女歌手说，“这首歌是我的成名作，但它还有更深的意义。这首歌的作者，是我唯一的亲人——我弟弟的救命恩人。他用自己的生命换回了我弟弟的生命。如果没有遇到他，就不会有现在的我。所以我这一生，都会一直唱这首歌。这是我唯一能做的报答。那么，请大家欣赏。”

随后，《重生》的旋律悠然响起。

第三章　在思域车上等到天亮

1

从检票口出来，浪矢贵之看了眼手表，指针指向晚上八点半刚过。不对劲啊，他环顾四周，果然不出所料，时刻表上方的时钟显示的是八点四十五分。浪矢贵之撇撇嘴，啧了一声。这破表，又不准了。

手表是考上大学时父亲买给他的，最近常常走着走着就停了。想想也难怪，已经用了整整二十年了。他琢磨着换块石英表。这种采用石英振荡器的划时代手表，过去身价抵得上一辆小型汽车，不过最近价格已经直线下降。

出了车站，他走在商业街上。让他惊讶的是，都这么晚了，还有店铺在营业。从外面看过去，每家店生意都很红火。听说随着新兴住宅区的形成、新来居民的增加，对车站前商业街的需求也水涨船高。

这种偏僻小镇的不起眼街道竟然也这么繁华，贵之觉得很意外。不过得知从小长大的地方正在恢复活力，倒也不是件坏事。他甚至还想，要是自家的店也在这条商业街上就好了。

从商业街拐进小路，笔直向前，很快进入一片住宅林立的区域。每次来到这一带，景色都有新的变化，因为不断有新房子盖起来。听说这边的住户当中，不少人远在东京上班。想到就算搭特快电车，也得花上两个小时，贵之觉得自己无论如何也做不来。他现在租住在东京都内的公寓大厦里，虽说面积不大，也是两室一厅的套房，他和妻子、十岁的儿子共同生活。

不过他转念又想，虽然从这里去东京上班很不方便，但一个地段不可能各方面都很理想，或许某种程度上的妥协也是必要的。人生不如意事十有八九，上班时间长一点还是可以忍耐的吧。

穿过住宅区，来到一个 T 字路口。右转继续前行，是一条平缓的上坡路。这里他闭着眼睛都不会走错，随便怎么走，身体都记得哪里该拐弯。因为直到高中毕业，这是他每天上学的必经之路。

不久，右前方出现一栋小小的建筑。路灯已经亮起，但招牌上的字样黯淡发黑，很难辨认。卷帘门紧闭。

贵之在店前驻足，抬头望向招牌。浪矢杂货店——走近看，依稀可以认出这行字。

杂货店和旁边的仓库之间，有一条约一米宽的通道。贵之从那儿绕到店铺后方。念小学时，他总是把自行车停在这里。

后面有一扇后门，门旁安着牛奶箱。牛奶一直送到十年前。后来母亲去世，过了一阵子就没再订了。但牛奶箱保留到了现在。牛奶箱旁边有个按钮。以前按下去的话，门铃会响，现在已经不响了。

贵之伸手去拧门把，果然一拧就开。每次都是这样。

脱鞋处并排放着一双熟悉的凉鞋和一双老旧的皮鞋。两双鞋属于同一个主人。

“晚上好。”贵之低声说。没人回应，他不以为意地径自脱鞋进门。一进去首先看到厨房，再往前是和室，和室的前方就是店铺。

雄治身穿日式细筒裤和毛衣，端坐在和室的矮桌前，只把脸慢慢转向贵之。他扶了扶鼻梁上的老花镜。“哎呀，是你啊。”

“哎呀什么呀，你又没锁门。我都说了多少遍了，门一定要锁好。”

“没关系。有人进来的话，我马上就知道了。”

“知道才怪。你刚才不就没听到我说话？”

“我听到了，不过我正在想事儿，懒得回答。”

“你还是这么嘴硬。”贵之把带来的小纸袋搁到矮桌上，盘腿坐下，“喏，这是木村屋的红豆面包，你最爱吃的。”

“哦！”雄治眼前一亮，“老让你买东西，真不好意思。”

“这点小事，不算什么。”

雄治嗨哟一声站起身，提起纸袋。旁边的佛龛敞着门，他把装着红豆面包的纸袋放到台上，站在那里摇了两次铃铛，这才回到原地坐下。身材瘦小的他已经年近八十，腰板还是挺得笔直。

“你吃了晚饭没有？”

“下班回来吃了荞麦面，因为今晚要住在这儿。”

“哦，那你跟芙美子说了吗？”

“说了，她也很挂念你呢。你最近身体怎么样？”

“托你的福，没什么问题。你其实没必要特地来看我。”

“好不容易来一趟，别这么讲嘛。”

“我只是想说，你不用担心我。对了，我刚洗过澡，水还没倒，现在应该还没冷，你什么时候想洗就去洗。”

两人说话的当儿，雄治的视线一直望着矮桌。桌上摊着一张信纸，旁边有一个信封，收信人处写着“致浪矢杂货店”。

“这是今晚的来信吗？”贵之问。

“不是，是昨天深夜送过来的，今天早上才发现。”

“那不是早上就要答复了吗？”

向浪矢杂货店咨询的烦恼，回信会在翌日早上放到牛奶箱里——

这是雄治制定的规则。为此他每天早晨五点半就起床。

“不用，咨询的人好像也对深夜来信感到抱歉，说可以晚一天回信。”

“这样啊。”

真是怪事，贵之暗想。为什么杂货店的店主要回答别人的烦恼咨询呢？当然，整件事的来龙去脉他是知道的，因为连周刊都来采访过。从那以后咨询量大增，其中有诚意来咨询的，但大部分都只是凑热闹，明显是恶意骚扰的也不少。最过分的一次，一晚上收到三十多封咨询信，而且一看就是出自同一人之手，内容也全是信口胡说。然而雄治连那些信也要一一回答。“算了吧！”当时贵之忍不住对雄治说，“再怎么看，这都是恶作剧。拿它当回事不是太傻了吗？”

但老父亲却一点也不怕吃亏的样子，反而以同情的口气说：“你呀，什么都不懂。”

“我哪里不懂了？”面对贵之生气的诘问，雄治一脸淡然地说道：

“不管是骚扰还是恶作剧，写这些信给浪矢杂货店的人，和普通的咨询者在本质上是一样的。他们都是内心破了个洞，重要的东西正从那个破洞逐渐流失。证据就是，这样的人也一定会来拿回信，他会来查看牛奶箱。因为他很想知道，浪矢爷爷会怎样回复自己的信。你想想看，就算是瞎编的烦恼，要一口气想出三十个也不简单。既然费了那么多心思，怎么可能不想知道答案？所以我不但要写回信，而且要好好思考后再写。人的心声是绝对不能无视的。”

事实上，雄治逐一认真回答了这三十封疑似出自同一人之手的咨询信，并在早晨放进牛奶箱。八点钟店还没开门的时候，那些信果然被人拿走了。之后再也没发生类似的恶作剧，而且在某天夜里，投来了一张只写了一句话的纸：“对不起，谢谢你。”字迹和三十封信上的十分相像。贵之至今都忘不了父亲把那张纸拿给自己看时，脸上那骄傲的表情。

大概是找到了人生价值吧，贵之想。十年前母亲因心脏病离开人世时，父亲整个人都垮了。那时兄弟姊妹们都已离家独立，形单影只的孤独生活，夺走了一个将近七十岁的老人生活下去的意志，看着委实令人难过。

贵之有个比他大两岁的姐姐，名叫赖子。但她和公婆住在一起，完全指望不上。能照顾雄治的，就只有贵之了。可是他那时也刚刚成家立业，住在公司狭小的职员宿舍里，没有余力把父亲接去同住。

雄治想必也了解儿女的难处，尽管身体不好，却只字不提关店的事。既然父亲坚持撑下去，贵之也就乐得由他。

但是有一天，姐姐赖子打来了一个意外的电话。

“我真是吓了一跳，老爸现在整个人精神焕发，比妈没过世时还要有活力。这样我总算放了心，暂时应该没问题了。你也去看看他吧？我包你会大吃一惊的。”

姐姐刚去看望了很久没见的父亲，说得十分起劲。接着她又用兴奋的口气问：“你知道爸为什么会变得这么有精神吗？”贵之回答说不知道。“也是，我想你也不会知道。我听说的时候，又吓了一大跳。”说完这些，她这才把缘由告诉了贵之。原来父亲干起了类似烦恼咨询室的事情。

乍一听到这话，贵之完全没反应过来，脑子里只有一个想法：那是什么玩意儿？于是一到假日，他就立刻回了老家。眼前看到的景象让他难以置信：浪矢杂货店前围着一大群人，其中主要是孩子，也有一些大人。他们都在朝店铺的墙上看，那里贴了很多纸，他们边看边笑。

贵之走到跟前，越过孩子们的头顶向墙上望去，那里贴的都是信纸或报告用纸，也有很小的便笺纸。他看了看上面的内容，其中一张这样写道："有个问题想问。我希望不用学习、不用作弊骗人，考试也能拿到一百分。我该怎么做呢？"

这明显是小孩子写的字。对应的回答贴在下方，是他熟悉的父亲的字迹。

"请恳求老师进行一次关于你的考试。因为考的都是你自己的事情，你的答案当然是正确的。"

这都是什么啊，贵之想。与其说是烦恼咨询，更像是机智问答。

他把其他的问题也看了一遍。从"我很盼望圣诞老人来，可家里没有烟囱，该怎么办"，到"如果地球变成猴子的星球，该跟谁学猴子话"，内容全都不怎么正经。但无论什么问题，雄治都回答得极为认真。这种咨询看来很受欢迎。店铺旁边放着一个安有投递口的箱子，上面贴着一张纸，写着"烦恼咨询箱　任何烦恼均欢迎前来咨询浪矢杂货店"。

"呃，就算是一种游戏吧。本来是架不住附近孩子们起哄，硬着头皮开始的，没想到颇受好评，还有人特意从很远的地方过来看。能起到什么作用我是不知道啦，不过最近孩子们老是来问各种稀奇古怪的问题，我也得绞尽脑汁来回答，真是够呛啊。"

雄治说着露出苦笑，但表情却眉飞色舞，和妻子刚刚过世时相比，简直换了一个人。贵之心想，看来姐姐所言不虚。

让雄治重新找到人生价值的烦恼咨询，起初大家都抱着好玩的心态，但渐渐开始有人来咨询真正的烦恼。这样一来，惹眼的咨询箱就显得不大方便了，所以现在改成了通过卷帘门上的投递口和牛奶箱交换信件的方式。不过遇到有趣的烦恼，还是会像以前那样，贴到店铺的墙上。

雄治双臂抱胸，端坐在矮桌前。桌上摊着信纸，但他并没有动笔的意思。他的下唇稍稍噘起，眉头紧皱。

“你沉思好久了。”贵之说，“很难回答吗？”

雄治慢慢点头。“咨询的是个女人，这种问题我最不擅长。”

他指的应该是恋爱情事。雄治是相亲结婚，但直到婚礼当天，新郎新娘彼此都还不大了解。贵之暗想，向从那个年代过来的人咨询恋爱问题，未免也太没常识了。

“那你就随便写写呗。”

“这叫什么话？怎么可以这么不负责任？”雄治有点恼火地说。

贵之耸了耸肩，站起身来。“有啤酒吧？我来一瓶。”

雄治没作声，贵之自行打开冰箱。这是台双门的旧式冰箱，两年前姐姐家换冰箱时，把以前用的老冰箱给了雄治。之前他用的是单门冰箱，昭和三十五年买的，当时贵之还是大学生。

冰箱里冰着两瓶啤酒。雄治喜欢喝酒，冰箱里从来没断过啤酒。过去他对甜食正眼也不瞧，爱上木村屋的红豆面包是六十岁过后的事了。

贵之拿出一瓶啤酒，起开瓶盖，接着从碗橱里随便拿了两个玻璃杯，回到矮桌前。“爸也喝一杯？”

“不了，我现在不喝。”

“是吗？这可真难得。”

“没写完回信前不喝酒，我不是早说过了嘛。”

“这样啊。”贵之点点头，往自己的杯子里倒上啤酒。

凝神思索的雄治缓缓望向贵之。

“父亲好像有老婆孩子。”他冷不丁冒出一句。

“什么？”贵之张大了嘴，“你说谁？”

“咨询的人。是个女人，不过父亲有妻子。”

贵之还是一头雾水。他将啤酒一饮而尽，搁下玻璃杯。

“这很正常啊。我父亲也有妻子小孩，妻子已经过世了，不过小孩还在，就是我啦。”

雄治皱起眉头，烦躁地摇摇头。“你没听懂我的话。我不是这个意思。我说的父亲，不是咨询者的父亲，而是孩子的父亲。”

“孩子？谁的？”

“我不是说了吗，”雄治不耐烦似的摆摆手，“是咨询者怀的孩子。”

贵之咦了一声，随即恍然大悟。

“原来是这么回事啊，咨询者怀孕了，但对方是有妇之夫。”

“没错。我从刚才就是这么说的啊。”

“你说得也太不清不楚了。你说父亲，谁都会以为是咨询者的父亲。”

“分明是你先入为主了。”

“是吗？”贵之侧着头，伸手拿起杯子。

“你怎么看？”雄治问。

“什么怎么看？”

“你在没在听哪？那个男人有老婆孩子，而咨询者怀了他的小孩，你觉得应该怎么办才好？”

总算说到咨询的内容了。贵之喝了杯啤酒，呼地吐出一口气。

“时下的小姑娘真是不检点，还笨得要死。跟有老婆的男人扯上关系，能有什么好事？她脑子里在想什么！”

雄治板起脸，拍了拍矮桌。

“不要说三道四了，快回答我，应该怎么办？”

“这还用问？当然是堕胎了，除了这个还能有什么答案？”

雄治冷哼了一声，抓抓耳朵后面。“看来我是问错人了。”

“怎么啦，什么意思？”

雄治扫兴地撇了撇嘴，用手砰砰地敲着咨询信。“‘当然是堕胎了，除了这个还能有什么答案？’——连你也这么说，这个咨询者的第一反应当然也是这样。但她还是很烦恼，你不觉得这不合情理吗？”

面对雄治尖锐的指责，贵之默然无语。他说得确实没错。

“你听好了。”雄治接着说，“这个人在信上说，她也明白应该把孩子打掉。她认为那个男人不会负起责任，也冷静地预见到如果靠女人独自抚养孩子，未来会相当辛苦。尽管如此，她还是下不了决心，无论如何都想把孩子生下来，不想去打胎。你知道为什么吗？”

“这个嘛，我是搞不懂。爸你知道？”

“看过信后我就明白了。对她来说，这是最后的机会了。”

“最后？”

“一旦错过这个机会，她很可能再也生不了孩子。这个人之前结过一次婚，因为总也生不了小孩去看医生，结果发现是很难生育的体质。医生甚至叫她死了生小孩的心。因为这个原因，婚姻最后也难以为继。”

“原来是有不孕症的人啊……”

“总之因为这个缘故，对这个人来说，这是最后的机会了。听到这里，你总该明白，我不能简单地回答她‘只有堕胎了’吧？”

贵之将杯中的啤酒一口喝干，伸手去拿啤酒瓶。

“你说的我懂，但最好还是不要生下来吧？小孩子太可怜了，她也会很辛苦。”

“所以她在信上说，她已经做好了思想准备。”

“话是这么说……”贵之又倒了一杯啤酒后，抬起头，“可这就不像是咨询了呀。既然说到这个份上，明显她已经决定要生了。爸你不管怎么回答，对她都没有影响。”

雄治点点头。“有可能。”

“有可能？”

“这么多年咨询信看下来，让我逐渐明白了一件事。很多时候，咨询的人心里已经有了答案，来咨询只是想确认自己的决定是对的。所以有些人读过回信后，会再次写信过来，大概就是因为回答的内容和他的想法不一样吧。”

贵之喝了口啤酒，皱起眉头。“这么麻烦的事情，亏你也能干上好几年。”

“这也算是助人为乐。正因为很费心思，做起来才有意义啊。”

“你可真是爱管闲事。不过这封信就不用琢磨了吧，反正她都打算要生了，那就跟她说‘加油，生个健康的宝宝’得了呗。”

听儿子这样说，雄治看着他的脸，嘴不悦地撇成へ字形，轻轻摇了摇头。“你果然什么都不懂。从信上看，确实能充分感受到她想把孩子生下来的心情，但关键在于，心情和想法是两码事。说不定她虽然渴望生下这个孩子，内心却明白只能打掉，写信来是为了坚定自己的决心。如果是这样，跟她说请把孩子生下来，就会适得其反，让她遭受无谓的痛苦。”

贵之伸手按着太阳穴，他的头开始痛起来了。

“要是我就回答她，你想怎么做就怎么做吧。”

“你不用担心，谁也不会找你要答案。总之，必须从这封信上看出咨询者的心理状态。”说完雄治再度交抱起双臂。

真麻烦啊，贵之事不关己地想着。不过这样潜心思索如何回信，对雄治来说却是无上的乐趣。正因为如此，贵之很难开口切入正题。他今晚来到这里，并不是单纯只为看望年迈的父亲。

“爸，你现在方便吗？我也有事要说。”

“什么事？你看也知道，我正忙着呢。”

“不会占用你太多时间。而且你说是在忙，其实只是在思考，对吧？不如想点别的事情，也许反而会想到好主意。”

大概是觉得他说的也对，雄治板着脸转向儿子。“到底什么事？”

贵之挺直后背。“我听姐姐说了，店里的生意好像很差。”

雄治一听就皱起眉头。“赖子这家伙，真是多管闲事。”

“她是担心你才告诉我的，既然是女儿，这也是很自然的啊。”

赖子过去在税务师事务所工作过，她充分利用工作经验，每年浪矢杂货店的纳税申报都由她一手打理。但前几天报完今年的税后，她给贵之打来了电话。

“情况很糟呀，咱家的店。已经不是有赤字的问题了，而是红彤彤一片。这样子换谁申报都一样，因为根本不需要想办法避税，就算老老实实地申报，也一分钱税金都不用交。”

“有这么严重？”贵之问，得到的回答是“如果爸爸本人去报税，税务署可能会劝他去申请最低生活保障”。

贵之重新望向父亲。

“我说，差不多也该收店了吧？这一带的客人如今不都去了车站前的商业街吗？车站没建成之前，这边因为靠近公交车站，还有生意可做，现在已经不行了。还是放弃吧。”

雄治扫兴地揉了揉下巴。

“收了店，我怎么办？”

贵之深吸了一口气，说道：“可以去我那里啊。”

雄治眉毛一动。“你说什么？”

贵之扫视着房间，墙上的裂痕映入眼帘。

“不做生意的话，就没必要住在这么不方便的地方了。跟我们一起住吧，我已经和芙美子商量好了。”

雄治哼了一声。“就那间小房子？”

“不是，其实我们正考虑搬家，毕竟也到了该买房的时候了。”

雄治睁大了老花镜下的双眼。“你？买房？”

“这没什么好奇怪的吧。我也是快四十的人了，现在正在四处看房子。再说，也要考虑你养老的问题啊。”

雄治扭过脸，微微摆了摆手。“你不用考虑我。”

“为什么？”

“我自己的事情自己会想办法，不需要你们照顾。”

“就算你这么讲，做不到的事情还是做不到啊。没有什么收入，你要怎么活下去？”

“用不着你操心。我都说了，我会想办法的。”

“怎么想办——”

“你有完没完？”雄治抬高了声音，“你明天不是要回公司吗？那得一早就起。别在这儿啰唆了，赶紧去洗个澡睡觉。我很忙，还有事情要做呢。”

“你要做的事情，不就是写那个吗？”贵之扬了扬下巴。

雄治沉默地瞪着信纸，看来已经懒得搭理他了。

贵之叹了口气，站起身来。“借用下浴室。”

雄治依然没有回应。

浪矢家的浴室很小。贵之缩起手脚，以双手抱膝的姿势泡在旧不锈钢浴缸里，眺望着窗外。靠近窗边有一棵大松树，依稀可以看到几根枝叶。这是他从小就看惯的景象。

或许雄治留恋的不是杂货店，而是烦恼咨询。他觉得一旦关了店离开这里，就不会有人来找他咨询了。贵之也认为他想的没错。正因为抱着闹着玩的心态，才能轻松愉快地接受咨询。

现在就夺走他的这种乐趣，未免有点残忍，贵之想。

第二天早晨六点，贵之就起床了。叫醒他的是以前用的发条式闹钟。

在二楼的房间里换衣服的时候，他听到窗子下方有些响动。悄悄推开窗往下望去，一个人影正从牛奶箱前离开。那是名穿着白衣的长发女子，面貌看不清楚。

贵之走出房间，下到一楼。雄治也已经起来了，正站在厨房里，锅里的水已经烧开。

“早。”贵之打了个招呼。

“哦，你起来了。”雄治瞥了眼墙上的时钟，“早饭怎么办？”

“我不用了，马上就得走。倒是那个事怎么样了？就是那封咨询信。”

正从罐子里往外抓柴鱼干的雄治停下手，绷起脸看向贵之。

“写好了，我一直写到深夜。”

“你怎么回答她的？”

“那可不能告诉你。”

“为什么？”

“还用问嘛，这是规则。因为关系到个人隐私。”

“这样啊。”贵之搔搔头。父亲也知道“个人隐私”这个词，这令他很意外。“有个女人开牛奶箱拿信了。”

“什么？你看到了？”雄治露出责怪的神色。

“我从二楼往窗外瞥了一眼，偶然看到的。”

“她不会发现你了吧？”

“我想应该没有。”

“只是你猜想？”

“不会发现的，只是一瞬间的事情。”

雄治噘起下唇，摇了摇头。

“不可以窥看咨询者，这也是规则。如果对方觉得自己被发现了，就不会再写信来咨询了。”

“所以说不是有意去看的，凑巧看到而已。”

“真是的，难得回来见一面，不要给我惹出是非来。”雄治一边抱怨，一边盛出柴鱼干煮的汤。

贵之小声说了声对不起，走进洗手间，随后在洗手台刷牙洗脸，收拾完毕。雄治在厨房里煎鸡蛋，大概是独自生活时间长了，手法很熟练。

“我看，现在这样也行。”贵之对着父亲的背影说，“暂时不跟我们一起住也没关系。”

雄治没作声，似乎觉得压根儿不用回答。

“明白了。那，我走了。”

“嗯。”雄治低声回答，依然没转身。

从后门离开时，贵之打开牛奶箱看了看，里面什么也没有。

老爸是怎么回答的呢？他有点——不，是相当在意。

2

贵之上班的公司在新宿，位于一栋大厦的五楼，从楼上可以俯视靖国通。业务内容是出售和出租办公设备，客户以中小企业居多。年轻的社长慷慨激昂地宣称“今后就是电脑时代”，据他说，办公场所每人一台微型电子计算机——简称电脑——的时代即将到来。文科出身的贵之总觉得那玩意儿派不上什么用场，但社长似乎坚信它用途无穷。

“所以从现在开始，你们也要用心学习啊！”这是社长最近的口头禅。

姐姐赖子打电话到公司时，贵之正在看《电脑入门》这本书。里面的内容看得他云里雾里，恨不得把书扔出去。

“不好意思啊，往你公司打电话。”赖子带着歉意说。

“没关系。有什么事？还是爸的事吗？”姐姐只要打电话来，他的第一反应就是和爸爸有关。

“是啊。”不出所料，赖子果然这样回答，“昨天我去看他，可是店关门了。你听说了什么没有？”

“咦？没有啊，我什么也没听说。怎么了？”

“我问他怎么回事，他说没什么，偶尔也要休息一下。”

“说得也是呀。”

“不是那样的。回来的路上，我找了附近的住户打听，问他们最近浪矢杂货店怎么样，他们说，大概一周前就关门了。”

贵之蹙起眉头。“这就不对劲了。”

“是吧？而且爸的气色也很不好，我看他瘦得厉害。”

“是不是生病了？”

“我也这么想……”

这件事确实令人不安。对雄治来说，烦恼咨询是他现在最大的生活乐趣，而要持续开展下去，首要前提就是杂货店正常开张。

前年贵之曾经试图劝说雄治关店。想到他当时的态度，贵之觉得他不可能没病没痛的就把店关了。

“我知道了。我今天就回去看看。”

“不好意思，那就拜托你啰？是你的话，他也许会说出实情。”

这可不好说，贵之心里想着，回了句“好吧，我问问看”就挂了电话。

到了下班时间，他离开公司，前往老家。路上他用公用电话给家里打了个电话，说了缘由，妻子芙美子也很担心。

上次见到父亲，是在今年正月的时候。他带着芙美子和儿子一起回家看望，那时父亲看起来还很硬朗。半年过去，这中间出什么事了呢？

晚上九点多，贵之抵达了浪矢杂货店。驻足望去，店铺卷帘门紧闭。这光景本来不足为奇，但他却有种感觉，似乎整个店都变得生气全无。

绕到后门，探手去拧把手，却发现罕有地上了锁。贵之取出备用钥匙。这把钥匙已经多年没有用过了。

打开门走进去，厨房的灯关着。继续往前，只见雄治躺在和室的被褥上。

或许是听到了动静，雄治翻了个身，转脸向外。"是你啊，怎么了？"

"什么怎么了。姐姐担心你，给我打了电话。听说你把店关了？而且整整一个礼拜？"

"是赖子啊。这孩子，老是多管闲事。"

"这哪里是闲事。到底发生了什么事？身体不舒服吗？"

"没多大事。"

也就是说，果然身体状况不好。

"哪儿不舒服？"

"我不是说了，没多大事。没有什么地方疼啊难受什么的。"

"那是怎么回事？为什么把店关了？告诉我呀。"

雄治听了沉默不语。贵之以为父亲又要固执地不回答了，但一看父亲的脸，他顿时吃了一惊。父亲眉头紧锁，紧抿着嘴唇，神色间流露出深切的痛苦。

"爸，到底……"

"贵之，"雄治开口了，"有房间吗？"

"你是指什么？"

"就是你那儿呀，东京。"

"有。"贵之点点头。去年他在三鹰买了栋房子，虽然是二手房，但入住前已经翻修一新。雄治自然也去看过。

“还有空出来的房间吗？”

贵之明白父亲的意思了，同时也涌起一股意外之感。

“有啊。”贵之说，“我们早就给你准备了房间，就是一楼的和室。以前你去的时候，不是带你看过吗？虽然小了点，不过采光很好。”

雄治长长地叹了口气，抓了抓额头。

“芙美子是什么想法？她真的能接受吗？好容易有了个属于自己的家，可以和丈夫孩子亲亲热热地生活了，突然多了个老头子，会不会觉得很碍事？”

“这一点你尽管放心。当初买房的时候，我们挑选的标准就是方便和你一起住。”

“……哦。”

“你想去住了吗？我们随时都欢迎。”

“好吧。”雄治的表情依然很严肃，“那就叨扰你们啦。”

贵之感到胸口有股压迫感。这一天终于到来了吗？但他小心地没有将情绪表露到脸上。

“别这么客气。不过，究竟是怎么回事？以前你不是说过，店会一直开下去吗？果然还是身体不好吧？”

“没那回事，你不要疑神疑鬼。怎么说呢，反正……”雄治顿了顿，隔了一会儿才说下去，“反正也是时候了。”

“这样啊。”贵之点点头。既然雄治如此说，他也不好再说什么了。

雄治离开浪矢杂货店，是一周之后的事情。他没找专业的搬家公司，全靠自己家人帮忙搬了家。带走的只是最需要的物品，其他的都留在店里，因为房子怎么处置还没有决定。就算想卖，一时也找不到买家，所以就先这样了。

搬家的途中，租来的卡车收音机里在播放南天群星的《可爱的艾莉》。这首歌是三月份发售的，现在非常流行。

妻子芙美子和儿子都对新的家庭成员表示了欢迎。当然贵之心里有数，儿子且不提，芙美子心里肯定是不乐意的。但她是个温柔贤惠的女人，不会把这话说出来。这也是贵之娶她的原因。

雄治好像也对新生活感到很满意，每天在自己房间里读读书，看看电视，有时出去散散步。尤其让他开怀的是，现在每天都能见到孙子了。

然而这样的日子并没有持续太久。

共同生活没多久，雄治就病倒了。他是深夜突感疼痛，被救护车送到医院。据他说是腹痛得厉害。这种情况以前从未发生过，让贵之慌了手脚。

第二天，医生向贵之说明了病情。虽然还需要进一步检查，但很可能是肝癌。

而且是晚期——戴眼镜的医生以冷静的口气说道。

"您的意思是，没有办法了吗？"贵之问。

"你可以这么认为。"医生语气不变地回答。换句话说，手术已经没有意义。

当然，雄治并没有听到这番话。他们讨论的时候，他还在麻醉的效力下沉睡。

他们商量好不向病人透露真正的病情，准备以一个适当的病名瞒过他。

得知情况后，姐姐赖子失声痛哭，责怪自己没有早点带父亲去看病。被姐姐这一说，贵之心里也很难过。虽然一直觉得父亲精神不好，可真没想到会是这样的重病。

雄治从此开始了与病魔抗争的生活。不知是否该说是幸运，他几乎从没叫过痛。每次去医院看望，看到他一天比一天消瘦，让贵之很心酸，不过，病床上的雄治看上去倒还比较有精神。

就这样过了一个月左右，贵之下班回来，去医院看望父亲，发现他难得地坐起身，眺望着窗外。这是间两人病房，另一张床现在空着。

“今天精神不错嘛。”贵之打了个招呼。

雄治抬头望向儿子，忽然不出声地笑了。

“因为平常都是最低点，偶尔也有回升的日子。”

“回升就好。这是红豆面包。”贵之把纸袋搁到旁边的架子上。

雄治看了一眼纸袋，又望向贵之。

“有件事想麻烦你。”

“什么事？”

“嗯……”雄治沉吟着，垂下了视线。随后他略带犹豫地开口了，说出的话完全出乎贵之的预料。

他说，他想回店里。

“回去干吗？还要做生意吗？以你这样的身体？”

贵之一问，雄治摇了摇头。

“店里没什么商品，开张是不可能的了。不过那也无所谓，我只是想回到那里。”

“为什么要回去呢？”

雄治闭上了嘴，似乎在犹豫该不该说。

“你用常识想想吧，以你现在的身体状况，肯定没法一个人生活，得有人陪着照顾你。你难道不明白，这是很难做到的事情？”

雄治听了，皱起眉头，摇了摇头。

“没人陪也没关系，我一个人就行。”

“怎么可能啊。想也知道，不能把病人一个人丢下不管。你就别说这种异想天开的话了。”

雄治定定地看着他，眼神仿佛在诉说什么。“只要待一晚就可以了。”

“一晚？”

“是啊，一晚。我只想在店里一个人待上一晚。”

“为什么？到底是怎么回事？”

“跟你讲也没用，你不会理解的。不过，换了别人也一样理解不了。你会觉得这事很荒唐，不想搭理。”

“你不跟我说，怎么知道我能不能理解呢？”

“唔……”雄治歪着头，“不行，你不会相信。”

“啊？不相信？不相信什么？”

雄治没有回答，而是换了副口气说道：“贵之，医生有没有告诉你，我现在随时可以出院？反正已经没法治疗了，病人想做什么就让他去做吧——他们这么跟你说了吧？”

这回轮到贵之沉默了。雄治所说的都是事实。医生的确告知过他，雄治的病情已经无计可施，什么时候去世都不奇怪。

“拜托了，贵之。就照医生说的办吧。”雄治双手合掌请求。

贵之皱起眉头。“你别这样。”

“我已经没有时间了。请你什么也不要说，什么也不要问，让我去做我想做的事吧。”

老父亲的话压得贵之心头很沉重。尽管完全不明白怎么回事，他还是想让父亲实现心愿。他叹了口气。“你想什么时候去？”

“越快越好，今晚怎么样？”

“今晚？”贵之禁不住瞪大双眼，“为什么这么急……”

“我不是说了，已经没时间了。”

“可是总得跟大家说明一下吧。”

“没那必要。赖子那边你别透风声，跟医院就说临时回趟家，然后直接去店里。”

“爸，这到底是怎么回事？你先把缘由告诉我啊。”

雄治扭过脸去。“要是跟你说了，你肯定会说不行。”

“不会的，我保证。我一定带你去店里，你就告诉我吧。”

雄治缓缓望向贵之。“真的吗？你真的会相信我的话？”

“真的。我会相信。这是男人之间的约定。”

“好。”雄治点点头，“那我就告诉你。”

3

坐在副驾驶座上，雄治一路几乎没说话，但也不像是睡着了。离开医院约三个小时后，熟悉的风景逐渐出现在眼前，他开始怀念地望着窗外。

今晚带雄治出来的事，贵之只告诉了妻子芙美子。让一个病人搭电车显然不现实，所以必须自己开车。而且今晚很可能回不来。

前方可以看到浪矢杂货店了。贵之将去年刚买的思域汽车徐徐停在店前。拉起手刹后，他看了眼手表，十一点刚过。

“好了，到了。”

拔出车钥匙后，贵之正要起身，雄治伸手按住了他的腿。

“送到这儿就行了，你回去吧。”

“可是……”

“跟你说过好几次了，我一个人待着就好，不希望旁边有人在。”

贵之垂下眼。他很明白父亲的心情，如果相信那个不可思议的故事的话。可是……

“对不起。”雄治说，“让你送我到这么远的地方，还提出这么任性的要求。”

“算了，没什么。”贵之揉了揉鼻子下面，“那我明天早上再来看你，现在就随便找个地方消磨时间吧。”

“你是要在车里睡一觉吗？这可不行，对身体不好。”

贵之啧了一声。

“爸，你也好意思讲这话，你自己可是个重病号。再说，换了你是我，你会把生病的父亲丢在跟废弃屋没两样的地方，自己一个人回去吗？反正早上要来看你，还不如在车上等着舒服。”

雄治歪了歪嘴，脸上的皱纹愈发深了。“抱歉啊。”

“你一个人真的不要紧？要是我过来的时候，发现你倒在一片漆黑之中，我可不答应。”

“嗯，没事。而且店里没有断电，不会一片漆黑。”说完雄治打开身旁的车门，伸脚踏上地面，动作看着让人很不放心。

“啊，对了。”雄治回过头，“差点忘了一件要紧事，我得先把这个交给你。”他递出一个信封。

“这是什么？”

“我本来是打算把这作为遗书的，但既然已经将一切都毫不隐瞒地跟你说了，所以现在就交给你也没问题了。或许这样反而更好。你等我进屋后再看，看完之后，要发誓按照我的意愿去做。否则，我现在所做的事情就没有意义了。”

贵之接过信封。信封的正反两面都空无一字，但里面好像装了信纸。

“那就拜托你了。”雄治下了车，拄着从医院带来的拐杖迈步向前。

贵之没有说话，他不知道该说什么。雄治一次也没有回头，身影渐渐消失在店铺和仓库之间的那条通道上。

恍惚了好一会儿，贵之才回过神来，拆开手上的信封。里面的确装有信纸，上面写着奇妙的内容。

贵之吾儿：

当你读到这封信的时候，我应该已经离开人世了。虽然说来落寞，但也是没办法的事。而且对我而言，其实并不会觉得落寞。

留下这封信给你，原因无他，只因为有件事一定要拜托你。无论发生什么事，你一定要替我做到。

我要拜托你的事，一言以蔽之，就是发布公告。当我的三十三周年忌日快要到来时，请你通过某种方式，将以下内容告知世人：

“〇月〇日（此处当然是填我的去世日期）凌晨零时零分到黎明这段时间，浪矢杂货店的咨询窗口将会复活。为此，想请教过去曾向杂货店咨询并得到回信的各位：当时的那封回信，对您的人生有何影响？可曾帮上您的忙？希望各位直言相告。如同当时那样，来信请投到店铺卷帘门上的投信口。务必拜托了。”

你一定会觉得这件事莫名其妙，但对我来说却非常重要。就算觉得荒唐也好，希望你能够完成我的心愿。

父字

把这封信看了两遍，贵之不禁独自苦笑。

假如事先没得到任何解释，接到这么奇怪的遗书时，他会怎么做呢？答案很明显：必然会无视。他会以为父亲是大限将近，脑子糊涂了，就此置之不理。就算当时有点挂意，也会转眼就忘了。就算没那么快忘，三十年后也会忘得一干二净。

但听了雄治那番奇妙的话后，他再也无法无视这封遗书了。因为这也是雄治很深的苦恼。

向他坦白心事时，父亲首先拿出一张剪报，递给了他。“你先看看这个。”

那是三个月前的一篇报道，内容是一名住在邻镇的女子之死。根据报道所述，有多人目击到一辆汽车从码头坠入海中。接到报警，警察和消防员赶往救助，但驾驶座上的女子已经死亡。而车上一名一岁左右的婴儿却在落海后不久被推出车外，浮在水面时被发现，奇迹般安然生还。开车的女子名为川边绿，二十九岁，未婚。汽车是她声称要带孩子去医院，向朋友借来的。据川边绿的邻居反映，她似乎没有工作，生活很窘迫。事实上，她的确因为拖欠房租，被勒令当月月底前搬走。由于现场没有踩刹车的痕迹，警方认为携子自杀的可能性很高，目前正在进行调查——报道最后如此总结道。

“这篇报道怎么了？”贵之问。

雄治难过地眯起眼睛，回答说，她就是当时的那个女人。

“你还记得有个女人因为怀了孕、男方却是有妇之夫而感到迷茫，前来咨询吧？我想她就是那个女人。地点是在邻镇，婴儿刚满一岁，这些也都吻合。”

“怎么可能？”贵之说，“只是巧合吧？”

然而雄治摇了摇头。

“咨询的人用的都是假名，当时她用的假名是‘绿河’。川边绿……绿河，这也是巧合吗？我看不像。”

贵之无话可说了。如果说是巧合，确实也太巧了点。

“再说，”雄治接着说道，“这个女人是不是当时那位咨询者并不重要，重要的是，当时我的回答是不是正确。不，不只是当时，至今为止所写的无数回信，对那些咨询的人来说有什么影响，这才是最重要的。我每次都是认真思考后才写下回信，从来也没有随意敷衍，这一点我可以肯定。可是究竟回信有没有帮助到咨询者，就不得而知了。说不定他们按照我的回答去做，结果却陷入不幸的境地。想到这一点，我就如芒刺在背，再也无法轻松地开展咨询了。所以我关了店。”

原来是这样啊，贵之终于恍然。在此之前，坚决不肯关店的父亲为什么突然改变了心意，一直是个不解之谜。

“搬到你这里以后，我也一刻都忘不掉这件事。我的回答会不会让别人走上错误的道路呢？一想到这个问题，我晚上就睡不着觉。病倒的时候，我也在想，也许这就是报应吧。”

“你多虑了。”贵之说。无论回信的内容为何，最后做出决定的都是咨询者本人。即使最后落得不幸的结果，雄治也无须为此负责。

然而雄治还是看不开。一天又一天，他躺在病床上，脑子里想的全是这个问题。不知从什么时候起，他开始做一个奇异的梦。梦到的不是别的，正是浪矢杂货店。

“那是深夜时分，有人往店铺卷帘门上的投递口投了一封信。我在某个地方看到了这一幕。我不知道那是什么地方，好像是空中，又好像就在附近。不管怎样，我确实看到了。而且那是很久很久以后……几十年之后的事情。你要问我为什么这么想，我也答不上来，但就是这种感觉。”

他几乎每晚都会做这个梦。最后他终于意识到，这不是单纯的梦境，而是对未来所发生事情的预知。

“往卷帘门里投信的，是那些过去给我寄过咨询信，并且收到我回信的人。他们是来告诉我，自己的人生有了怎样的变化。”

我想去收那些信，雄治说。

“怎么才能收到未来的信呢？”贵之问。

“只要我去了店里，就能收到他们的来信。虽然听起来不可思议，但我就是有这种预感。所以我无论如何都要回去一趟。”

雄治的语气很坚定，不像是在说胡话。

这种事委实令人难以置信。然而贵之已经和父亲约定会相信他，不得不答应父亲的要求。

4

在狭小的思域车里醒来时，周围光线依然很暗。贵之打开车里的灯，看了看时间，还差几分钟才到凌晨五点。

汽车停在公园附近的路上。贵之把往后放倒的座椅恢复原状，又活动了一圈脖子后便下了车。

他在公园的洗手间里解了手，洗了脸。这是他儿时经常来玩的公园。从洗手间出来，他环顾四周。让他有些惊讶的是，公园的面积意外的小。想想简直不可思议，当年是怎么在这么小的地方打棒球的？

回到车上，他发动引擎，打开车头灯，缓缓前进。从这里到杂货店只有数百米距离。

天色渐渐发白。抵达浪矢杂货店前时，已经能看清招牌上的字样。

贵之下了车，绕到店后。后门关得紧紧的，而且上了锁。虽然有备用钥匙，他还是选择敲门。

敲门后等了十来秒，里面隐约传来响动。

开锁的声音响起，门开了，露出雄治的脸。他的表情很安详。

“我还以为你出什么事了呢。”贵之试探着说，声音略带嘶哑。

“唔，你先进来吧。”

贵之走进屋里，砰地关上后门。那一瞬间，他感觉到气氛有了微妙的变化，仿佛与外面的世界隔绝了一般。

脱了鞋迈进室内，虽然已经几个月没人住了，里面却不见明显的破败迹象，就连尘埃也没有想象中那么多。

“没想到还挺干净嘛。明明完全没有——”正要说出“通过风”时，贵之突然顿住了。他看到了厨房里的餐桌。

餐桌上摆着一排信，有十多封。每个信封都很漂亮，收信人栏几乎都写着“致浪矢杂货店”。

“这是……昨晚收到的吗？”

雄治点点头，坐到椅子上。来回扫视了一遍信封后，他抬头望向贵之。

“和我预想的一样，我刚刚在这里坐下，信就接二连三地从卷帘门上的投递口掉进来，好像早就在等着我回来似的。”

贵之摇了摇头。

“你昨晚进屋以后，我在门外停留了好一会儿。我一直看着店铺，但没有任何人接近。不光如此，也没有人从门口经过。”

“是吗？可是信就这样来了。”雄治摊开双手，“这是来自未来的回答。”

贵之拉过一把椅子，坐到雄治对面。“真不敢相信……”

“你不是说过会相信我的话吗？”

“呃，那倒也是。”

雄治苦笑了一下。

“其实你内心还是觉得不可能，对吧？那你看到这些信，有什么感想？还是说，你想说这些都是我事先准备好的？”

“我不会这么说。我觉得你没有这么闲。”

“光是准备这么多信封和信纸就够麻烦了。为了慎重起见，我先讲清楚，这里面没一样是咱家店里的商品。”

“我知道。这些东西我都没见过。”

贵之有些混乱。世界上真有这种童话般的故事吗？他甚至怀疑，父亲是不是被人用巧妙的手段骗了。可是，没理由在这种事上做手脚啊。再说，骗一个没几天好活的老人，又有什么乐子呢？

来自未来的信——或许还是解释为发生了这种奇迹比较妥当。如果这是事实，那就太惊人了。这本应是非常令人兴奋的局面，但贵之却很冷静。虽然思绪多少有点紊乱，他还是冷静得自己都感到意外。

“你全部看了吗？”贵之问。

“嗯。”雄治说着，随手拿起一封信，抽出里面的信纸递给贵之。“你读读看。”

“我可以看吗？”

“应该没问题。”

贵之接过信纸，展开一看，不由得“啊”了一声。因为上面不是手写的字迹，而是打印在白纸上的铅字。他跟雄治一说，雄治点了点头。

“半数以上的信都是打印出来的，看来在未来，每个人都拥有可以轻松打印文字的设备。”

单这一件事就足以证明，这的确是来自未来的信件。贵之做了个深呼吸，开始读信。

浪矢杂货店：

贵店真的会复活吗？通知上说的“仅此一晚”，究竟是什么意思呢？我烦恼了很久，不知道该怎么办，最后还是抱着“就算被骗也无所谓”的想法，写下了这封信。

说来已经是四十年前的往事了，当时我问了如下的问题：

我好想不用学习也能考一百分，应该怎么做呢？

那时我还是个小学生，这个问题真是太蠢了。而浪矢先生给出了很棒的回答。

请拜托老师进行一次关于你的考试。因为考的都是你自己的事情，你的答案当然是正确的。所以肯定能拿到一百分。

读到您的回答时，我心想这不是耍人嘛，我明明是想知道语文、数学考满分的方法。

但这个回答一直留在我记忆里。直到后来我上初中，上高中，一提到考试，我就会想起这个回答。我的印象就是有这么深刻。也许是因为一个孩子的玩笑问题得到正面的回应，感到很开心吧。

不过我真正认识到这个回答的出色之处，还是从我在学校教育孩子开始的。没错，我成了一名教师。

走上讲台没多久，我就遇到了难题。班上的孩子们不愿向我敞开心扉，也不肯听我的话。他们之间的关系也算不上好。我试图去改变这种状况，却完全没有进展。我感觉这些孩子的内心很自我，除了极少数朋友之外，对他人漠不关心。

我尝试了各种各样的办法，比如创造机会让他们一起享受运动和游戏的乐趣，又或是举行讨论会，可是无一例外都失败了。他们看起来一点都不快乐。

后来有个孩子说了一句话。他说，他不想做这种事情，他想考试拿一百分。

听到这话，我吃了一惊，想起了一件很重要的事。

我想您可能已经明白了，我决定对他们进行一项考试，名字叫作“朋友测验”。随意选定班上一名同学，出各种与他有关的问题。除了出生年月日、住址、有无兄弟姐妹、父母职业，还会问到爱好、特长、喜欢的明星等等。测验结束后，由这名同学自己公布答案，其他同学各自对答案。

他们一开始有些不知所措，但进行了两三次后，就表现得很有积极性了。要想测验拿到高分，秘诀只有一个，就是对同学的情况非常熟悉。他们就像换了一个人一样，彼此之间经常交流。

对于我这个菜鸟教师来说，这真是宝贵的经验。从此我加深了自己可以当好教师的信心，事实上，我一直当到了今天。

这一切都是托了浪矢杂货店的福。我一直很想表达感谢之情，却苦于不知道途径。这次能有这样一个机会，我真的很高兴。

百分小毛头

※接收这封信的是浪矢先生的家人吧？希望能供到浪矢先生的灵前。拜托了。

贵之看完刚抬起头，雄治就问：“怎么样？”

“这不是挺好的嘛。”贵之先这样说，“这个问题我也记得，就是问你不学习也能拿一百分的方法。没想到当时那个孩子会给你写信。”

“我也很惊讶。而且他还很感谢我。其实我对于那些半开玩笑的问题，只是凭着机智去回答而已。”

“但是这个人一直都没忘记你的回答。”

“好像是这样。不但没忘，他还以自己的方式来理解，并且灵活应用在生活中。其实他不用感谢我，之所以能顺利成功，靠的是他自己的努力。”

“不过这个人一定很开心。闹着玩提的问题不仅没被无视，还得到了认真的回答，所以他才会一直记在心上。”

“那点事不算什么。”雄治来回看着其他的信封，“别的信也都是这样，几乎都很感谢我的回答。这当然是值得欣慰的事情，不过从我读到的内容来看，我的回答之所以发挥了作用，原因不是别的，是因为他们自己很努力。如果自己不想积极认真地生活，不管得到什么样的回答都没用。”

贵之点点头。他也有同感。

“知道了这一点，不是很好吗，说明你所做的事情没有错。”

“唔，可以这么说吧。”雄治伸手搔了搔脸颊，然后拿起一封信，“还有一封信也想给你看看。”

“给我？为什么？”

“你看过就知道了。”

贵之接过信封，抽出里面的信纸。信是手写的，密密麻麻写满了秀气的字迹。

浪矢杂货店：

在网上得知贵店将在今晚复活的消息，我坐立不安，于是提笔写下了这封信。

老实说，我并不知道浪矢杂货店的事，当年给浪矢先生写信咨询的，另有其人。在说出此人是谁之前，我想先说明我的身世。

我的童年时代是在孤儿院里度过的。我完全不记得自己什么时候到了那里，从我记事时起，就已经和其他孩子一起生活了。那时我并不觉得这有什么特别。

但当我上学后，我开始产生疑问。为什么我没有父母，也没有家呢？

有一天，一个我最信任的女职员向我透露了我被孤儿院收留的缘由。据她说，我一岁时母亲因为事故过世，而父亲原本就没有。至于详细的情况，等我大一点再告诉我。

这是怎么回事？为什么我没有父亲？我依然无法释怀，而时间就这样过去了。

后来到了中学时代，社会课上布置了调查自己出生时候事情的作业。我在图书馆查看报纸缩印版时，无意中发现了一篇报道。

报道的内容是一辆汽车坠海，驾车的名为川边绿的女子当场死亡。由于车上有一名一岁左右的婴儿，同时没有踩刹车的痕迹，怀疑是母亲携子自杀。

我听说过母亲的名字和过去的住址，所以我确信，这就是发生在自己身上的事。

我很震惊。母亲之死不是事故而是自杀也就罢了，得知她是有计划地携子自杀，也就是母亲要让我去死，我受到了强烈的冲击。

从图书馆出来，我没有回孤儿院。要问我去了哪里，我也答不上来，因为我自己也记不清楚了。那时我脑子里想的只有一件事：难道我是早该去死的人，活着也没有用处？母亲本应是世界上最爱我的人，连她都要杀了我，我这种人活在世上，究竟有什么价值？

受到警察保护，是第三天的事。被发现的时候，我已经倒在百货公司楼顶平台上的小游乐场角落里。为什么会去那种地方，我完全不明白，只模糊记得心里在想，要是从很高的地方跳下来，就会轻松地死掉吧。

我被送到医院。因为我不仅虚弱异常，手腕上还有无数割痕。从我当宝贝一样抱着的包里，找到了一把带血的裁纸刀。

很长一段时间，我跟谁都不说话。不止如此，连看到人都会感到痛苦。因为不怎么吃东西，我一天比一天瘦。

就在这时，有一个人来看望我。她是我在孤儿院最好的朋友，和我同年，有一个有点问题的弟弟。据说姐弟俩是因为遭到父母虐待，所以进了孤儿院。她唱歌很好听，而我也喜欢音乐，由此成了朋友。

面对着她，我终于可以说话了。说了几句无关痛痒的话后，她忽然说，她今天来，是要告诉我一件非常重要的事。

她说她从孤儿院的人那里听说了我的全部身世，所以想跟我谈一谈。看来她是受孤儿院工作人员之托而来，他们大概觉得，只有她能和我说说话。

我回答说，我已经全部知道了，不想再听。她听了用力摇头，然后对我说，你知道的只是冰山一角，事情的真相你恐怕一无所知。

“比如说，你知道你妈妈去世时的体重吗？”她问我。“这种事我怎么可能知道。”听我这样说，她告诉我，是三十公斤。那又怎样？正想这么回她，我忍不住又问了一遍："只有三十公斤？"

朋友点点头，接着说了如下的一段话。

川边绿的尸体被发现时，整个人瘦得皮包骨头。警察调查了她的住处，发现除了奶粉外，简直没有什么像样的食物。冰箱里也只有一个装着婴儿食品的瓶子。

据知情人士说，川边绿似乎找不到工作，积蓄也花光了。因为拖欠房租，被勒令搬出公寓。从上述情况来看，推断她因想不开而携子自杀是合理的。

然而有一个重大的谜团，就是那个婴儿。为什么婴儿会奇迹般获救？

"实际上，那并不是奇迹。"朋友说，"但在说明之前，有样东西想给你看看。"说完她递给我一封信。

根据朋友的说法，这封信是在我母亲住处找到的。因为与我的脐带珍重地放在一起，所以一直由孤儿院保管。孤儿院的工作人员商量后决定，等时机合适时再交给我。

信纸放在信封里，信封的收件人处写着"致绿河小姐"。

我迟疑地展开信纸，上面的字迹很漂亮。乍一看我以为是母亲写的，读着读着，才发现并非如此。这封信是别人写给母亲的。绿河指的是母亲。

信的内容用一句话概括，就是给母亲的建议。看来母亲是在向这个人咨询烦恼。从内容来看，母亲似乎是怀了有妇之夫的孩子，为应该生下来还是堕胎而纠结。

得知自己出生的秘密，我受到了新的打击。原来我是不伦之恋的结晶啊，想到这里，我不禁自悲自怜起来。

当着朋友的面，我脱口发泄对母亲的怒火。为什么要生下我？早知道不生不就好了。不生就不会那么辛苦，也不用带我一起去死了。

朋友说，事情不是你想的那样，你好好读读这封信。

写信人对母亲说，最重要的是能不能让即将出世的孩子幸福。即使父母双全，孩子也未见得就能幸福。最后他总结说，如果你没有做好心理准备，愿意为了孩子的幸福忍耐任何事情，即使你有丈夫，我也会建议你最好不要生。

"你妈妈因为有一切为你幸福着想的决心，才会生下了你。"朋友说，"她珍重地收藏着这封信，就是最好的证据。所以，她不可能带你去死。"朋友断言。

据朋友说，落海的汽车靠驾驶座的窗子是敞开的。那天从早上就在下雨，开车途中不可能开窗，所以唯一的可能，就是在落海后打开。

并非携子自杀，而是单纯的意外。三餐不继的川边绿，或许是在开车时因营养不良而突发贫血。向熟人借车，很可能也确实如她所说，是为了带孩子去医院。

因为贫血一时失去意识的她，落海时苏醒过来。在惊慌失措中，她打开了车窗，首先把孩子推出窗外，希望他能安全获救。

遗体被发现时，川边绿连安全带都没解开。大概是因为贫血，意识已经模糊了吧。

顺带一提，婴儿的体重超过十公斤。川边绿应该给婴儿吃得很饱。

说完以上这些话，朋友问我："你有什么想法？还是觉得宁愿没被生下来吗？"

我不知道自己是什么样的心情。我从来没见过母亲，就算是恨，也是一种很抽象的感情。尽管想把这种感情转变成感谢，内心却充满困惑。于是我说，我什么想法也没有。

车子坠海是自作自受，穷到营养不良是她自己的问题，救孩子是一个母亲应该做的，自己没逃出来说明太笨——我对朋友这样说。

朋友当即打了我一记耳光。她哭着说，你怎么可以这么轻视人的生命！难道你忘了三年前的火灾了吗？

听到这话，我不禁心中一震。

那场火灾发生在我们所在的孤儿院。那年圣诞夜，对我来说也是很恐怖的记忆。

朋友的弟弟逃得太晚，差点丢掉性命。他之所以幸免于难，是因为有人救了他。那个人是来参加圣诞节晚会的业余歌手，我记得是个面容和善的男人。所有人都在往外逃的时候，只有他听到朋友的求救，转身冲上楼去找她弟弟。最后她弟弟得救了，而他全身严重烧伤，在医院过世。

朋友说自己和弟弟一辈子都感谢那个人，并将用一生来报答他的恩情。她流着泪说，希望你也明白生命是多么可贵。

我终于知道为什么孤儿院的工作人员要派她过来了。他们一定觉得，没有人比她更能告诉我，应该怎样看待我母亲。而且，他们是对的。在她的感染下，我也哭了。我终于可以坦率地感谢从未谋面的母亲。

从那天起，我再也没有过“要是没被生下来就好了”的想法。虽然至今为止的道路绝非一片坦途，但想到正因为活着才有机会感受到痛楚，我就成功克服了种种困难。

因此我很在意那个给母亲写信的人。那封信的落款是“浪矢杂货店”，这个人到底是谁呢？杂货店又是怎么回事？

直到最近，我才从网络上得知，那是一个热爱烦恼咨询的老爷爷。有人在博客上写出了这段回忆，我再寻找其他的信息，由此知道了这次的公告。

浪矢杂货店的老爷爷，我由衷地感谢您给母亲的建议，也一直希望能有机会表达这份心意。真的谢谢您。现在我可以自信地说，能来到这个世界，真好。

绿河的女儿

PS，我现在是那位朋友的经纪人。她充分发挥自己的音乐才华，已经成为全国知名歌手。她也正在报恩。

5

贵之把厚厚的信纸仔细叠好，放回信封。

“太好了，爸，你的建议没有错。”

“哪儿呀。”雄治摇了摇头，“刚才我也说了，最重要的是当事人的努力。之前为了我的回答会不会让谁不幸而烦恼，真是想想都可笑。像我这样一个糟老头子，怎么可能有左右别人人生的力量。我根本就是没事瞎操心。”他虽这么说，表情却很愉快。

“这些信都是你的宝贝，得好好收起来。”

听贵之这样说，雄治陷入沉思。“说到这事，我想请你帮个忙。”

“什么事？”

“替我保管这些信。”

“我？为什么？”

“你也知道，我的日子不多了。把这些信放在身边，万一被别人看到就糟了。这些信上所写的，全都是未来的事情。”

贵之低吟了一声。这一说的确有道理，尽管他此刻还完全没有真实感。

“保管到什么时候呢？”

“嗯——”这回换雄治沉吟了，“到我死为止吧。”

“我知道了。到时放到棺材里如何？让它们化为灰烬。”

“这样好。”雄治一拍大腿，“就这么办。”

贵之点点头，重又打量起信件来。他无论如何都难以相信，这些信是未来的人写的。

“爸，”他说，“网络是什么？”

“噢，那个啊。”雄治伸手向他一指，“我也弄不明白，所以很好奇。这个词在其他的信上也频频出现，像‘在网络上看到公告’什么的。还有人提到‘手机’这个词。”

“手机？那是什么？”

“所以说我也不知道啊。或许是未来类似报纸的东西吧。”说罢雄治眯起眼睛，望着贵之，“看刚才的那封信，你似乎按照我的嘱咐，在三十三周年忌日时发布了公告。”

“在那个网络还有手机上？”

“应该是这样。”

“哎……”贵之皱起眉头，“那是怎么回事，感觉真怪。”

“不用担心，将来你自然会知道。好了，我们回去吧。”

就在这时，店铺那边传来轻微的动静。啪嗒一声，有什么东西掉在地上。贵之和雄治对看了一眼。

“好像又来了。”雄治说。

“信吗？”

“嗯。”雄治点点头，“你过去看看。”

“好的。”说着，贵之向店铺走去。店里还没有收拾好，商品仍留在货架上。

卷帘门前放着一个瓦楞纸箱。往里看去，里面有一张折叠起来的纸，看似是信纸。贵之伸手拾起，回到和室。“就是这个。”

雄治展开信纸一看，顿时露出讶异的神色。

“怎么了？”贵之问。

雄治紧抿着嘴唇，把信纸扬给他看。

咦！贵之不禁脱口惊呼。信纸上一片空白。

“怎么会这样？”

“我不知道。”

“是恶作剧吗？”

“有可能。不过——”雄治瞧着信纸，“我感觉应该不是。”

“那是什么？”

雄治把信纸搁到餐桌上，抱起胳膊沉思。

“也许这个人还无法给出回答吧。大概他内心还有迷惘，找不到答案。”

“就算这样，丢一张什么也没写的信纸进来，也太……”

雄治望向贵之。

“不好意思，你到外面等我一会儿。”

贵之不解地眨了眨眼睛。“你要干吗？”

“这还用问，当然是写回信。”

“回这封信？可是信上一个字也没有啊，你打算怎么回答？”

“这正是我现在要考虑的问题。”

“现在？”

“用不了多久，你先出去吧。”

看来雄治决心已定，贵之只得放弃。“那你尽快写好。”

“嗯。”雄治凝视着信纸回答，显然已经心不在焉。

贵之出门一看，天色还没大亮。他觉得很不可思议，感觉已经在店里待很久了。

回到思域车上，刚活动了一下脖子，天空已经亮了很多。这让他意识到，或许店里和外面时间流逝的速度不同。

这种匪夷所思的事对姐姐和妻子也要保密。反正就算跟她们说了，她们也不会信。

连伸了几个懒腰后，就听杂货店那边有了响动，雄治从狭窄的通道上出现了。他拄着拐杖，慢慢走了过来。贵之赶紧下车迎上去。

“写好了吗？”

“是啊。”

“回信你放到哪里？”

“当然是放牛奶箱里。”

“那样行吗？对方能不能收到？”

“我想应该能收到。”

贵之歪着头，觉得父亲好像变得有点陌生。

两人上车后，“你是怎么写的？”贵之问，“对那张白纸。”

雄治摇了摇头。“我不能告诉你。以前不就跟你说过这个规则嘛。”

贵之耸耸肩，转动车钥匙点火。正要发动汽车时，雄治突然开口：“等一下！”他慌忙踩下刹车。

坐在副驾驶座的雄治定定地望着杂货店。数十年来，一直是这家店支撑着他的生活，此刻难免依依不舍。更何况对他来说，这并不只是个做生意的地方。

“嗯……”雄治小声呢喃，“好了，走吧。”

“心愿已经了结了吗？”

“是啊，现在一切都结束了。”说完雄治闭上了眼睛。

贵之发动了思域汽车。

6

因为脏污，招牌上“浪矢杂货店”的字样已经很难辨识。虽然觉得遗憾，贵之还是直接按下快门。他变换不同的角度，接连拍了好几张。其实他并不擅长摄影，完全不知道拍得好不好。不过好坏都没关系，反正也不是给别人看的。

眺望着路对面那栋老旧的建筑，贵之想起了一年前发生的事情，他和父亲一起度过的那个夜晚。

回头想想，总觉得很没有真实感。就算到了现在，他还时常怀疑那只是一场梦。真的收到过来自未来的信吗？关于那个夜晚发生的事情，雄治此后再也没有提过。

然而那时交给他保管的信放在了父亲的棺材里，这是千真万确的事实。赖子她们问那是什么信时，他无言以对。

说到不可思议，父亲的死也是如此。尽管早就被告知随时有可能去世，他却很少呻吟呼痛，生命之火如同纳豆细而不断的黏丝一般，微弱而持久地燃烧着。连医生也感到吃惊的是，在进食不多、基本卧床不起的情况下，他竟然又活了将近一年。仿佛在他的身上，时间的流逝变慢了。

贵之正沉浸在回忆中，突然听到一个声音："请问……"他回过神来，往旁边一看，一个身材高挑的年轻女子推着自行车站在那里。她身穿运动服，自行车后座上绑着运动包。

"你好，"贵之回答，"有什么事？"

女子略带犹豫地问："您认识浪矢先生吗？"

贵之放松嘴角，露出微笑。

"我是他的儿子，这里是家父的店。"

她吃惊地张开嘴，眨了眨眼睛。"这样子啊。"

"你记得我家的店？"

"是啊。不过，我没有买过东西。"她抱歉似的缩了缩肩。

心下恍然的贵之点了点头。"你写信咨询过？"

"是的。"她答道，"得到了十分宝贵的指点。"

"是吗？那就好。那是什么时候的事啊？"

"去年十一月。"

"十一月？"

"这家店不会再开了吗？"女子望着杂货店问。

"……是啊，家父已经过世了。"

她惊得屏住了呼吸，眉梢悲伤地下垂。

"这样啊。几时去世的？"

"上个月。"

"是吗……请您节哀顺变。"

"谢谢你。"贵之点点头，看着她的运动包问，"你是运动员吗？"

"没错，我练击剑。"

"击剑？"贵之瞪大了双眼，颇感意外。

“一般人不太熟悉这个项目吧。”她微微一笑，跨上了自行车，“在您百忙之中打扰，真是不好意思，那我先走了。”

“好的，再见。”

贵之目送着女子骑自行车远去。她练的是击剑啊，确实很陌生。也就是奥运会的时候在电视上看过，还是精华版的那种。今年日本抵制了莫斯科奥运会，连精华版也看不到了。

她说是去年十一月份来咨询的，大概是记错了。那时雄治已经生病住院。

贵之突然想起一件事，当下穿过马路，走进杂货店旁边的通道。来到后门，他打开牛奶箱的盖子，往里看去。

然而里面空空如也。莫非，那天晚上雄治给那张白纸的回信，已经顺利送到了未来？

7

二〇一二年，九月。

浪矢骏吾对着电脑犹豫不决。还是算了吧，他想。做这种古怪的事，万一惹出什么乱子就麻烦了。自己用的是家里的电脑，警察查起来一查一个准，而且网络犯罪的后果不是一般的严重。

不过他也真想不到，祖父会拜托他做这种古怪的事情。祖父直到生命最后一刻头脑都很清醒，说话的时候语气也很坚定。

骏吾的祖父贵之去年年底去世，死于胃癌。贵之的父亲同样罹患癌症过世，可能家族有癌症遗传基因吧。

贵之住院前，把骏吾叫到自己房间，然后直截了当地说，有件事要拜托他，还要求他对别人保密。

“什么事？”骏吾问。他禁不住感到好奇。

“听说你很擅长电脑？”贵之问。

“还算拿手吧。”骏吾回答。他在中学里参加了数学社，也经常使用电脑。

贵之于是拿出一张纸。

“到了明年九月，麻烦你把这上面的内容发布到网络上。”

骏吾接过来看了一遍，纸上的内容很奇妙。

“这是什么？到底是怎么回事？”

贵之摇了摇头。

“你不用想太多，只要把这上面的内容广泛发布出去就行了。你应该办得到吧？”

“办是可以办到……”

“其实我很想自己来做这件事，因为当初就是这样约定的。”

“约定？跟谁？”

“我父亲，也就是你的曾祖父。”

“跟爷爷的父亲约定的啊……”

“可是我现在得去住院，也不知道能活到什么时候，所以想把这件事交给你。”

骏吾不知道该说什么好。从父母的话里话外他已经得知，祖父的日子不会太久了。

“放心吧。”骏吾答道。

贵之满意地连连点头。

结果贵之没多久就撒手人寰。骏吾参加了守夜和葬礼，安置在棺材里的遗体仿佛在向他低语：一切就交给你啰。

从那以后，他片刻也没忘记和贵之的约定。就在左思右想不知所措之际，九月已悄然到来。

骏吾看着手边的纸。贵之给他的这张纸上，写着如下内容：

九月十三日凌晨零时零分到黎明这段时间，浪矢杂货店的咨询窗口将会复活。为此，想请教过去曾向杂货店咨询并得到回信的各位：当时的那封回信，对您的人生有何影响？可曾帮上您的忙？希望各位直言相告。如同当时那样，来信请投到店铺卷帘门上的投信口。务必拜托了。

和这张纸同时交给他的，还有另一样东西，就是浪矢杂货店的照片。骏吾没有去过那里，不过据说那家店至今依然存在。

浪矢家过去开过杂货店的事，骏吾也曾听祖父说过，但详细情况就不得而知了。

所谓的“咨询窗口”究竟是什么呢？“复活”又是什么意思？

还是算了吧。万一惹出什么无法挽救的乱子，麻烦就大了。

骏吾正要合上笔记本电脑，就在这时，一样东西映入了眼帘。

那是摆放在书桌一角的手表。这只表是他最爱的祖父——贵之留给他的纪念。听说这只一天会慢五分钟的手表，是贵之考上大学时父亲送他的礼物。

骏吾怔怔地望着电脑。黑色的液晶屏上映出他的脸庞，和祖父的面容重叠在了一起。

男人和男人的约定不能不遵守——骏吾启动了电脑。

第四章　听着披头士默祷

1

出了车站，走在商店林立的街道上，一股幸灾乐祸的感觉在和久浩介内心蔓延。不出所料，这里果然也很萧条。外地人纷纷前来安家落户，车站前商业街一派繁荣的景象已经是上世纪七十年代的事了。从那以后大约过去了四十年，时代早已变迁。各地的小镇上随处可见卷帘门紧闭的商店，这个小镇自然也不可能例外。

回想着过去的印象，浩介慢慢地走着。本以为对这个小镇的记忆已经模糊，实际来了却发现想起的事情意外的多，让他自己也很讶异。

当然，小镇也不是完全没有变化。以前母亲经常光顾的那家鱼店从商业街消失了，记得那家店好像叫鱼松。皮肤黝黑的店主总是朝着大街气势十足地吆喝：太太，今天的牡蛎棒得不得了！不买就亏啦！一定要买给老公尝尝啊——

那家鱼店到底怎样了呢？听说有儿子继承家业，但只是隐约有点印象，也许跟别的店搞混了。

沿着商业街走了一会儿，估摸着差不多就是这一带之后，他向右拐弯。他也不知道能不能顺利抵达目的地。

浩介在幽暗的路上前行。虽然有路灯，但并没有全部亮起。自从去年地震以来，日本所有场所都严格节电，大概路灯也是能够照亮脚下就够了。

和儿时相比，浩介觉得住宅密集了许多。他隐约记得自己上小学的时候，小镇的开发计划正进行得热火朝天。听说要盖电影院——班上有人这样说。

后来计划一定实施得相当顺利吧。很快泡沫经济到来，小镇作为东京的卫星城市，人气也愈发旺盛。

前方出现了一个 T 字路口。浩介并没有意外之感，毋宁说，这和他的记忆完全吻合。他拐弯向右。

走了片刻，眼前是一段平缓的上坡路。这也和他记忆中的一样。再走一小段路，应该就到那家店了，假如那个消息并非虚构的话。

浩介看着脚下继续往前走。如果抬头望着前方，就会更早知道那家店还在不在，但他只是低头前行。不知道为什么，他害怕早早知道答案。就算消息是假，他也宁愿把期待保持到最后一刻。

不久他停下了脚步，因为他发现已经到了那家店附近。这条路他曾经走过好几次。

浩介抬起头。顿时他深吸了一口气，然后呼了出来。

那家店还在。浪矢杂货店，与浩介的命运密切相关的店。

他慢慢走近。店铺招牌上的字样已经脏污发黑，无法辨识，卷帘门也锈迹斑斑。然而它仍在这里，仿佛在等待着浩介的到来。

他看了眼手表，还没到晚上十一点，他到得太早了些。

浩介环顾四周，悄无人影。这栋屋子里不像有人住的样子。那个消息真的可以相信吗？毕竟那是网络上的信息，会怀疑也是人之常情。

可是在如今这个时代，以“浪矢杂货店”的名义散布虚假信息，又能有什么好处？知道这家店的人根本少得可怜。

不管怎样，先看看情况再说吧，浩介想。而且他还没有写信。即使想要参与这个奇妙的活动，如果没有写信，也就什么都谈不上。

浩介踏上来时的路。穿过住宅区，他回到了车站前的商业街。大部分商店都已关门，他本以为会有二十四小时营业的家庭餐厅，但看来是落空了。

看到有便利店，他便走了进去。有几样东西需要先买上。他在文具柜台找到要买的东西，拿到收银台。店员是个年轻人。

"这一带有没有营业到很晚的店？比如小酒馆之类的。"付完钱后，他试探着问。

"前面有几家酒馆，不过我没进去过。"店员口气生硬地说。

"噢，谢谢。"

从便利店出来没走几步，果然有一排小酒馆。每家店都没什么人气，看样子至多当地的商店老板常和朋友来小聚而已。

然而看到一家店的招牌时，浩介停下了脚步。"Bar Fab4"，一个让人无法视而不见的店名。

推开黑色的大门，往里望去，迎面是两张桌子，里边是吧台。一个身穿黑色无袖长裙的女人坐在凳子上，留着很短的波波头。店里别无他人，这个女人应该就是妈妈桑。

女人略带惊讶地望向他："您是客人？"

她年纪四十六七岁，五官是典型的日本人长相。

"没错，我是不是来晚了？"

浩介一问，女人露出浅浅的笑意，从凳子上站起身。

"没有没有，我们一般营业到晚上十二点。"

"那我来一杯。"浩介迈进店里，在吧台的最边上落座。

"您不用坐得那么偏。"妈妈桑苦笑着送来手巾，"我想今天不会再有客人来了。”

“没事，我坐这儿就好。除了喝酒，我还有事要做。”浩介接过手巾，擦了擦手和脸。

“有事要做？”

“嗯……有点事。”浩介含糊地说。这件事很难解释。

妈妈桑没有继续追问。

“是吗？那我就不打扰您了，请您自便。要喝点什么？”

“来瓶啤酒好了，有黑啤吗？”

“健力士可以吗？”

“当然可以。”

妈妈桑在吧台里头蹲下身，看来冰箱在那里。

她拿来一瓶健力士，起开瓶盖，往啤酒杯里倒入黑啤。她的手法十分娴熟，奶油般的泡沫浮出杯面约两厘米。

浩介咕咚喝了一大口，伸手擦了擦嘴角。黑啤独特的苦涩在口腔中弥漫开来。

“方便的话，妈妈桑你也喝一杯吧。”

“谢谢啦。”她将装着果仁的碟子放到浩介面前，然后拿出一个小玻璃杯，倒上黑啤，“那我就不客气了。”

“喝吧。”浩介说着，从塑料袋里拿出买的东西——信纸和水性笔。他把这些东西放到吧台上。

妈妈桑露出惊奇的神色。“您是要写信吗？”

“嗯，算是吧。”

妈妈桑理解似的点点头，往边上挪了挪，大概是知趣地不来打扰他。

浩介将健力士一口饮尽，环顾着店里。

虽然是萧条小镇上的小酒馆，却并不显得土里土气，桌椅都是简洁风格，颇为考究。

墙上装饰着海报和插画，画的是四十多年前，全世界最有名的四个年轻人。还有一张画的是波普风格的黄色潜水艇。

所谓Fab4，是“Fabulous4”的简称。翻译成日语，就是“无与伦比的四人”。这是披头士的别称。

“这是披头士主题的音乐酒吧吗？”浩介问妈妈桑。

她轻轻耸了耸肩。

“算是以这个为卖点吧。”

“这样啊。”浩介重又打量起店里。墙上安着液晶屏，他不禁好奇，究竟会播放披头士的什么影像资料呢？是《一夜狂欢》，还是《救命！》？他不认为这种乡下酒吧会有自己没见过的珍藏影像。

“妈妈桑这个年代的人，对披头士应该不是很熟悉吧？”

听浩介这样问，她又耸了耸肩。

“哪里的话。我上中学的时候，披头士才解散两年左右，在我们中间正是最流行的时候，到处都有各种活动。”

浩介注视着她的脸。

“我知道问女士这个问题很失礼……”

她似乎立刻明白他想问什么，苦笑了一下。

“我已经过了介意这种事情的年纪。我是属猪的。”

“属猪，也就是说……”浩介眨了眨眼睛，“你比我小两岁？”

完全看不出她已经五十多岁了。

“哎呀，这样吗？先生您看起来很年轻嘛。”妈妈桑说。这当然是客气话。

真叫人吃惊啊，浩介喃喃道。

妈妈桑递给他一张名片，上面印着“原口惠理子”。

“先生不是本地人吧？是来这里公干吗？”

浩介不知该如何回答，一时也想不到合适的借口。

“不是公干，是回老家看看。我过去在这个小镇住过，不过已经是四十年前的事了。”

“是吗？”妈妈桑瞪大了眼睛，“那我们说不定在哪儿见过呢。”

“有可能。”浩介喝了口啤酒，“对了，怎么没有背景音乐？”

“啊，对不起，就放平时那张 CD 可以吗？”

“随便什么都行。”

妈妈桑回到吧台，操作起手边的设备。很快，墙上的喇叭里飘出令人怀念的旋律，是《爱我吧》。

一瓶健力士没多久就空了，浩介又点了一瓶。

“你还记得披头士来日本的事吗？”浩介问。

她“唔”地低吟了一声，皱起眉头。

“我记得好像在电视上见过，不过说不定是错觉。也许是听哥哥们谈论过，就以为是自己的记忆了。”

浩介点点头。“那也有可能。”

“您记得吗？”

“记得一点。那时我年纪也很小，不过确实亲眼见过。虽然不是现场直播，但我记得我看到披头士走下飞机，乘着凯迪拉克在首都高速上飞驰的情景。不过，知道那辆车是凯迪拉克已经是很久之后的事了。当时放的背景音乐是《月光先生》，也是很久以后才知道的。”

月光先生——妈妈桑跟着念了一遍。“这首歌不是披头士写的吧？”

“没错。不过这首歌是披头士在日本演出后才广为人知，所以很多人以为是他们原创的。”发现自己不知不觉地越说越起劲，浩介闭上了嘴。他已经很久没和别人聊得这么热烈了。

“那真是个美好的时代啊。”妈妈桑说。

“可不是嘛。”浩介将杯中的黑啤一气喝干，紧接着又倒了一杯。

他的思绪已经飞回到四十多年前。

2

披头士来日本的时候，浩介对他们还不大了解，只知道是国外有名的四人组合。所以当表哥对着电视上转播的披头士抵日情况影像喜极而泣时，他打心底大吃一惊。表哥虽然只是个高中生，但对当时年仅九岁的浩介来说，已经跟大人没什么两样。他不由得想，原来世界上有这么厉害的人啊！光是他们来到日本这件事，就能让一个大男人激动得流下泪来。

这位表哥突然离世，是此后三年的事。死因是骑摩托车出了车祸。他的父母痛哭之余，很后悔让儿子考了摩托车驾照。后来在葬礼上，他们又说，都是因为听那种玩意儿，才会整天跟一帮狐朋狗友厮混。他们说的是披头士。表哥的母亲口气强硬地放下话来，要把那些唱片全部扔掉。

如果要扔掉，不如给我吧。浩介说。他想起了三年前的那一幕。能让表哥迷恋到那种程度的披头士，究竟是怎样的存在？他很想亲耳听听。当时他即将升上中学，正是对音乐开始感兴趣的年龄。

其他亲戚劝浩介的父母不要由着他，说会让他变成像表哥那样的不良少年。但浩介的父母没听他们的。

“不见得听了流行音乐就会变成不良少年，再说，人家哲雄也不是不良少年。至于摩托车，稍微活泼点的高中生，哪个不骑呢。”对于那些上了年纪的亲戚的劝告，父亲贞幸付之一笑。

“是啊，我们家孩子不要紧的。”母亲纪美子也赞同道。

一般的父母只要年轻人喜欢新鲜事物、留一头长发，就会不容分说地指责他们是不良少年，但浩介的父母不这么认为。

表哥几乎拥有披头士此前在日本发行的所有唱片，浩介听得如痴如醉。他们的音乐是他过去从未听过的。第一次聆听到的旋律，第一次体验到的节奏，真切地刺激到了他身体里的某种东西。

在披头士来日演出的推动下，日本涌现了很多以电吉他为中心的乐队，一时间席卷了日本音乐界。但在浩介看来，那些乐队连模仿披头士都算不上，不过是拙劣的冒牌货而已。证据就是，这股热潮没多久就烟消云散了。

上中学后，班上有很多披头士的歌迷，浩介不时邀请他们到自己家里来。

那些朋友一走进浩介的房间，看到里面安设的音响设备，无一例外地发出惊叹。这是理所当然的。这种由功率放大器和音箱组成的最新型音响系统，在他们眼里宛如来自未来的机器。而且这种设备竟然放在孩子的房间，本身就让朋友们觉得不可思议。当时即使是比较优裕的家庭，这种类似家具的组合音响通常也是放在客厅，供全家人一起欣赏唱片。

“我爸的口头禅就是，在艺术上不能省钱。既然听音乐，就要听最好的音质，不然就没意义了。”

“真是了不起啊！”听了浩介的回答，朋友们都羡慕得很。

浩介用最先进的音响设备放披头士给他们听。只要是在日本发行过的唱片，他应有尽有。这一点也很令朋友们吃惊。

“你爸爸到底是做什么工作的呀？”来浩介家的朋友们一定会问这

个问题。

“具体我不是很清楚，反正就是买卖各种东西。只要低价买进、高价卖出就能赚钱了吧。他就是在这样一家公司工作。”

“那，是社长？”被这样问到时，浩介就回答，差不多吧。要让别人听起来不像是在炫耀，也是桩难事。

实际上，他确实觉得自己生活优渥。

浩介家位于高地，是一栋西式风格的二层小楼，院子里铺着草坪。天气晴朗的日子，全家就在那里烧烤。每逢这种时候，父亲公司的员工也常来参加。

“到目前为止，日本在世界上只是个小职员。”在部下面前，父亲经常这样说，“但是今后就不一样了，一定会成为领导者。为此我们必须了解世界。外国是我们商业上的对手，但也是我们商业上的伙伴，这一点千万不能忘记。”

听着贞幸洪亮的男中音，浩介感到很骄傲。他对父亲的话深信不疑，觉得没有比父亲更值得信任的人了。

在自己家很有钱这件事上，浩介没有任何怀疑。塑料模型、游戏、唱片——只要是他想要的东西，基本都会得到。昂贵的衣服、手表——就连这些他根本没想过的东西，父母也会买给他。

父母自己也很享受奢华的生活。贞幸手腕上戴着金表，嘴里总是叼着高级雪茄，车也三天两头地换。不用说，母亲纪美子也完全不输给他，经常会把百货公司外销部的营业员叫过来，一口气订购一大堆目录上的商品。

“要是穿着廉价货，人也会跟着廉价了。”纪美子这样说，“不光是看起来廉价，实际上也会慢慢变成那样，说是人性会变得卑劣也不过分。所以穿在身上的东西一定要高档才行。”

纪美子也很注意美容，所以有时看上去要比同龄的女人年轻十多岁。每到学校教学观摩的日子，纪美子一出现，同学们无不感到惊奇。“真好啊，有个这么年轻的妈妈！”这种话浩介都不知听过多少遍了。

自己一家的头顶上是万里晴空，永远阳光普照。浩介如此坚信。

但从某个时期起，他开始感受到了微妙的变化。知道这种变化就是所谓乌云压顶的感觉，是在七十年代的第一年。

这一年最大的话题，不用说当然是世界博览会。整个社会对它的关注达到了最高潮。

这年四月就要上初二的浩介，打算春假①时去参观世博会。只有第一个去尝鲜，才有向别人炫耀的资本。父亲也答应一放春假就带他去看。

三月十四日，日本世界博览会盛大开幕。浩介在电视上收看了实况转播。显像管映出的开幕式，给人以华丽有余、内涵不足的感觉，但在向全世界展示日本经济高速发展这层意义上，浩介觉得成功达到了目的。爸爸说得没错，他想，日本已经逐渐成为世界的领导者。

可是贞幸迟迟不提去世博会的事。一天晚上，浩介假装不经意地问起，贞幸立刻皱起眉头。

“世博会？现在不行，我很忙。”他的口气很生硬。

“现在不行，那黄金周去？”

父亲没作声，一脸不高兴地看着经济日报。

“世博会就算了吧。”一旁的纪美子说，“不就是一堆国家在那里自我炫耀吗？再就是有时有个小游乐场。你都是中学生了，还想去那种地方？”

被母亲这么一说，浩介没话可说了。他之所以想去，也不是有什

---

①每年三月的最后一周到四月的第一周，日本学校放春假。

么具体的目的，只是已经跟朋友夸下海口，不去觉得面子挂不住。

“今年你还是好好学习吧。明年就上初三了，也该想想考高中的事了。一年时间转眼就过，哪有闲工夫去想什么世博会。”纪美子继续不容回嘴地说，浩介只能沉默了。

让他感到异样的不只是这件事。种种迹象让浩介直觉地意识到，周围正在发生某种变化。

就拿体操服来说，因为浩介正值长身体的时期，衣服总是很快就小了。过去纪美子都是马上给他买新衣服，但这一次，她的反应截然不同。

“又小了？去年秋天不是刚买了吗？你再凑合一阵子吧，反正就算买了新的，没两天又会小了。”听她的口气，就好像长个子很烦人似的。

院子里的烧烤也没有了，假日里部下不再来家里做客，贞幸也不再出去打高尔夫。取而代之的，是家里无休止的争吵。贞幸和纪美子开始动不动就吵起来，虽然不清楚具体原因，但浩介知道跟钱有关。

“要是你像话一点……”贞幸一抱怨，纪美子就反唇相讥道：“都是你没出息，才会变成现在这样！”

不知什么时候起，贞幸心爱的福特雷鸟跑车从车库里消失了。他开始搭电车上班。纪美子也不再购物了。两人整天拉着脸。

就在这当儿，突然传来一个对浩介来说难以置信的消息——披头士解散了。据说是英国报纸报道的。

他去找朋友打听情况。当时没有网络也没有社交网站，媒体是唯一的信息渠道。我看到过这个消息、收音机里这么说了、国外的报纸好像是这么登的——把这些小道消息归纳起来，得出的结论是：这个传言似乎是真的。

他感到不可思议。怎么会这样？

关于解散的原因，更是五花八门什么说法都有。从保罗·麦卡特尼的太太与小野洋子不和，到乔治·哈里森厌烦了活动，完全分不清什么是真，什么是假。

“你知道吗？”一个朋友对浩介说，“听说披头士其实压根儿不想来日本演出，只是因为可以赚大钱，公司的人硬是促成了这事。那时候披头士已经厌倦了演唱会，一心只想叫停。事实上那之后没多久，他们就不再开演唱会了。”

这种说法浩介也耳闻过，但他不相信。确切地说，是不愿相信。

“可是我听说演唱会气氛热烈得不得了啊，披头士演唱得也很开心的样子。”

“才不是那么回事。披头士起初甚至不想用心演出，他们根本没把日本歌迷放在眼里，想着反正观众会狂热欢呼，歌声和乐器的声音都听不清楚，所以只要随便弹弹、随便唱唱就行了，谁也不会发现。只是没想到日本的观众相当理性，演奏的声音听得很清晰，所以才中途紧急改为认真演出。”

浩介直摇头。“我不相信。”

“可事实就是这样啊。我也不想相信，可是没办法。披头士也是人。在那些家伙眼里，日本不过是个乡下小国。他们只想匆匆把演出糊弄过去，然后赶紧回英国。”

浩介还是摇头。他想起了电视里转播的披头士来日的盛况，还有看着那一幕流下泪来的表哥。如果朋友的话是真的，那表哥的眼泪又算什么呢？

从学校回来，浩介把自己关在房间里，一直听着披头士的歌。他说什么都不敢相信，他们再也不会出新歌了。

时间在闷闷不乐中过去。到了暑假，浩介的心情依然没有好转。

他念念不忘披头士的事。虽然得知电影《顺其自然》即将上映，可他所在的小镇不放。据说只要看了这部电影，就会明白披头士解散的理由。光是琢磨电影里到底讲了些什么，就让他夜不能眠。

就在这时代的风潮波起云涌的时候，他被迫面临人生最重要的决定。

一天晚上，他正一如往常地听着披头士的歌，没上锁的房门突然被推开了。进来的是纪美子。浩介本想抗议，话到嘴边又咽了回去。母亲那阴沉的脸色是他从未见过的。

"有很要紧的事，你过来一下。"

浩介默默点头，关上了音响。他不知道父母要跟他说什么，但他早就明白，这一天迟早会到来。他也预感到八成不是什么好事。

贞幸在客厅里喝着白兰地。那是很高级的白兰地，他去国外时因为免税买回来的。

等浩介坐下，贞幸慢慢地开口了。他说的话让浩介困惑不已。

贞幸说，月底要搬家，先做好准备，而且不要告诉任何人。

浩介不明白为什么。"到底是怎么回事？"他问，"为什么要马上搬家？"

"我是生意人。生意就像打仗，最重要的是能从对手那里夺得多少财产，这你懂吧？"

这是贞幸平时常说的话，浩介点了点头。他接着说：

"既然是打仗，有时也得逃跑。这是很自然的，不然丢了性命就全完了。这你也懂吧？"

浩介没有点头。如果真的是打仗，当然是这样，可是只是做生意，难道也会丢掉性命吗？

贞幸并不在意，继续说道：

“我们决定这个月底逃跑，离开这个家。不过没关系，你什么都不用担心，只要默默跟着我们就行了。当然你得转校，但也没问题，现在正好是暑假，从第二学期就是新的开始了。”

浩介大吃一惊。要突然转到陌生的学校吗？

“那不算什么。”贞幸口气轻松地说，“还有小孩因为爸爸工作的关系，转学好多次呢。这不是什么稀罕事。”

听了父亲的话，浩介有生以来第一次感到不安。对人生的不安。

第二天，纪美子正在厨房忙碌时，浩介站在门口问道：

“我们是要趁夜潜逃吗？”

正在用平底锅炒菜的纪美子停下了手。

“谁跟你这么说的？”

“没人跟我这么说。但是听了爸爸的话，我觉得只有这种可能。”

纪美子叹了口气，继续炒菜。“你可别说出去啊。”

原本怀着一丝期待，盼望她断然否认的浩介，眼前一片黑暗。

“为什么会落到这个地步？我们就这么缺钱吗？”

纪美子没有回答，默默地炒着菜。

“到底是怎么回事？高中怎么办？我该去哪儿上高中？”

纪美子的头微微一动。

“这些事情，等去了那边再好好考虑。”

“那边是哪边？我们要去哪儿？”

“你烦不烦哪！”纪美子背对着他说，“有意见找你爸说，这是他决定的。”

浩介被噎得说不出话来，再也没法可想。他甚至不知道自己该生气还是该悲伤。

日子一天天过去，浩介每天闷在自己房间里，听着披头士的歌。

只有戴上耳机，把音量开到最大时，才能不去想那些烦恼。

然而这唯一的乐趣也被剥夺了。贞幸提出要把音响处理掉。

浩介当然反对，他坚决不肯卖掉。可是贞幸不听。

“我们要搬家，这种大件的东西带起来太累赘了。等过段时间，我再给你买新的音响，你就先忍耐一下吧。”贞幸语气冷淡地说。

浩介忍不住爆发了。“什么搬家，”他脱口而出，“是趁夜潜逃吧？”

贞幸顿时一脸严厉地瞪着他。

“你要是走漏了风声，我可饶不了你！”口气简直跟流氓无赖没两样。

“别干那种事了，我可不想偷偷摸摸地逃跑。”

“少废话！你什么都不懂，给我闭嘴！”

“可是——”

“我们会被杀掉的！”贞幸瞪大眼睛说，“万一逃跑的时候被发现，我们全都没命！这样你也不在乎吗？机会只有一次，绝对不能有任何闪失。错过了这个机会，我们三个只有上吊自杀的份。我已经被逼得走投无路了，你就配合点吧！”

父亲眼里布满了血丝。浩介沉默了。在他的心里，某种东西开始轰然崩塌。

过了几天，家里来了几个陌生人，把浩介房间里的整套音响器材都运走了。其中一个人给了纪美子钱，贞幸当时不在场。

望着失去了音响的房间，一股杀意涌上浩介心头。他觉得已经生无可恋。

既然再也听不了披头士的歌，也就没有了窝在家里的理由。从那天起，浩介时常出去闲晃。但他没去跟朋友见面，他觉得只要见到了朋友，就会忍不住说出计划连夜逃跑的事来，而且要隐瞒音响已经被变卖的事实也很痛苦。

但他身上没多少钱，去电子游戏厅也玩不了多久，所以最常光顾的就是图书馆。镇上最大的图书馆里颇为清静，但自习室是个例外，里面总是挤满了冲着冷气来的学生。他们多数是备战高考的高中生或复读生，看着他们的样子，浩介心里不禁有些不安：他还会有这样的一天吗？

对于父母，尤其是父亲，浩介失望到了极点。在此之前，他一直以父亲为荣，相信父亲的一言一行都是绝对正确的，只要遵从父亲的教导，总有一天自己也能获得同样的成功。

然而现实却截然相反。从不时听到的父母的争吵中，浩介逐渐了解到大致的情况。贞幸不仅不是什么成功人士，还是个令人不齿的懦夫。面对不断膨胀的债务，他打算一走了之。听他们的口气，公司似乎陷入了无法挽回的经营困境，而这一切败露的期限是下个月。对公司的员工他也瞒得密不透风，一心只顾自己得救。

该如何是好呢？只能这样按照父母的安排活下去吗？尽管很不情愿，可是他别无选择。

在图书馆翻看着和披头士有关的书，浩介还是很烦恼。无论哪本书上都找不到答案。

3

离逃跑的日子愈来愈近了，浩介依然拿不定主意。父母叫他把自己的行李收拾好，但他一点也不想动。

一天，他平常去图书馆的那条路因为施工禁止通行，只能从别的路过去。走了没多久，他发现路边有家店围了一群小孩，正看着店里的墙壁嬉笑。

浩介走上前，越过孩子们朝里望去，只见墙上贴着几张信纸。

问 卡美拉[①]一边旋转一边飞，眼珠不会跟着转吗？

卡美拉的朋友

答 我想卡美拉是在学芭蕾。芭蕾舞演员不管旋转得多快，眼珠都不会转的。

浪矢杂货店

问 我模仿王选手[②]单脚站立击球，可是怎么也打不出全垒打。我该怎么做呢？

第八号右外场手

答 先从双脚站立打出全垒打开始，再挑战单脚站立怎么样？要是两只脚也不行，就再加一只脚，三只脚试试？总之刚开始的时候不要太过勉强。

浪矢杂货店

哦，是这家店啊，浩介想起来了。他以前听朋友提过。

据朋友说，不管什么烦恼都可以找店主咨询。不过大家问的问题都没个正经，全是故意想难住店主老爷爷。而好玩的地方就在于，看老爷爷怎么一一回答。

---

①与哥斯拉齐名的日本电影怪兽，特征是乌龟的外型，可以产生喷射气流来飞行，主要攻击方式是喷射火焰。

②指20世纪60、70年代日本著名的职业棒球选手王贞治，以“金鸡独立式打击法”闻名，球员生涯一共打出868支全垒打。

真够无聊的，浩介心里想着，离开了那里。那不过是孩子气十足的游戏罢了。

然而下一秒，一个念头闪过他的脑海。

他回了家。这个时间，贞幸当然去了公司，纪美子也刚好不在家。

他走进自己的房间，拿出报告用纸。写文章不是他的强项，但他还是花了半个小时，写成如下的文字。

> 我爸妈要带我连夜逃跑。
>
> 听说是因为欠了一大笔钱还不了，公司也垮了。
>
> 他们打算这个月底偷偷离开小镇。
>
> 还说要给我转校。
>
> 我很想设法阻止他们。我听说不管躲到哪里，债主都会追来的。一辈子都得四处逃命的生活太可怕了。
>
> 我该怎么办？
>
> 保罗·列侬

反复读了几遍后，浩介把纸对折了两次，塞进牛仔裤口袋，再次出了门。

他匆匆踏上刚才那条路，返回浪矢杂货店附近。隔了一段距离观察了下店里的情形，没看到客人的影子。店主老爷爷在里面看报纸，现在正是个好机会。

浩介做了个深呼吸，朝店铺靠近。刚才他已经看好了咨询箱的位置，是在从老爷爷那里很难看到的地方。不用说，这是特意安排的。

留意着老爷爷的动静，他走进店里。老爷爷仍然在看报纸。

浩介从口袋里取出报告用纸，站在墙壁前，假装在看上面贴的纸。

咨询箱就在眼前。心脏开始狂跳，他犹豫起来。这样做真的合适吗？

就在这时，外面传来孩子的声音，似乎有好几个人。浩介暗叫不妙。等他们来到店里，机会就没了。

“嗨！”他心一横，把纸投了进去。只听咚的一声，声音很大，他忍不住打了个寒噤。

几乎同一时间，孩子们一拥而入。“爷爷，鬼太郎的铅笔盒有了吗？”一个少年急切地问。看他的模样，应该是小学五年级学生。

“噢，我找了好几家批发店，总算找到了。是这个吧？”

“太厉害了！”少年顿时激动起来，“就是这个，跟我在杂志上看到的一模一样！爷爷，你等我一下，我马上回家拿钱。”

“好啊，路上小心。”

在他们的说话声中，浩介离开了杂货店。那个少年好像是预订了印有《鬼太郎》[①]插画的铅笔盒。

往回走之前，浩介回头瞥了一眼。没想到店主老爷爷也正朝他这边看，两人的视线瞬间对上。他慌忙扭过脸，快步离去。

走在路上，他早早开始后悔。要是不把那封信塞进去就好了。那个老爷爷看见他了。刚才把纸投进去的时候，发出了响动，等老爷爷过后打开咨询箱，发现那张纸，没准就会想到写信的人是他。

虽然有这种担忧，但他也豁出去了，就算这样也不在乎。反正老爷爷会像平常那样，把“保罗·列侬”的信贴出来。他不知道老爷爷会怎么回答，不过那不重要，重要的是，镇上的人们会看到这封信。

镇上有人企图趁夜潜逃——这封信上透露的信息，也许会变成小道消息传开。一旦传到贞幸公司债主的耳朵里，会引起什么反应呢？他们

---

①日本有“妖怪博士”之称的漫画家水木茂创作的国民漫画。1959年开始连载，1968年改编成动画，引发妖怪文化热潮。

很可能会怀疑，计划潜逃的就是和久贞幸一家人。那么他们必然会有所防备。

当然，如果先一步听到风声的父母取消计划，就再好不过了。

这就是浩介的赌注。一个初二学生所能做到的倾尽全力的赌博。

第二天下午，浩介离开家门，直奔浪矢杂货店。运气很好，老爷爷不在店门口,可能是上厕所去了。就是现在了！浩介急忙向墙上望去，上面的贴纸比昨天多了一张，但并不是他写的那封信。贴纸上的内容如下：

保罗·列侬先生：

来信已经收到了。

回答我放在牛奶箱里，请到店铺后面去拿。

※致各位：

牛奶箱里的信是浪矢杂货店写给保罗·列侬先生的。

请其他人不要碰。擅自拆看或者偷走别人的信，都是犯罪行为。拜托了。

浪矢杂货店

浩介茫然了。这样的发展完全出乎他的意料。他的信没被贴出来。他本想赌一把，结果却落了空。

但他对回答很好奇。老爷爷会给他什么样的建议呢？

浩介来到店外，确认四下无人后，走进旁边约一米宽的小巷。一直走到头，屋后有扇门，门旁安着一个木质旧牛奶箱。

小心翼翼地打开盖子，里面果然没有牛奶瓶，而是放了一封信。

拿出来一看，收信人那里写着“致保罗·列侬先生”。

浩介把信封握在手里，回到小巷。正要出去时，刚好有人经过，吓得他赶忙缩回头。一直等到周围杳无人影，他才闪到路上，一溜小跑而去。

到了图书馆，他没有进去，而是在前面一个小公园的长椅上坐了下来。拿出信封又看了看，发现封得很严实，大概是为了防止别人偷看。他小心地拆开信。

信封里放着几张折叠的信纸，连浩介的信也一同放在里面。展开信纸看时，上面整齐地写满了黑色钢笔字。

保罗·列侬先生：

来信已经读过了。老实说，我大吃一惊。我是因为孩子们总是开玩笑叫“烦恼杂货店”，就开始干起了类似烦恼咨询室的事，但其实只是个游戏，和孩子们闹着玩而已。可是你信上所说的，却是真正的烦恼，不但严肃，而且十分紧迫。读信的时候，我甚至怀疑你是不是误会了，对传闻中“任何烦恼都可以解决的杂货店”信以为真，才会写出如此认真的内容。如果是这样，我认为应当将原信退还给你，因为很显然，向专业人士咨询才是更为明智的选择。我将你的来信一同放在信封里，就是基于这个理由。

但就这样不作任何答复，总觉得很不负责任。假如你是抱着就算误会也好，想和浪矢爷爷咨询看看的想法，那么我就有义务作出自己的回答。

于是我开始思索，你究竟应该怎么做？我用我迟钝的头脑反复考虑。

最好的解决办法，莫过于你父母放弃逃跑的念头。我也认识几个趁夜潜逃的人，他们后来的情形我不是很清楚，但我想恐怕不会太幸福。就算一时轻松了，就像你说的，会一直被以债主为首的各色人等追赶。

但你恐怕很难说服父母。因为他们想必也明白一切利害，但还是作出了这样的决定。既然他们不会改变心意，你也就依然烦恼。

这里我有一个问题。你对父母是怎么看的？喜欢，还是讨厌？信任，还是不再信任了？

因为你问的不是你们一家人应该怎么办，而是你自己应该怎么办，所以我希望了解你和父母的关系。

就如我开头提到的，浪矢杂货店接到真正的烦恼咨询，这还是头一遭，所以还不能很好地回答你。如果你已经不想再问，那就没办法了，但如果你还有兴趣再来咨询，可否请你如实回答我的问题？那样下次应该可以给你一个回答。

不过，下次不用把信投到咨询箱了。敝店每天晚上八点关门，请在这个时间之后把信投进卷帘门上的投递口，我会尽快在第二天把回答放到牛奶箱里，你开门前或者关门后来取都可以。开门时间是早上八点半。

很抱歉只给了这样一个半吊子的回答，不过这已经是我拼命思考的结果了。请见谅。

浪矢杂货店

读完信，浩介陷入沉思。为了细细消化内容，他又从头看了一遍。首先他明白了一点，就是老爷爷没有把这封信贴出来的原因。想想也很好理解，之前都是半开玩笑的咨询，因为很有趣，当然可以贴出来给大家看。但这次却是真正的咨询，老爷爷觉得不能那么做。

而且老爷爷不仅没有把这种严肃的烦恼拒之门外，还很认真地帮他想办法，多少让他感到安慰。想到有人知道自己面临的处境，心情似乎也轻松了一些。这封信算是写对了，他想。

但老爷爷还没有给出明确的回答。信上要他先回答一个问题，然后才能给答复。

这天晚上，浩介又一次在自己房间里摊开报告用纸，准备回答老爷爷的问题。

你对父母是怎么看的——

浩介侧着头沉吟。怎么看的呢？他自己也说不清楚。

上了中学以后，父母让他郁闷的地方变多了，但那并不是讨厌，只是受不了他们动不动就干涉他，把他当小孩子看待。

然而这次父母提出要连夜逃跑后，他确实对他们感到失望。如果要问是喜欢还是讨厌，他只能回答，他讨厌现在的父母，也不那么信任了。所以他不知道就算按照他们的话去做，是不是真的能一切顺利，心里很不安。

翻来覆去地想了很久，这是他唯一能想到的答案。没办法，浩介就照这样写了。写完他把报告用纸叠好塞进口袋，出了家门。纪美子问他去哪儿，他只说去朋友家。她大概也是满脑子都在想逃跑的事情，没有继续追问。贞幸这时还没回家。

已经过了晚上八点，浪矢杂货店的卷帘门紧闭。浩介把对折了两次的报告用纸投进投递口，立刻跑开了。

第二天早上七点多，他就起来了。其实他一夜都没睡好。

父母似乎都还在熟睡，浩介悄悄地出了门。

浪矢杂货店的卷帘门依然紧闭。他迅速扫视了一下四周，确认没人后，进了店旁的小巷。

轻轻打开牛奶箱，和昨天一样，里面有一封信。看清楚是给自己的信后，他立刻离开了那里。

等不及到图书馆了，看到路边停了辆轻型卡车，他就躲到后面读了起来。

保罗·列侬先生：

我非常理解你的心情。

确实，以现在的状况，你对父母失去信任是很自然的。变得讨厌他们也是人之常情。

但我绝对不会建议你“马上跟这种父母一刀两断，走你认为正确的道路”。

关于家人，我的基本看法是：除了积极向上的旅行，家人应该尽可能在一起。因为反感、厌倦等理由而离开，不是家人应有的姿态。

你在信上说，“讨厌现在的父母”。让我看到希望的是，你用的是“现在”这个词。这个词说明过去你也曾喜欢过他们，今后随着情况的变化，你对父母的印象也有可能改观。

如果是这样，我想你只有一个选择。

趁夜潜逃不是好事，如果可能，应当中止。但如果做不到，我个人认为，你只能跟着父母一起走。

你父母有他们的考虑，他们应该也明白，逃跑解决不了任何问题。或许他们是打算先躲起来，等时机合适时，再一点一点解决问题。

也许距离问题全部解决需要很长的时间，也许中间会经历很多苦难，但正因为这样，全家人才更有必要在一起。虽然在你面前什么也没说，但你父亲一定已经做了相当充分的思想准备。他这样做没有别的目的，纯粹是为了守护家人。而在他的身后默默支持他，则是你和你母亲的责任。

最不幸的事情，莫过于因为趁夜潜逃，一家人最后分崩离析。那样就真的是一无所有了。逃跑绝不是正确的选择，但只要全家同舟共济，一起回到正路上来也完全有可能。

我不知道你的年龄，从文字水平来看，估计是初中生或者高中生。总有一天，必须由你来支持父母，希望你努力学习，为这一天的到来做准备。

无论现在多么不开心，你要相信，明天会比今天更好。

浪矢杂货店

4

喜欢披头士的朋友打来电话，是在暑假还有一周就结束的时候。这个曾经告诉他日本公演内幕的朋友问他，现在能不能上他家玩，听口气是和以前一样，想来听披头士的歌。朋友是披头士的歌迷，但一张唱片也没有，因为家里没有唱片机。想听披头士的时候，他就到浩介家来。

“不好意思，暂时不行。家里在装修，用不了音响。”音响被处理掉的时候，他就想好了应付朋友的借口，所以回答得很流利。

“啊？这样吗？”朋友失望地说，“我现在超想听披头士，特别是音质好的。”

“怎么啦？”

被他一问，朋友先是简短地“嗯”了一声，又卖关子似的顿了一下，然后才说：“我看过电影了，今天刚上映的。”

“啊！”浩介不由得叫出声来。他立刻明白朋友说的是《顺其自然》。“怎么样？”浩介问。

“嗯……怎么说呢，明白了很多东西。”

“明白了什么？”

“很多东西啊。比如，他们为什么会解散。”

“是有人说了解散的原因吗？”

“不，不是那样。拍这部电影的时候，还没有闹出解散的事。但看了之后，总有种‘啊，已经到这种地步了吗……’的感觉。我形容不好，你看了就知道了。”

“哦。”

两人不咸不淡地聊了一会儿，挂了电话。浩介回到自己房间，望着那一张一张披头士的唱片。从表哥那里接收的加上他自己买的，总共有五十多张。

只有这些唱片他不想放弃，说什么也要带到今后生活的地方。尽管父母叫他尽量精简行李，但他绝对不会抛弃它们。

他决定不再去多想逃跑的事。就算他坚决反对，父母也不会改变计划，而他也不可能一个人留下来。所以只有相信浪矢老爷爷所说的，父母有父母的考虑，他们是打算慢慢解决问题。

可是，朋友为什么会那样说呢？看了《顺其自然》，到底会明白什么？

这天晚上，吃过晚饭后，贞幸首次公开了逃跑的具体计划。时间定在八月三十一日深夜，零点左右出发。

“三十一日是星期一，那天我会去上班，然后跟公司的人说，从九月一日起休假一个星期，那么第二天我没出现，也不会有任何人起疑了。但到了下一周，应该就有很多地方来询问有关支付的问题，我们逃跑的事就会立刻败露。所以从那时起，我们必须在新的住处躲避一段时间。不过不用担心，我准备了足够我们三个吃上一两年的现金。这段时间里，我们再来考虑下一步打算。”贞幸的语气似乎充满自信。

“那学校呢？我要转到哪儿的中学？”

浩介一问，贞幸的脸色就阴沉下来。

“这个问题我会好好考虑。不过，一时半会儿很难有结果，你先自己学习吧。”

“自己学习？去不了学校吗？”

“我不是那个意思，只是说，没有那么快解决。不过没关系，初中是义务教育，一定可以上学。你就别想太多了。我会先跟班主任打个招呼，就说因为工作关系，全家要在海外待上一周，过后再去学校报到。”贞幸带着不悦的表情，不容分说地下了结论。

那高中怎么办呢——浩介很想这样问，但还是沉默了。他都可以猜到父亲的回答，什么我会好好考虑、你就别担心了，无非是这些话。

跟父母一起走真的没问题吗？内心的不安又一次冒出头来。明知道别无选择，他还是下不了决心。

时间就这样一天天过去，不知不觉间，明天就是八月三十一日了。这天夜里，浩介正在检点行李，门突然开了。他吃惊地抬起头，发现贞幸站在门口。

“可以占用你一点时间吗？”

“可以啊……”

贞幸走进房间，在浩介旁边盘腿坐下。“东西收拾好了吗？”

“差不多吧。我觉得教科书要全部带上。”

“嗯，教科书是得带。”

“还有，这个也绝对要带走。”浩介把旁边一个瓦楞纸箱拖过来，里面全是披头士的唱片。

贞幸朝箱子里看了一眼，微微皱起眉头。“有这么多？”

“其他东西我已经尽量减少了，所以这个一定要带上。”浩介语气坚定地说。

贞幸暧昧地点点头，扫视了一遍房间后，视线又回到浩介身上。

“你对爸爸是怎么看的？”他突然问。

“什么怎么看？”

“不会生气吗？落到今天这个境地，你会觉得爸爸很没出息吧？”

“与其说觉得没出息……”浩介迟疑了一下，接着说，“我不知道你心里的想法，坦白说，我很不安。”

“嗯，”贞幸点点头，“这也难怪。”

“爸，真的没问题吗？我们还能回到正常的生活吗？”

贞幸缓缓眨了眨眼睛。“没问题。”他说，“需要多长时间、应该怎么做，我现在还说不好，但是我们一定能恢复到以往的生活。我向你保证。”

“真的吗？”

“真的。对我来说，最重要的就是家人。为了守护家人，我可以做任何事，哪怕赌上性命也在所不惜。所以——”贞幸定定地望着浩介的双眼，“所以我才会决定趁夜潜逃。”

父亲的话听起来发自真心。浩介第一次听到他说这样的话，心里很受震动。

“我知道了。”浩介说。

“好了，”贞幸拍了拍大腿，站了起来，“明天白天你有什么打算？暑假就要结束了，有想要见见的朋友吗？”

浩介摇头。“那都无所谓了。”反正以后再也见不到了——他把这句话咽了回去。“不过，”他说，“我能不能去一趟东京？”

“东京？做什么？”

“看电影。我有部电影想看，有乐町的 SUBARU 座影院在放映。”

“一定要明天去吗？”

“因为我不知道我们要去的地方有没有影院放那部电影。”

贞幸鼓起下唇，点了点头。“这样啊。”

“我可以去吗？”

“去吧，不过傍晚要回来啊。”

“好的。”

“那你早点休息吧。”说完，贞幸离开了房间。

浩介凑到纸箱前，拿出一张黑胶唱片。这是他今年买的《顺其自然》。唱片的四角上，分别是披头士四名成员的大头照。

今晚就想着电影入睡吧，他想。

5

第二天吃过早饭，浩介出了门。虽然纪美子面有难色地说“何必非要今天去看电影不可呢”，但贞幸顺利说服了她。

浩介曾经和朋友一起去过几次东京，但一个人去还是头一遭。

到了东京站后，他转搭山手线，在有乐町站下了车。查看了一下车站里的地图，电影院就在附近。

可能因为是暑假的最后一天，电影院前挤满了人。浩介排队买了票。上映时间他在报纸上确认过，距离下一场开始还有三十分钟。想到特地来一趟不容易，他决定先在附近逛逛。虽然以前来过东京，但有乐町和银座还都是第一次来。

刚走了几分钟，浩介就惊呆了。

怎么会有这么巨大的城市？有乐町周围人流之多、大厦之高，已经够让他吃惊的了，没想到银座还要大。放眼望去，一排排商店流光溢彩，热闹非凡，让人以为正在举办什么特别的活动。擦肩而过的人们个个衣着考究，看上去很有钱。一般的城市只要有一个这样的地方就很好了，可以称之为闹市区。但这个城市处处都这么繁华，处处都像是在举行庆典。

很快浩介发现，很多地方都贴着世博会的标志。原来是这样啊，他想起来了。大阪正在举办世博会，所以整个日本都沉浸在欢快的氛围中。

浩介觉得自己就像一条混进大海的小鱼。世界上竟然有这么繁华的所在，有人在这样的地方讴歌人生。然而这是与他无缘的世界，他只能生活在细窄幽暗的小河里。而且从明天起，只能躲在不见天日的河底——

他低下头，离开了那里。那不是属于他的地方。

回到电影院，刚好赶上电影开场。他出示电影票后，进去找到座位坐下。影院里并没有坐得很满，一个人来的似乎也很多。

不久，电影开始了。首先浮现在银幕上的，是“THE BEATLES”这行字。

浩介的心怦怦直跳。马上就能看到披头士的演出了，光是这一点就让他全身发烫。

然而随着电影的进行，这股亢奋的心情渐渐消散了。

看着电影，浩介隐约明白了披头士解散的原因。

《顺其自然》是一部由披头士演唱会彩排和现场演出影像组成的纪录片，但看上去不像是为了制作这部影片而特地拍摄的。不仅如此，披头士的成员对拍电影本身也是一副消极态度，给人的感觉是由于种种错综复杂的因素，他们不得已才同意了拍摄。

彩排的过程记录得并不完整，其间不时插入披头士成员之间的对话，但也同样没头没脑，语意不明。浩介拼命想跟上字幕，可是根本看不懂每个人话里真正的含义。

但他从电影里感受到了一件事。

他们的心已经疏远了。

没有发生争吵，也不是拒绝演出，四个人都在尽力完成眼前的课题。然而他们心里似乎都清楚，以后再也不会有任何合作了。

临近尾声时，披头士的四名成员来到了苹果公司大楼的屋顶平台上。那里已经运来了乐器和音响器材，工作人员也都来了。时值冬季，大家都是很冷的样子，约翰·列侬穿着皮夹克。

就在这样的情况下，他们开始演唱《回来》。

很快观众就发现，这次现场演出事先并没有提交正式申请。从大楼的屋顶平台传出披头士激昂的现场演唱后，顿时在周围引发骚动，最后甚至惊动了警察。

《别让我失望》、《我有种感觉》，歌声还在继续，然而从演唱中却感受不到激情。这是披头士最后一次现场演出，四名成员却谁也没有感伤的表示。

就这样，电影结束了。

影院里亮起灯光后，浩介依然怔怔地坐了好一会儿。他已经没有力气站起来了，胃像吞了铅块一般沉重。

怎么会这样？他想。电影和他期待的完全是两码事。披头士成员之间甚至没有一次坦诚的交流，商谈的时候总是话不投机。从他们唇边流露出的，只有不满、厌恶和冷笑。

传闻只要看了这部电影，就会明白披头士解散的原因。但事实上，浩介还是不明白。因为银幕上展现出的，是实质上已经终结的披头士。而浩介想知道的是，他们为什么会走到这一步。

不过，实际生活中的分手也许就是这样的吧——归途的电车中，浩介改变了想法。

人与人之间情断义绝，并不需要什么具体的理由。就算表面上有，也很可能只是心已经离开的结果，事后才编造出的借口而已。因为倘若心没有离开，当将会导致关系破裂的事态发生时，理应有人努力去挽救。如果没有，说明其实关系早已破裂。所以那四个人谁也没有挽救披头士乐队，就像看客一般，眼睁睁看着船只沉没。

浩介有种被背叛的感觉。他觉得某种曾经无比珍视的东西崩塌了。然后，他下了一个决心。

到了车站，他走进公用电话亭，给朋友打了个电话。就是上周告诉他看过电影的那个朋友。

朋友正好在家。等他接起电话，浩介劈头就问："你买了唱片吗？"

"唱片？什么唱片？"

"当然是披头士的。你以前不是说过，自己也想收集几张？"

"我是说过没错……哪张唱片？"

"全部。你要不要把我的唱片全部买下来？"

"啊？全部……"

“一万元怎么样？如果自己买，这个价钱想把唱片买全是不可能的。”

“我知道，可是你突然说起这事，让我很难办哪。我家里又没有音响。”

“好吧，那我另外找人。”说完浩介就要收线。

“等等！”话筒里传来慌乱的声音，“让我再考虑一下，明天给你回话，行吗？”

浩介把话筒贴在耳边，摇了摇头。“明天不行。”

“为什么？”

“一定要马上决定。我没有时间了。要是你现在不买，我就挂电话了。”

“等等，就等我一下，五分钟，就五分钟！”

浩介叹了口气。“我知道了，那我过五分钟再给你电话。”

放下话筒，浩介走出电话亭。抬头望向天空，太阳已开始西沉。

为什么突然想卖掉唱片，浩介自己也说不清楚。他隐隐觉得，自己已经无法再听披头士的歌了。那种感觉，或许用“一个季节已经结束”来形容比较确切吧。

五分钟后，浩介再次走进电话亭，给朋友打电话。

“我买了。”朋友说，语气里带着几分兴奋，“我跟爸妈说了，他们说，可以帮我出钱，不过音响要自己买。那我现在可以过去拿吗？”

“嗯，我等你。”

两人成交。那些唱片将要全部易主了。想到这里，浩介心头不由得一紧。但他轻轻摇了摇头，这没有什么好在乎的。

回到家，浩介把瓦楞纸箱里的唱片装到两个纸袋里，以方便朋友带走。一张一张唱片看过去，每一张都勾起很多回忆。

看到《佩珀军士孤独之心俱乐部乐队》这张黑胶唱片时，浩介停下了手。

这张唱片被誉为披头士音乐探索时期的集大成之作，封面设计也别出心裁，四名成员身穿鲜艳的军装，周围是一群古今中外名人的肖像。

最右边是一个看似玛丽莲·梦露的女人，在她身旁的暗影部分，有一个用黑色油性笔修补过的地方。那里原来贴的是唱片前主人表哥的大头照。作为披头士的铁杆歌迷，他大概是想让自己也成为封面的一员。浩介把照片揭下来时，不小心伤到了封面，所以用油性笔涂黑来掩盖。

对不起，卖掉了你心爱的唱片。不过我也是没法子——他在心里向天国的表哥道歉。

把纸袋提到门口时，纪美子问他："这是在干吗？"他觉得没有隐瞒的必要，便说出了缘由。"哦。"她不甚关心地点了点头。

没多久，朋友过来了。接过装着一万元的信封后，他把两个纸袋递给朋友。

"太棒了！"朋友看着纸袋里面说，"不过这样真的好吗？这可是你费了好大劲才收集来的。"

浩介皱起眉头，搔了搔后颈。

"我突然觉得有些厌倦了，对披头士就到此为止吧。不瞒你说，我去看了电影。"

"《顺其自然》？"

"对。"

"这样啊。"朋友半是理解半是无法释然地点了点头。

因为朋友提着两个纸袋，浩介帮他打开大门。朋友咕哝了一声"Thank you"，迈出门外，然后冲着浩介说："那就明天见了。"

明天？浩介一瞬间没反应过来。他已经把明天开学的事忘得一干二净。

看到朋友脸上露出讶异的神色，他赶忙回答："嗯，明天学校见。"

关上大门后，浩介深深地叹息一声，好不容易才忍住了当场蹲下来的冲动。

6

晚上八点多，贞幸回来了。最近他从没这么晚才回家。

"我在公司忙收尾工作，希望能尽量推迟骚动扩大的时间。"贞幸一边解领带一边说。他的衬衫已经被汗水打湿，紧贴在身上。

然后他们吃了迟来的晚饭。在这个家里吃的最后一顿饭，是昨天剩下的咖喱饭。冰箱里已经空空如也。

一边吃饭，贞幸和纪美子一边嘀嘀咕咕地讨论行李的问题。贵重物品、衣物、日用必需品、浩介的学习用品，要带的基本就是这些，其他东西一律丢下——这些事他们已经商量过好几次，现在只是最后一次确认。

说着说着，纪美子提起了浩介的唱片。

"卖了？全部都卖了吗？为什么？"贞幸好像打心底感到震惊。

"没什么……"浩介低着头说，"反正也没有音响了。"

"是吗，卖了吗？嗯，这样也好，省事多了。那些唱片很占地方。"贞幸说完，又问，"那你卖了多少钱？"

浩介没有立即回答，是纪美子替他说的："一万元。"

"才一万元？"贞幸的口气顿时变了，"你是傻瓜吗？那么多张啊！还有相当一部分是黑胶唱片！把那些全买齐了得多少钱？两三万都打不住吧？可你一万元就卖了……你脑子里在想什么！"

“我没想过要赚钱。”浩介依旧低着头说，“而且那些大部分都是从哲雄哥那里得来的。”

贞幸重重地啧了一声。

“净说这种天真的话。从别人手上拿钱的时候，哪怕多个十块二十块也是好的，因为我们已经不能再像以前那样过日子了。你懂了吗？”

浩介抬起头。我们是因为谁才落到如今这地步的？——他很想这么说。

然而贞幸似乎没看懂儿子的表情，又追问了一句：“知道了没有？”

浩介没有点头。正在吃咖喱饭的他放下汤匙，说了声“我吃饱了”就站了起来。

“喂，你怎么了？”

“吵死了，我知道了！”

“什么？你跟父母怎么说话的？”

“他爸，算啦。”纪美子说。

“不行。喂，那笔钱哪儿去了？”贞幸说，“那一万元？”

浩介低头看着父亲。贞幸的太阳穴上浮现出青筋。

“你是拿谁的钱买的唱片？是用零花钱买的吧？那零花钱是谁挣来的？”

“他爸，别说了。你的意思是让他把钱交上来？”

“我是要告诉他，知不知道那原本是谁的钱？”

“好了好了。浩介，你回自己屋里，做好出发的准备。”

听纪美子这样说，浩介离开了客厅。上楼走进自己房间后，他一头倒在床上。墙上贴的披头士海报映入眼帘，他坐起身，一把扯下海报，撕成两半。

大约两个小时后，敲门声响起。纪美子探头进来。

"准备好了吗？"

"差不多了。"浩介用下巴指了指书桌旁边。一个瓦楞纸箱和运动包，这就是他的全部财产。"要走了吗？"

"嗯，快了。"纪美子走进房间，"对不起，让你受苦了。"

浩介默然。他想不出该说什么。

"不过我们一定会顺利的，只要忍耐一阵子就好。"

"嗯。"浩介小声回答。

"我就不用说了，你爸也是一切为你着想，只要能让你幸福，他什么都愿意做，哪怕付出生命也在所不惜。他真的是这么想的。"

浩介低着头，在心底喃喃道"骗人"。一家人不得不趁夜潜逃，儿子还怎么可能幸福？

"再过半个小时，你把行李搬下来。"说完纪美子出去了。

妈妈就像林戈·斯塔尔一样，浩介想。在《顺其自然》里，林戈似乎在设法弥缝逐渐崩坏的披头士乐队，但他的努力最后没有取得任何成效。

这天深夜零点，浩介一家在夜色中出发了。逃亡的工具是贞幸不知从哪儿弄来的白色老旧大货车。三人并排坐在驾驶室里，贞幸负责开车。后面的车厢里堆满了纸箱和箱包。

三人在车上几乎没有交谈。上车之前，浩介问贞幸："目的地是哪儿？"得到的回答是："去了就知道了。"能称得上对话的，只有这寥寥两句。

货车很快上了高速。浩介完全不知道身在何处、开往什么方向。虽然不时出现指示牌，但全是没听过的地名。

大约开了两个小时后，纪美子表示想上洗手间，于是贞幸将车开进服务区。这时，浩介看到了"富士川"的路牌。

大概因为已经是深夜，停车场里很空旷。但贞幸还是把车停在最靠边的地方，为的是彻底避人耳目。

浩介和贞幸一起去了公用卫生间。解完小便，正在洗手时，贞幸从旁边过来了。“暂时不会给你零用钱了。”

浩介讶然地看着镜子里的父亲。

“这没什么好奇怪的吧。”贞幸接着说，“你不是有了一万元吗？应该足够了。”

又来了，浩介一阵厌烦。不过是区区一万元，还是自己同学给的。

贞幸没洗手就出了卫生间。

盯着他的背影，浩介内心的某根弦啪地断了。

那是他对父母最后的一丝眷恋，希望和他们在一起。而今，这根弦断了。他自己清楚地知道这一点。

一出卫生间，浩介就朝停车位置的反方向跑去。他对服务区的构造一无所知，只想离父母越远越好。

他不管不顾地拼命往前跑，回过神时，已到了另一个停车场，里面停着几台货车。

过了一会儿，一个男人走过来，上了其中一台货车，看样子马上就要开走。

浩介朝货车跑去，绕到货车后面。往车篷里一看，里面堆了很多木箱，没有气味，而且有地方可以躲藏。

突然，货车的引擎发动了。这声音不啻在他背上推了一把。他钻进了车厢。

货车很快开了出去。浩介的心狂跳不止。呼吸依然急促，无法平静下来。

抱着膝盖坐在车里，他埋下头，闭上眼睛。真想睡觉。他想先睡一觉，以后的事情等醒了再说，但干了一件大事的感觉和不知今后该怎样活下去的不安，让他迟迟无法摆脱兴奋状态。

之后货车开到哪里、怎么开的，浩介当然也全然不知。别说夜里黑沉沉的，就算是白天，他也不可能只凭景色就判断出地点。

他本以为今晚是别想睡着了，最后还是打了个盹。醒来时，货车已经停了下来，感觉不是在等信号灯，而是已经抵达了目的地。

浩介探出头窥看外面的情形。这里是一个很大的停车场，周围停了好几台货车。

看清楚四下无人后，他钻出车厢，低着头往停车场入口的方向走。幸运的是，门卫刚好不在。从停车场出来，他看到入口处的招牌，才知道这是东京都江户川区的一家运输公司。

此时周遭仍是一片漆黑，没有店铺开门。无奈，浩介只得迈步向前。他不知道自己在往哪儿走，反正先走了再说。一路走下去，总会走到什么地方。

走着走着，天色渐渐发白，开始有公交车站零星出现。一看公交车的终点站，浩介顿觉眼前豁然开朗。终点站是东京站。太好了，一直往前走就能到东京站。

但到了东京站后怎么办？接下来去哪儿？东京站应该有很多始发电车，搭其中哪一趟呢？他一边走一边思索。

除了不时在小公园里休息片刻，浩介径直前行。虽然不愿去想，父母还是在脑海里挥之不去。发现儿子失踪后，两人会怎么做呢？他们自己无法寻找，又不能报警，回家更是不可能。

或许两人会按照原定计划前往目的地吧。等在那边安顿下来，再重新寻找儿子。但他们无法采取任何公开的行动，也不能向亲戚朋友打听，因为在那些地方，令两人恐惧的债主们一定早已布下罗网。

而浩介也同样无法寻找父母。两人既然打算隐姓埋名地生活下去，自然不会再使用本名。

这样看来，这辈子将永远见不到双亲了。想到这里，浩介心头泛起一丝酸楚，但并没有后悔。他和父母的心已经不在一起了。到了这一步，无论如何努力都已无法补救，即使生活在一起也没有意义。这个道理是披头士让他认识到的。

随着时间流逝，路上的车流变得汹涌，人行道上擦肩而过的行人也逐渐增多。其中不乏看似上学途中的孩子，浩介不由得想起，今天是第二学期开学的日子。

他继续朝着目的地跋涉，身边不时有公交车超过。虽然从今天起就进入九月了，夏天的热度还没有退去，他身上的T恤已经沾满了汗水和灰土。

上午十点出头，他终于抵达了东京站。接近那栋建筑时，他起初根本没反应过来那就是东京站。眼前这座红砖外墙的建筑气势非凡，让他联想起中世纪欧洲的宏伟宅邸。

踏进车站，浩介再次被它的规模所震撼。他边走边四下张望，很快看到了“新干线”这行字。

他很想坐一次新干线。这个机会只有今年才有，因为大阪正在举办世博会。

车站里到处都贴着世博会的海报。根据海报上的宣传，搭新干线可以轻松到达世博会现场，从新大阪站出来就有地铁直达。

不如去看看吧。浩介突然冒出这个念头。钱包里约有一万四千元，一万元是卖唱片的钱，剩下的是今年没花完的压岁钱。

去看过世博会后怎么办，他还完全没有概念，只是觉得去了就会有办法。全日本，不，全世界的人都汇聚在那里狂欢，没准就能找到独自生存下去的机会。

他去售票处查看票价。看到去新大阪的票价，他松了口气，并没有想象中那么高。新干线有光号和木灵号，他犹豫了一下，选择了相对便宜的木灵号。现在必须省着花钱。

来到售票窗口前，浩介说：“到新大阪，一个人。”

售票员以锐利的目光望着浩介。“学生票吗？”他问，“买学生票需要学生优惠证明和学生证。”

“啊……我没有。”

“那就全价票可以吗？”

“好的。”

几点的列车、散席还是对号座席——售票员依次询问浩介，他结结巴巴地回答了。

“请稍等。”说完售票员去了里间。浩介清点了一下钱包，盘算着等车票拿到手，就去买份车站便当。

就在这时，一只手从背后搭到他肩上。“能不能打扰一下？”

浩介回头一看，身后站着一个身穿西装的男人。

“什么事？”

“有点事要问你，可以跟我来这边吗？”男人威严地说。

“可是我的票……”

“不会耽误你多少时间，只要回答几个问题就行了。”

男人说了声“快来吧”，抓住浩介的手腕。他抓得很紧，让浩介有种不容分说的压迫感。

浩介被带到一个类似办事处的房间。虽然男人说用不了多少时间，实际上浩介却被羁留了好几个小时，因为他不肯回答问题。

你的住址和姓名？——这是第一个问题。

7

在售票处跟浩介搭话的，是警视厅少年科的刑警。因为暑假结束时频频有少男少女离家出走，他们一直在东京站便服巡查。看到浩介满头大汗地进来，神色又很不安，刑警心里立刻有数了。他跟踪浩介到了售票处，看准时机向售票员使了个眼色。售票员突然走开，其实并不是偶然。

刑警之所以将这些内情告诉浩介，应该是经过考虑，希望能让浩介主动开口。显然他一开始并没把这个案子当回事，满以为只要问出住址和姓名，像以前那样跟父母或学校联系，让他们把人领回去就行了，没想到事情却如此棘手。

可是浩介也有绝对不能透露身份的苦衷。如果公开了，就必然要说出父母趁夜潜逃的事。

从东京站的办事处被带到警察局的询问室后，浩介依然保持沉默。刑警给他拿来饭团和大麦茶时，他也没有马上吃。虽然肚子饿得要命，但他担心一旦吃了就必须回答问题。

刑警似乎看出了他的心思，苦笑了一下："你先吃吧，我们暂时停火。"说完他离开了房间。

浩介狼吞虎咽地吃着饭团。这是他昨天晚上和家人一起吃了那顿剩下的咖喱饭以来，吃到的第一顿饭。虽然饭团里只有梅干，也让他感动不已，世界上怎么会有这么美味的食物！

没多久，刑警回来了。他第一句话就问："愿意说了吗？"浩介低着头。"还是不肯啊。"刑警叹了口气。

这时又有一个人过来，和刑警交谈了一会。从断续听到的谈话里，浩介得知他们正在核对全国的寻人申请。

浩介很担心学校的事。如果警方排查所有的中学，就会发现他没去上学。虽然贞幸好像已经通知学校，全家人将在海外待上一周左右，但学校会不会起疑呢?

不久，天黑了。浩介在询问室里吃了第二顿饭。晚饭是炸虾盖饭，同样很可口。

刑警变得很为难。他开始恳求浩介:“帮个忙，至少告诉我名字吧。”浩介有点可怜他了。

藤川……他小声说。

刑警“咦”了一声，抬起头:“你刚才说什么？”

“藤川……博。”

“什么？”刑警赶忙拿过纸和圆珠笔，“那是你名字吧？怎么写？算了，还是你来写吧。”

浩介接过圆珠笔，写下“藤川博”三个字。

使用假名是他在不经意间想到的。“藤川”是因为他忘不了富士川服务区，“博”是取自世博会。

“住址呢？”刑警问。这回浩介还是摇头。

当天晚上，他在询问室里过了一夜。刑警给他准备了张可移动的折叠床，他裹着借来的毛毯，一觉睡到天亮。

第二天，刑警坐到浩介对面。“你决定今后的命运吧。”他说，“是坦白自己的身份，还是去儿童咨询救助中心？像现在这样僵持下去，解决不了任何问题。”

浩介还是不说话。刑警烦躁地抓了抓头。

“到底发生了什么事？你父母在忙什么？儿子不见了，他们一点都不在乎吗？”

浩介没有回答，怔怔地盯着办公桌。

“真没办法。”刑警放弃般说道，“看来这里面大有隐情。藤川博也不是你的真名，对吧？”

浩介迅速瞥了刑警一眼，旋又垂下视线。刑警若有所悟，长长地叹了口气。

很快浩介被移送到了儿童咨询救助中心。在他想象中，那里应该和学校差不多，去了一看，竟然是一栋犹如欧洲古老宅邸的建筑，让他很惊讶。一打听才知道，过去的确是栋民宅。只是如今老化得厉害，随处可见剥落的墙壁、翘曲的地板。

浩介在那里过了约两个月。其间很多大人跟他谈过话，当中有医生，也有心理学家。他们使出浑身解数，试图查出这个自称藤川博的少年的真实身份，但谁也没能成功。让所有人都感到不可思议的是，日本各地警方一直没接到符合这名少年特征的寻人申请。他的父母到底干吗去了——最后每个人都忍不住这么问。

继儿童咨询救助中心之后，浩介住进了孤儿院丸光园。那里远离东京，但距离他以前的家只有半小时车程。他一度担心是不是身份暴露了，但从大人们的样子来看，纯粹只是因为那所孤儿院有空额而已。

孤儿院位于半山腰，是一栋绿荫环绕的四层建筑，里面从幼儿到胡子拉碴的高中生都有。

“既然你不愿吐露自己的身世，那也由得你。不过，至少要告诉我们出生日期。如果不知道你是哪一年出生的，就没法安排你上学。”戴着眼镜的中年辅导员说。

浩介思索起来。实际上他是一九五七年二月二十六日出生，但如果说出真实年龄，只怕很容易暴露身份。不过他又不能多报年龄，因为初三的课本他见都没见过。

想到最后，他回答说，他是一九五七年六月二十九日出生。

六月二十九日——披头士来日本的那一天。

8

第二瓶健力士也空了。“再来一瓶吗？”惠理子问，“还是换瓶别的酒？”

“嗯，好啊。”浩介看着架子上的那排酒瓶，“那就用啤酒杯来杯布纳哈本吧。”

惠理子点点头，拿出一个啤酒杯。

店里流淌着《我觉得不错》，浩介情不自禁地随着旋律轻敲吧台，但马上又停下手。

扫视着四周，他又想，这种乡下小镇竟然有这样一个酒吧，真是出乎意料。虽然他周围也有披头士的歌迷，但他自信像他这样的铁杆粉丝，这个小镇上不会有第二个了。

妈妈桑开始用冰锥凿冰。看着她的样子，浩介想起了自己用雕刻刀削木头的往事。

孤儿院里的生活不算糟糕。他不用为吃饭发愁，也有学上。尤其是最开始的一年，因为他隐瞒了年龄，学习上毫不费力。

他用的是“藤川博”这个名字。别人都叫他“阿博”，起初他会反应不过来，但很快也就习惯这个称呼了。

可是他没有称得上朋友的伙伴。确切地说，是他没有去交朋友。如果关系亲密了，就会忍不住想说出本名，倾诉身世。为了避免出现这样的状况，有必要保持独来独往。或许因为他是这样一种态度，也很少有人接近他。别人似乎都觉得他个性阴沉，虽然没人欺负他，但不论在孤儿院还是学校他都很孤立。

尽管没有伙伴一起玩，但他并不觉得特别寂寞。因为一进孤儿院，他就找到了新的乐趣，那就是木雕。他捡起附近地上掉落的木头，用雕刻刀随意地削成形状。起初只是消磨时间，但削了几个后，就一发不可收拾地迷上了。从动物、机器人、人偶到汽车，他什么都雕。挑战复杂、难度大的作品让他很有成就感，不画设计图，顺其自然地雕刻也饶有乐趣。

他把完成的作品送给比他小的孩子们。这些孩子收到平常不大搭理人的藤川博的礼物，一开始有些不知所措，但接过礼物后，马上绽开了笑容。因为他们很少有机会得到全新的玩具。很快孩子们纷纷提出要求，下次我想要姆明[①]，我要假面骑士[②]。浩介一一满足了他们的心愿。看到他们笑逐颜开的样子，他也很开心。

浩介的木雕在辅导员中间也有了名气。有一天，他被叫到辅导室，院长向他提出一个意想不到的建议——你想不想当雕工？原来院长有个以木雕为业的朋友，现在正在寻找继承者。院长还说，如果住到那里当学徒，应该可以让他上非全日制高中。

眼看初中就要毕业了，孤儿院的工作人员显然也在为他的出路发愁。

就在这前后，浩介还办完了一样手续，就是落户。他向家庭法院

①芬兰画家、作家托芙·杨森（Tove Jansson，1914-2001）1940年创作的著名系列童话《姆明一族》的主角。童话描述姆明一家和他的朋友们在姆明谷里发生的种种富有情趣的故事。

②日本漫画大师石森章太郎原作，东映于1970年起制作特摄剧集，主要讲述进行改造手术的改造人与邪恶组织对抗的故事。

申请入户籍，终于获得了许可。

这通常是针对弃婴才会采取的措施，浩介这个年龄鲜有得到批准的例子。更确切地说，是因为几乎没有这种本人坚决隐瞒身份，而警察也无法查明的情况，所以本身就没必要提出申请。

浩介和家庭法院的人也打过几次交道，他们同样努力想让他说出来历，但他依然坚持原先的态度，就是死不开口。

最后大人们编出了这样一个解释：他可能由于受到某种精神上的打击，丧失了关于身世的记忆。换句话说，就算他想说也无从说起。大概他们觉得这样才便于处理这起棘手的案件吧。

初中即将毕业时，浩介拿到了“藤川博”的户籍。跟随埼玉的木雕师父当学徒，则是紧随其后的事。

9

学习木雕并不是容易的事。浩介的师父是典型的手艺人个性，顽固又死脑筋。最初的一年，他只让浩介做些修理工具、管理材料和打扫工作间之类的事情，到了浩介上非全日制高中的第二年，才允许他削木头。每天浩介要削几十个指定形状的木雕，直到出来的成品全都一模一样为止。这种活计实在毫无乐趣可言。

但师父本质上是个善良的人，真心替浩介的将来着想，把培养浩介成为独当一面的木工视为自己的使命，让人觉得他并不只是因为需要一个继承人。师母为人也很亲切。

高中毕业后，浩介开始正式给师父帮忙。首先从简单的操作开始，逐渐熟悉得到信任后，工作的难度慢慢加大，但内容也变得很有意义。

浩介每天都过得很充实。虽然还没忘记全家连夜出逃的记忆，但已经很少再想起。于是他觉得，自己当时的决定没有错。

幸亏没跟父母一起走。那天夜里和他们诀别是正确的。要是听了浪矢杂货店老爷爷的话，如今还不知道会变成什么样子呢。

让浩介深感震惊的，是一九八〇年十二月发生的事。电视上播出新闻，前披头士成员约翰·列侬遭到杀害。

过去迷恋披头士的时光鲜明地浮现在他的脑海里，心头涌起难过又微带苦涩的滋味。当然，其中也掺杂着怀念。

约翰·列侬有没有后悔解散披头士呢？浩介忽然想到这个问题。他会不会觉得太轻率了？

但浩介随即摇了摇头。怎么可能。披头士解散后，成员们各有各的精彩，因为他们终于从披头士这个咒语的束缚下解放出来。他自己也一样，逃离了亲情的束缚，才终于抓住了幸福。

心一旦离开了，就再不会回来——他又想。

又过了八年，腊月的某一天，浩介在报纸上看到一则令人吃惊的消息：丸光园发生火灾，似乎还有人死亡。

师父让他过去看看情况，第二天，他开着店里的小型厢式货车出发了。自从高中毕业时去了一趟表示谢意，他已经十多年没去过了。

丸光园的建筑大半都被烧毁，儿童和职员借住在附近小学的体育馆里。虽然搬了几个火炉进来，但每个人看上去都很冷。

院长已经老了。浩介的来访让他很欣喜，同时也流露出几分惊异。当年那个连本名都不肯透露的自闭少年，竟然已成长为会对失火的孤儿院表示关心的成年人了。

浩介跟院长说，如果有自己帮得上忙的地方，尽管开口。院长回答说，他有这份心就足够了。

就在浩介准备离去时，一个声音传来："藤川先生？"循声望去，一个年轻女子正朝他走来。她二十六七岁，身穿昂贵的皮大衣。

"果然是你。你是藤川先生吧？"她的眼里闪着光芒，"我是晴美，武藤晴美。你还记得我吗？"

遗憾的是，浩介想不起这个名字。于是女子打开手上的提包，拿出一样东西。

"这个呢？这个你还记得吗？"

"啊！"浩介禁不住叫出声来。

那是一个木雕的小狗。浩介的确有印象，是他在丸光园时雕的。

他重又端详着那名女子，开始觉得仿佛在哪儿见过。

"你在丸光园待过？"

"没错。"她点点头，"这是你送给我的，在我上小学五年级的时候。"

"我想起来了，不过印象不深……"

"咦，这样吗？我可是一直都记得你，把这个小狗当成宝贝呢。"

"是吗？不好意思啊。"

她微微一笑，将木雕小狗收进提包，顺手取出一张名片。名片上印着"小狗事务所社长武藤晴美"。

浩介也递了张名片。晴美一看，脸色愈发明朗。

"木雕……你果然干上这一行啦。"

"用师父的话说，我还是个半吊子。"浩介抓抓头。

体育馆外设有长椅，两人遂并肩坐下。据晴美说，她也是得知火灾的消息而赶过来，似乎还向院长提议援助。

"毕竟在这里受过照顾，想趁这个机会有所回报。"

"这样啊，你真了不起。"

"藤川先生也是来看望的吧？"

“是师父叫我过来的。”浩介的视线落在她的名片上，“你是在经营公司吗？什么样的公司？”

“一家小公司，给面向年轻人的活动做企划，也负责广告企划。”

唔，浩介含糊地应了一声。他对此完全没有概念。“这么年轻就开公司，真是厉害。”

“哪里，运气好罢了。”

“我看不光是运气，会想到开公司就很不简单了。对一般人来说，还是给人干活拿薪水的生活比较轻松。”

晴美歪着头。

“天性使然吧。在别人手下干活我做不来，就算打零工也干不长久。所以离开丸光园后，也为不知道做什么行当而苦恼。就在那时，有人给了我宝贵的建议，我由此决定了人生的方向。”

“咦，那个人是……”

“这个嘛，”她顿了一下，然后说，“是杂货店店主。”

“杂货店？”浩介皱起眉。

“朋友家附近有家杂货店，以接受烦恼咨询出名，好像还上过周刊。于是我抱着死马当成活马医的心态去咨询了一下，结果得到了非常好的建议。我能有今天，全是托了他的福。”

浩介哑然。她说的绝对是浪矢杂货店，那样的杂货店不会有第二家。

“你觉得难以置信？”晴美问。

“没有，没那回事。是嘛，没想到还有这样的杂货店。”浩介极力佯装平静。

“很有趣吧？不过如今还在不在就不知道了。”

“不管怎样，只要事业顺利就好。”

“谢啦。老实说，我现在副业上赚钱更多。”

“副业？”

“就是投资。股票、房地产，还有高尔夫会员证之类的。”

哦。浩介点点头。这些他最近也常有耳闻。听说房地产价格扶摇直上，经济随之一片大好，连木雕生意也因此而顺风顺水。

“藤川先生对股票有兴趣吗？”

浩介苦笑着摇了摇头。“一丁点也没有。”

“是吗？那就好。”

“为什么？”

晴美露出一抹踌躇的神色，之后才开口道：“要是你投资买了股票和房地产，最好在一九九〇年前全部脱手。之后日本经济就会直线下跌。”

浩介困惑地盯着她看，因为她的口气实在太自信了。

晴美说了声“对不起”，不自然地笑了。

“说了奇怪的话，请你忘了吧。”说完她看了看手表，欠身站起，“难得见上一面，我很开心。以后咱们有机会再见。”

“嗯。”浩介也站了起来，“你也多保重。”

和晴美道别后，浩介回到车上。刚刚发动引擎，准备离开，他又一脚踩下刹车。

浪矢杂货店啊……

他突然在意起那家店来。从结果来看，浩介并没有听从那位老爷爷的建议，而且他觉得自己做对了。但也有像晴美这样至今满怀感激的人。

那家店如今怎样了呢？

浩介再次发动汽车，虽然有些犹豫，还是开向了与归途不同的方向。他想去看看浪矢杂货店。那里多半已经破败不堪了吧。总觉得倘若确认了这一点，就多少能解决什么问题似的。

十八年没回过从小长大的小镇了，浩介完全凭记忆转动方向盘。虽然应该不会有人一见面就认出他来，他还是很小心地尽量避人耳目，老家所在的地方更是绝不靠近。

小镇的样子整个都变了。住宅增加，路也在整修，想必是经济繁荣带来的影响吧。

然而浪矢杂货店依然以同样的姿态伫立在原地。尽管房子老旧了许多，招牌上的字样也变得难以辨识，外观却保持完好，仿佛一拉开生锈的卷帘门，店里照旧摆放着商品。

浩介下了车，来到店铺前。怀念和悲伤在心头萦绕，他又想起了因为要不要和父母一同连夜潜逃而烦恼，将咨询信投进投递口的那个夜晚。

回过神时，他已穿过店铺旁边的通道，绕到后门。那个牛奶箱一如往昔地安在门旁，打开盖子一看，里面什么也没有。

浩介叹了口气。就这样吧，这件事到这儿就算结束了。

就在这时，后门忽然开了，出现一个年纪在五十岁上下的男人。

“啊，对不起。”浩介连忙盖上牛奶箱，“我不是什么可疑的人，只不过……那个……有点……”他想不出合适的借口。

男人讶然地看看浩介，又看看牛奶箱。“莫非您是咨询的人？”他问。

“什么？”浩介望着对方。

“不是吗？您不是以前向家父写信咨询的人？”

猝不及防的浩介半张着嘴，就这么点了点头。

“是的。不过那是好多年前的事了……”

男人露出笑容。

“果然是这样。我就说如果不是以前咨询过，应该不会碰这个牛奶箱。”

“对不起。好久没来这边了，总觉得很怀念……”浩介低头道歉。

男人摇了摇手。

“您不用道歉。我是浪矢的儿子，家父八年前已经过世了。”

“这样啊。那这家店……”

“现在已经没人住了，也就我偶尔过来看看。”

“有没有拆掉的打算呢？”

唔……男人小声沉吟。“因为某种缘故，不能那样做。所以就这么放着吧。”

“这样啊。”

浩介很想知道原因，但追根究底似乎有失礼貌。

“您是认真的咨询吧？”男人说，“您看的是牛奶箱，那您咨询的是比较严肃的问题吧？不是跟家父开玩笑。”

浩介明白他的意思。

“是的，我是很有诚意地来咨询的。”

男人点点头，看着牛奶箱。

“家父也真喜欢做奇怪的事。我常想，有这空闲给别人咨询，拿来想想生意上的事多好。不过这是他的人生价值所在，受到很多人的感谢，他很满足。”

“有人来致谢吗？”

“嗯……可以这么说吧。收到过好几封来信。家父本来特别担心自己的回答没有派上用场，读了那些信后，总算安心了。”

“信上写的自然是感谢的内容啰。”

是啊，男人眼神郑重地点头。

“有人写信来说，当上学校老师后，灵活运用小时候家父给的建议，工作因此变得很顺利。也有的感谢信不是咨询者本人，而是她女儿写来的。好像母亲当年为了要不要生下有妇之夫的孩子而苦恼，为此来向家父咨询。”

“原来如此，真是各式各样的烦恼都有。”

“可不是嘛。读着这些感谢信，我深深觉得，真难为家父能坚持这么久。这当中既有‘该不该跟父母一起趁夜潜逃’这种严重的烦恼，也有‘喜欢上学校的老师，怎么办才好’这种包含微妙问题的烦恼——”

“等等！”浩介伸出右手，“有人问过该不该跟父母一起趁夜潜逃的问题？”

“是啊。”男人眨了眨眼睛，表情仿佛在问“怎么了”。

“那个人也写来了感谢信？”

“没错。”男人点点头，“家父建议他跟父母走。据他信上说，他也确实这样做了，结果很圆满，和父母一起过着幸福的生活。”

浩介皱起眉头。“那是什么时候的事？我是说收到感谢信的时候。”

男人流露出犹豫的神色。“是在家父过世前不久。”他回答，“不过由于种种原因，写感谢信并不是那个时候。”

“什么意思？”

“实际上——”男人刚一开口就闭上了嘴，然后咕哝了一句“该怎么说呢”。“闲话还是不多说了。您不必放在心上，并没有什么特别的意思。”男人的样子有点古怪。他匆匆忙忙锁上后门。“那么我就失陪了。您尽管慢慢看，看个尽兴。不过，其实也没什么特别值得看的地方。”

男人很冷似的哈着腰，朝狭窄的通道走去。目送他的背影消失后，浩介又望向牛奶箱。

那一瞬间，牛奶箱仿佛扭曲了形状。

10

回过神时，店里正在播放《昨天》。浩介将威士忌一口饮尽，招呼妈妈桑再来一杯。

他的目光落在手头的信纸上。这封信是他绞尽脑汁才写出来的，内容如下：

浪矢杂货店：

我是大约四十年前给您写过咨询信的人。当时我用的名字是保罗·列侬，您还记得吗？

我咨询的问题是，父母计划连夜潜逃，并且叫我跟他们一起走，我该怎么办。

您回答说，和家人分开不是好事，应该相信双亲，和他们共同行动。

我一度也决心照您的话去做。事实上，我确实和父母一起离开了家。

可是途中我再也忍耐不下去了。我对父母，尤其是父亲已经失去了信任。我不想就这样任由他掌控自己的人生。我们之间的亲情已经断绝了。

我在某个地点逃离了父母。以后会发生什么，我完全无法预料，但总之，我无法再和他们在一起了。

此后父母的情况如何，我全然不知。说到我自己，我可以断言，我当时的决定是对的。

经过一番曲折，我最终得到了幸福。如今，我过着精神安宁、经济稳定的生活。

由此看来，没听浪矢先生的建议是正确的。

为了避免误会，我先声明：我写这封信绝对不是来抱怨的。根据我在网上看到的消息，您希望咨询者坦诚告诉您，当年得到的建议对自己的人生有什么影响。所以我想，对于没有听从您建议的人，您一定也希望他们如实相告。

说到底，我认为人生只有靠自己的努力去开创。

读这封信的人，想必是浪矢先生的家人吧。如果给您带来不快，我在此谨表歉意。信就请您自行处置吧。

保罗·列侬

妈妈桑将啤酒杯放到吧台上，浩介抿了口威士忌。

一九八八年末的事情在他脑海浮现。当时他从店主老爷爷的儿子口中得知，有一封信里咨询的烦恼和他一模一样，而且咨询者听从了老爷爷的劝告，跟父母一起走了，最后得到了幸福。

没想到会有如此奇妙的巧合。这么说来，这个小镇上还有一个孩子怀有同样的苦恼？

那个孩子和他的父母，究竟是怎样过上幸福生活的呢？回忆自己一家人的遭遇，浩介觉得没那么容易找到打破困境的办法。正是因为无路可走，浩介的父母才选择了连夜潜逃。

“您的信写好了吗？”妈妈桑问道。

“嗯，差不多吧。”

“现在很少有人亲笔写信呢。”

“说得也是。我是临时想到要写的。”

这是今天白天的事情。浩介正在用电脑查看资料，无意中从某人的博客上看到了一段话。也可以说，是他的眼睛对“浪矢杂货店”这几个字发生了反应。那段话内容如下：

九月十三日凌晨零时零分到黎明这段时间，浪矢杂货店的咨询窗口将会复活。为此，想请教过去曾向杂货店咨询并得到回信的各位：当时的那封回信，对您的人生有何影响？可曾帮上您的忙？希望各位直言相告。如同当时那样，来信请投到店铺卷帘门上的投信口。务必拜托了。

浩介大吃一惊。怎么会有这种事？是有人在恶作剧吗？可是这样做又有什么意义呢？

他马上找到了消息的来源。那是一个名为“浪矢杂货店仅此一夜的复活”的网站，网站的运营者自称“浪矢杂货店店主后人”。据说九月十三日是店主的三十三周年忌日，所以他想以这种方式来祭奠。

今天一整天他都在想这件事，工作也没心思做了。像往常那样在日式快餐店吃过晚饭后，浩介回了家，但心里依然记挂着这事。最后他连衣服也没换，就又出了门。他一个人住，因此不需要跟谁打招呼。

虽然有些犹豫，浩介还是搭上了电车。仿佛有某种冲动在驱使着他。

又读了一遍刚刚写好的信，浩介心想，这样一来自己的人生也总算是接近圆满了吧。

店里的背景音乐变成了《平装书作家》，这是浩介很喜欢的歌。他不经意地向CD播放器望去，发现旁边还有一台唱片机。

“现在还会放黑胶唱片吗？”他问妈妈桑。

“很少很少了，除非常来的客人特意要求。”

“噢……可以给我看看吗？不用放出来。”

“可以啊。”说着，妈妈桑消失在吧台深处。

没多久她回来了，手里拿着几张黑胶唱片。

“另外还有一些，不过放在家里了。”说完，妈妈桑将唱片并排放到吧台上。

浩介伸手拿起一张。那是《艾比路》。这张唱片虽然发行时间比《顺其自然》早，实质上却是披头士创作的最后一张专辑，封面上四个人穿过人行横道的照片赫赫有名，以传奇来形容也不为过。其中保罗·麦卡特尼不知为何光着脚，因此有流言说，保罗那时就已经死了。

“真是怀念啊。”浩介情不自禁地低喃着，又拿起第二张。这张是《魔幻之旅》，据说是同名电影的原声音乐集，不过电影的内容不知所云。

第三张是《佩珀军士孤独之心俱乐部乐队》。不消说，这张是摇滚音乐的不朽之作——

浩介的目光被一个地方吸引住了。唱片封面的右边有一位金发美女，过去他以为是玛丽莲·梦露，长大后才知道，其实是女演员黛安娜·多丝。就在她的旁边，有一处印刷剥落的地方，上面有用油性笔修补过的痕迹。

浩介全身的血液都沸腾起来，心脏开始狂跳。

“这……这是……”他嘶哑着嗓子，咽了口唾沫，望向妈妈桑，“这是你的收藏吗？”

她露出略带踌躇的表情。“现在是由我保管，不过原来是我哥哥的。”

“你哥哥的？那为什么会到了你手里？”

妈妈桑呼地吐出一口气。

“我哥两年前过世了。我会成为披头士的歌迷，都是受我哥的影响。他从小就狂热迷恋披头士，长大后也常说，总有一天要开一家披头士主题酒吧。三十来岁的时候，他辞去工作，开了这家店。”

“……这样啊。你哥哥是生病还是……”

“是的，他得了肺癌。”她轻轻按了下胸口。

浩介看了眼之前拿到的名片，她的名字是原口惠理子。

“你哥哥也姓原口吗？”

“不是，他姓前田。原口是我家那位的姓。不过我已经离婚了，现在是单身，只是因为嫌麻烦，才没改回原来的姓。”

“前田先生啊……”

那就没错了，浩介确信。当初买下他唱片的那个朋友，正是姓前田。那么，此刻拿在手上的唱片，就是浩介自己的。怎么会有这种事？一面这样想，浩介一面又觉得，就算有其实也不稀奇。仔细想想，在这样一个小镇上，会想到开一家披头士主题酒吧的人本来就很有限。当他看到“Fab4”这个店名时，就该意识到很可能是朋友开的店了。

“我哥的姓有什么问题吗？”妈妈桑问。

“没什么。”浩介摇摇头，“原来这些唱片是你哥哥的遗物啊。”

“没错。不过，也是前主人的遗物。”

“什么？”浩介脱口问道，“你说的前主人是……”

“这些唱片基本都是哥哥上初中时从同学那里买来的，总共有好几十张。听说那个朋友原本比哥哥还迷恋披头士，可是有一天却突然说想把唱片卖掉。哥哥自然很高兴，但也说太不可思议了……”说到这里，妈妈桑掩住了嘴，“不好意思，这种事很无聊吧。”

“不不，我很想听下去。”浩介舔了口威士忌，“说来听听吧，那个朋友究竟发生了什么事？”

好的，她点了点头。“暑假结束后，那个朋友一直没来学校。实际上他是和父母一起连夜潜逃了。听哥哥说，他家里欠下了一大笔钱。

可是到底也没逃得了，最后发生了悲惨的事情……”

“出什么事了？”

妈妈桑垂下视线，表情变得很沉重。她慢慢抬起头。“连夜潜逃后大约过了两天，他们自杀了。不过好像是强迫自杀。”

“自杀？就是说死了？谁和谁？”

“一家三口。父亲杀了太太和儿子，最后自己也……”

怎么可能！浩介好不容易才忍住大叫的冲动。“他是怎么杀死……太太他们的？”

“详细情形我也不清楚，听说是让他们吃药熟睡后，从船上推落海里。”

“从船上？”

“他们夜里偷了条手划船出海。但父亲没死成，回陆地后上吊自杀了。”

“两人的遗体呢？太太和儿子的遗体找到了吗？”

这个嘛……妈妈桑侧头思索。“这我就没听说了。不过父亲好像留下了遗书，所以知道两人已经死了。”

“是吗……”

浩介将威士忌一口喝干，让妈妈桑再来一杯。他的脑子里一片混乱。酒精既不能麻痹他的神经，也不能让他保持平静。

就算找到了遗体，应该也只是纪美子一个人。但既然遗书上写明杀死了妻子和儿子，即使另一方的遗体未能找到，引起警察怀疑的可能性也不大。

问题是，贞幸为什么要这么做？

浩介回想起四十二年前的往事。那天深夜，他从富士川服务区躲到运输公司货车的车厢里，踏上了逃亡生涯。

贞幸和纪美子发现儿子失踪后，一定很烦恼该怎么办。是忘掉儿子，按照预定计划继续潜逃，还是设法寻找儿子？照浩介的猜想，他们很可能会选择前者，因为根本没法找。

然而两人一样都没选。他们选择了自杀。

又一杯威士忌送到了浩介面前。他拿起啤酒杯，轻轻晃动，冰块发出细微的撞击声。

全家一起赴死这个念头，也许贞幸之前就曾经动过。当然，那是最后的手段。毫无疑问，是浩介的举动促使他下了决心。

不，不只是他。这应该是他和纪美子两人商量后的决定。

即使如此，为什么不惜偷船也要把纪美子沉入海中呢？

能想到的原因只有一个。就是为了把儿子一起“杀死”。如果是广阔无垠的大海，找不到遗体也不足为奇。

决定自杀时，父母考虑了浩介的处境。如果死的只有他们两人，儿子将来会怎样？

浩介打算怎样生存下去，他们无从想象。但他们显然想到，他会舍弃和久浩介这个名字和经历。如果是这样，他们绝不能影响他。

所以他们决定，把和久浩介这个人从世上抹去。

警视厅少年科的刑警、儿童咨询救助中心的工作人员，还有其他很多人都想查出浩介的身份，可是谁也没能成功。这是理所当然的。有关和久浩介这名初中生的一切，早已从所有资料里悉数删除了。

趁夜潜逃前，母亲纪美子来到浩介房间说的那番话，如今重又回响在他耳边。“我就不用说了，你爸爸也是一切为你着想，只要能让你幸福，他什么都愿意做，哪怕付出生命也在所不惜。他真的是这么想的。”

这些话并不是谎言。他能有今天，全是靠父母的一片苦心。

浩介摇摇头，呷了口威士忌。不可能有这种事。就因为摊上那样的父母，害得他饱尝艰苦，连本名都不得不舍弃。能够有如今的生活，靠的是他自己的努力，而不是其他。

尽管这样想，后悔和自责的情绪依然涌上心头，这也是事实。

因为自己的逃走，导致父母别无选择。是自己把他们逼入了绝境。在逃走之前，为什么不再向他们提议一次呢？告诉他们，不要趁夜潜逃了，回家吧。全家人一起从头再来。

“您怎么了？”浩介闻声抬起头，妈妈桑正担心地看着他，“您好像很难过的样子……”

“没事。”浩介摇摇头，“没什么，谢谢你。”

他的视线落在手头的信纸上。回头再看自己写的信，不快感在心头弥漫开来。信上通篇都是自鸣得意的话，没有任何价值，也感受不到对帮助过自己的人的敬意。什么“自己的人生只有靠自己的努力去开创”！如果不是自己瞧不起的父母的牺牲，天知道他会变成什么样。

浩介撕下那页信纸，唰唰几下撕成碎片。妈妈桑忍不住“欸”了一声。

“不好意思，我能不能再待一会儿？”浩介问。

“可以啊，没问题。”妈妈桑微笑道。

他拿起圆珠笔，重新注视着信纸。

浪矢爷爷果然是正确的。只要全家同舟共济，一起回到正路上来也完全有可能——他想起了这句回答。就因为自己单独逃走，这条船失去了方向。

那么这封信该怎样写呢？自己没听建议离开了父母，两人随即自杀了，不如就这样如实相告？

不能这么做，还是不写出来的好。他旋即改变了想法。

自己全家自杀事件在小镇上造成多大的轰动，浩介并不清楚，但万一浪矢爷爷已经听说了呢？他也许会怀疑，该不会就是咨询者“保罗·列侬”一家，并为当初建议他和父母一起走深感后悔。

今晚的活动是为了祭奠浪矢爷爷三十三周年忌日。既然如此，就该让过世的老爷爷安心。虽然公告上称“希望各位直言相告”，但并不代表必须写出事实。重要的是告诉老爷爷他的意见是对的，这就够了。

思索片刻后，浩介写了如下的一封信。开头和刚才写的几乎一模一样。

浪矢杂货店：

我是大约四十年前给您写过咨询信的人。当时我用的名字是保罗·列侬，您还记得吗？

我咨询的问题是，父母计划连夜潜逃，并且叫我跟他们一起走，我该怎么办。您没有把这封信贴到墙上，因为是第一次收到真正的烦恼咨询。

您回答说，跟家人分开不好，应该相信父母，和他们共同行动。最后您又加上一句，只要全家同舟共济，一起回到正路上来也完全有可能。这句鼓励的话对我弥足珍贵。

我决定听您的话，跟父母一起行动。而您的判断是正确的。

详情我就不多说了，最后我们一家成功摆脱了苦难。虽然父母已于前几年去世，但我认为他们的一生过得很幸福。而我，现在也过着优裕的生活。

这一切都是托了浪矢先生的福。为了表达感谢之情，我提笔写下了这封信。

读信的人，想必是浪矢先生的家人吧。如果这封信能成为三十三周年忌日的祭奠，我将深感荣幸。

保罗·列侬

反复看了几遍，浩介有种不可思议的感觉。浪矢爷爷的儿子曾经说过另一个夜逃少年的感谢信，跟自己这封信内容何其相似。当然，这只是巧合罢了。

将信纸叠好放进信封，一看手表，就快到零点了。

“拜托你一件事。”浩介站起身，“我现在要去一个地方寄信，很快就回来，到时可以再喝上一杯吗？”

妈妈桑浮出困惑的表情，看看信纸，又看看他，最后莞尔一笑，点了点头。“好的，我知道了。”

浩介说了声“谢谢”，从钱包里取出一张万元钞票，放到吧台上。他不想让妈妈桑怀疑自己是找借口开溜。

从店里出来，浩介走在夜路上。周围的小酒馆都已关了门。

看到浪矢杂货店了。浩介停下了脚步，因为店门口有人影。

怀着惊讶的心情慢慢走近，发现那是一名身穿套装的女子，三十来岁。附近停着一辆奔驰。浩介朝车里看去，只见副驾驶座上放着一个瓦楞纸箱，箱子里装着某位女歌手的CD，同样的专辑有好几张，看来是和女歌手相关的人。

女子把某样东西投进卷帘门的投递口后，转身准备离开。发现浩介时，她吃惊地僵住了，露出戒备的神色。浩介把手上的信封扬给她看，另一只手指了指卷帘门的投递口。她似乎明白了缘由，表情放松下来。无言地点头致意后，她坐上了旁边的奔驰。

今晚会有多少人来到这里呢？浩介思忖着。人生中浪矢杂货店具有重要意义的人，也许出乎意料的多。

奔驰开走后，他将信投入投递口。只听啪嗒一声，睽违了四十二年的声音。

浩介只觉得一身轻松。或许是因为一切终于画上句号了，他想。

回到 Fab4，墙上的液晶屏已经插上了电源。妈妈桑正在吧台里操作着什么。

“你在干吗？”浩介问。

“我哥哥有段心爱的视频资料，不过好像没出正版，只有盗版里收录了一部分。”

“是嘛。”

“给您来点什么酒？”

“唔，跟刚才一样吧。”一杯布纳哈本送到了浩介面前。他伸手去拿时，视频开始了。刚把酒杯送到唇边，浩介倏地停下了手。他知道这是什么视频了。“这是……”

出现在屏幕上的，是苹果公司大楼的屋顶平台。寒风呼啸中，披头士开始了演唱。这正是电影《顺其自然》的高潮一幕。

搁下酒杯，浩介凝视着画面。这部电影改变了他的人生。看了这部电影，他深深感受到人与人之间的羁绊是何等脆弱。

可是……

电影里的披头士和浩介记忆中的有点不一样。在电影院看的时候，他觉得他们的心已经疏远，演出也是乱唱一气。但此时重看，感觉却完全变了。四名成员都在全力以赴地演唱，看上去也乐在其中。是不是就算解散已经近在眼前，一起演出时还是能找回过去的感觉呢？

在电影院看的时候，浩介之所以觉得演出很糟糕，大概是源于自己的心境。当时他已经不相信真情了。

浩介端起酒杯，喝了口威士忌，然后静静地闭上双眼，为父母祈祷冥福。

第五章　来自天上的祈祷

1

翔太从店铺回来了，一脸的怏怏。

“没有信来吗？”敦也问。

翔太点点头，叹了口气。“好像只是风吹卷帘门晃动的声音。”

“是吗？”敦也说，“这样也好。”

“难道他没看到我们的回信吗？”幸平问。

“应该看到了。”翔太回答，“因为放在牛奶箱里的信消失了，总不可能是别人拿走了吧？”

“是啊。那为什么没有回信呢？”

“这个嘛……”说到这里，翔太把目光投向敦也。

“这也是没办法的事。”敦也说，“毕竟信上那样写，收到的人肯定觉得莫名其妙。再说，真要回了信才麻烦，万一人家问到底是什么意思，我们怎么说？”

幸平和翔太低头不语。

“没法回答吧？所以到这就算了。”

“不过真让人吃惊。”翔太说，“没想到会有这么巧的事，鱼店音乐人就是那个人。”

“这倒也是。”敦也点头同意。“我一点也不惊讶”这种话，他实在说不出口。

和奥运会候选女运动员通信结束后，紧接着又收到另一个人的咨询信。一看信上的内容，敦也他们目瞪口呆，气不打一处来。“不知道是该继承家里的鱼店，还是坚持音乐之路”这种事，哪里算得上烦恼，纯粹是一个天生好命的家伙任性妄为罢了。

于是他们写了封回信，带着揶揄的口气指责他那过于天真的想法。这位自称鱼店音乐人的咨询者似乎颇感意外，马上来信反驳。敦也他们又回了封直截了当的信。就在下一封信投进来时，奇妙的事情发生了。

当时敦也他们都在店里，为的是等待鱼店音乐人寄来的信。很快信就从投递口塞了进来，但却在塞到一半时停下了。令人惊异的事情就发生在下一秒。

从投递口传来了口琴声。那旋律敦也他们很熟悉，连歌名也知道，叫《重生》。

这首歌是女歌手水原芹广为人知的成名作。除此之外，还有一段有名的逸事。对敦也等人来说，也并非毫无关系。

水原芹和弟弟一起在孤儿院丸光园长大。她上小学时，孤儿院发生了火灾，一个男人救了她来不及逃生的弟弟。他是院方为了圣诞节晚会找来的业余歌手，因全身被严重烧伤，后来在医院里过世。

《重生》就是这位音乐人创作的歌。为了报答他的恩情，水原芹一直唱着这首歌，最后奠定了她不可动摇的明星地位。

这个故事敦也从小就耳熟能详，因为他们也是在丸光园长大的。水原芹是园里孩子们引以为荣的希望之星，他们梦想着有朝一日，自己也能像她那样光芒夺目。

听到这首《重生》，敦也他们大吃一惊。一曲吹毕，信啪地从投递口掉落，似乎是外面的人推进来的。

这是怎么回事？三人凑在一起琢磨。咨询者所在的时代应该是一九八〇年，水原芹虽然已经出生，但还是个小孩子，《重生》这首歌当然也无人知晓。

那么只有一种可能。鱼店音乐人就是《重生》的作者，水原姐弟的恩人。

他在信上说，浪矢杂货店的回答让他很受打击，但也促使他重新审视自己。信末他还提出，希望直接见面谈一谈。

三人很烦恼。该不该将未来的事情告诉鱼店音乐人呢？一九八八年的平安夜，你将在一所名叫丸光园的孤儿院里遭遇火灾，因此丧生。——应该这么跟他直说吗？

跟他说了吧！幸平提议。这样没准他就不会死了。

可是水原芹的弟弟不就死了吗？翔太随即提出疑问。对此幸平也无法反驳。

最后由敦也下了结论：不告诉他火灾的事。

“就算跟他说了，他也不会当真，只会觉得听到了怪吓人的预言，心里不舒服，然后没两天就忘了。再说不管是丸光园的火灾，还是水原芹唱《重生》，都是我们已经知道的事实。这种事是绝对不会改变的，再怎么写信都白搭。所以倒不如写点鼓励的话好了。”

翔太和幸平都同意他的看法，剩下的问题就是写些什么话。

“我……想谢谢他。”开口的是幸平，“如果没有他，水原芹很可能不会成为歌手，我们也就听不到《重生》了。”

敦也也有同感。翔太也说，就这么写吧。

三人斟酌着措辞，在信的结尾写了这样一段话：

你对音乐的执着追求，绝不是白白付出。

我相信，将会有人因为你的歌而得到救赎。你创作的音乐也必将流传下去。

若要问我为何能如此断言，我也很难回答，但这的确是事实。

请你始终坚信这一点，坚信到生命最后一刻。

我只能说这么多了。

把信放到牛奶箱里，隔了片刻再打开看时，信已经消失了。想必已送到鱼店音乐人的手上。

他们猜想说不定会有回信，于是关上后门，一直等到现在。

可是回信没有来。之前都是刚把回答放到牛奶箱里，回信就从投递口投进来了。也许鱼店音乐人看了敦也他们的信后，作出了某种决定吧。

“那就把后门打开。”敦也站了起来。

“等一下！”幸平抓住敦也的牛仔裤脚，“再等会儿行不行？”

“怎么了？”

“都说了……”幸平说着，舔了舔嘴唇，“等一下再开后门。”

敦也皱起眉头。

“为什么？鱼店那边不会有信来了。”

“我知道。那个人就不管他了。”

“那是为什么？”

“因为……我想说不定还有其他人来信咨询。”

“啊？”敦也张大了嘴，低头看着幸平，“你说什么呢！关着后门时间就不会流逝，你懂不懂？”

“我当然懂。”

“那你就该知道，现在不是干这种事的时候。之前是因为信都已经来了，没办法只能奉陪，但是一切已经结束了，烦恼咨询的游戏到此为止了。”

挥开幸平的手，敦也向后门走去。把门敞开后，他确认了一下时间。凌晨四点出头。

还有两个小时——

等六点一过就离开这里。那时电车应该已经发车了。

回到屋里，只见幸平泄气地坐着，翔太则在摆弄手机。

敦也在椅子上坐下。餐桌上的烛光微微摇曳，大概因为外面有风吹进来。

望着发黑的墙壁，敦也暗想，这真是栋不可思议的屋子啊。究竟是什么缘故导致出现这种超常现象呢？自己又为什么会卷入这种事？

“我不大会讲话，”幸平突然冒出一句，“不过活到现在，今天晚上头一次觉得就算是我这号笨人，也还有点用处。”

敦也皱起眉头。

“所以你想继续帮人解决烦恼？明明一分钱都没得赚。”

“不是钱的问题。没钱赚也不打紧。像这样把利害得失放在一边，真心诚意地替别人想办法，我以前从来没有过。”

敦也夸张地连连咂舌。

“我们是认真想了，信也写了，结果呢？屁用也没有。那个奥运女只会把回答理解成她想要的意思，鱼店那人更是什么也帮不上。打一开头我就说了，混成我们这个样子，还想给别人解决问题，本身就是不自量力。”

“可是读到月兔的最后一封信时，你不是也挺开心吗？”

“是感觉还不坏，不过你可别搞错了。我们不是那种有资格给别人提意见的人。我们是……”敦也指了指放在屋子角落的提包，“我们是下三滥的小偷。”

幸平露出受伤的表情，低下了头。敦也见状哼了一声。

就在这时，翔太“哎”地惊呼了一声。敦也吓了一跳，条件反射地从椅子上弹了起来。

“怎么啦？”

“噢，那个……”翔太扬了扬手机，“我在网上找到了浪矢杂货店的消息。”

“网上？”敦也皱眉，“是不是有人回忆往事？”

“我也是这么想的，所以用‘浪矢杂货店’这个词来搜索，想没准有人会提到点什么。”

“然后找到了相关的回忆？”

“那倒不是。”翔太走到敦也身边，递出手机，“你看看这个。”

“什么嘛。”敦也说着，接过手机，扫视着液晶屏上显示的文字。上面有一行标题“浪矢杂货店仅此一夜的复活”。接着看下去，敦也完全理解翔太为什么会大呼小叫了。他自己也有全身发烫的感觉。

那段文字内容如下：

致知道浪矢杂货店的各位朋友：

九月十三日凌晨零时零分到黎明这段时间，浪矢杂货店的咨询窗口将会复活。为此，想请教过去曾向杂货店咨询并得到回信的各位：当时的那封回信，对您的人生有何影响？可曾帮上您的忙？希望各位直言相告。如同当时那样，来信请投到店铺卷帘门上的投信口。务必拜托了。

“这是怎么回事？”

“我不知道，不过上面说，九月十三日是店主三十三周年忌日，所以想到以这种方式来祭奠。发布消息的是店主的后人。”

“咦，怎么啦？”幸平也凑了过来，“出什么事了？”

翔太把手机递给幸平，然后说了一句：“敦也，今天是九月十三日。”

敦也也想起来了。九月十三日凌晨零时零分到黎明——现在正是这段时间，而他们就在杂货店里面。

“奇怪，这什么意思？咨询窗口将会复活……”幸平不住眨着眼睛。

“所有这些不可思议的现象，恐怕都跟这件事有关系。”翔太说，“一定是这样。今天是个特别的日子，所以现在和过去连接到了一起。”

敦也揉了揉脸。虽然不知道缘由，不过翔太说得应该没错。

朝敞开的后门望去，外面仍是沉沉夜色。

“只要门开着，就不会通向过去。离天亮还有段时间，敦也，我们该怎么办？”翔太问。

“什么怎么办？”

“我们说不定妨碍到了什么。本来那扇门应该是一直关着的。”

幸平站起身，一言不发地来到后门前，砰的一声关上了门。

“喂！你怎么自作主张？”敦也说。

幸平回过头，摇了摇头。“一定得关上。”

“为什么？关上门时间就不会过去，难道你想一直待在这儿？”话刚出口，敦也心念一转，恍然点头。“原来如此，我懂了。关上后门，但我们离开这里。这样就皆大欢喜了，既不会碍到谁，又解决了问题。是这个意思吧？”

然而两人并没有点头，脸上仍是怏怏的神色。

“怎么啦，你们还有话要说？”

翔太终于开口了。

“我还要再待一会儿。敦也你自己出去好了。在外面等着也行，先逃也行。”

“我也是。”幸平马上说道。

敦也差点抓破头皮。“你们待在这里想干吗？”

“没想干吗。”翔太回答，“只不过想看看，这栋不可思议的屋子还会有什么事发生。”

“你们想清楚没有，到天亮还有一个小时，外面世界的一个小时，这栋屋子里要好几天，你们就一直不吃不喝地守在这里？这种事不可能。”

翔太移开了视线。看来他心里也承认敦也说得没错。

“死了这条心吧！”敦也说。但翔太没吭声。

恰在这时，传来了卷帘门晃动的声音。敦也和翔太对视了一眼。

幸平朝店铺跑去。望着他的背影，“横竖又是风，”敦也说，“不过是风吹的罢了。”

没多久，幸平慢吞吞地回来了。手上什么也没有。

“果然是风吧？”

幸平没有马上回答。等到了敦也他们面前，才露出灿烂笑容，右手探到背后，说了声“锵”，伸出的手上握着一个白色信封。看样子信是藏在裤子后口袋里。

敦也禁不住皱起眉。这下事情可棘手了。

“这是最后一次了，敦也。”翔太指着信封说，“回答完这封咨询信，我们就离开这里。我保证。”

敦也叹了口气，在椅子上坐下。“先看看再说，搞不好这烦恼我们也没辙。”

幸平小心翼翼地拆开信封。

2

浪矢杂货店：

您好。我有桩烦恼的事想跟您请教，所以写下了这封信。

我今年春天从商业高中毕业，四月起在东京的一家公司上班。我之所以没上大学，也有家庭方面的原因，我想尽早进入社会工作。

可是上班没多久，我就开始怀疑，这到底是不是正确的选择。

我所在的公司招高中毕业的女生，纯粹是用来打杂。我每天做的都是倒茶、泡咖啡、把男同事字迹潦草的文件誊写清楚，诸如此类谁都能做的简单工作。中学生，不，只要是会写几个字的小学生都干得了。从工作中得不到任何成就感。我拥有会计二级证书，但照现在这样下去，也是白白浪费了。

公司似乎认为，女人上班就是为了找结婚对象，一旦找到合适的男人就会马上辞职结婚，所以根本没把我们当回事。反正只需要做一些简单的工作，学历也就无所谓，一批批年轻女职员招进来，可以方便男职员找老婆，薪水也随便给点就行了，所以是件很划算的事。

可是我并不是抱着找结婚对象的打算来工作的。我希望成为独立自主又有经济能力的女人，从来没有只是临时上上班的想法。

就在我为前途发愁时，有一天走在街上，有人向我搭讪，问我要不要去他们店里上班。那家店是新宿的酒廊。没错，那个人就是物色陪酒小姐的星探。

我打听了一下，条件好得出奇，跟白天上班的公司相比简直天上地下。因为条件实在太好，我甚至怀疑是不是有什么内幕。

那个人邀请我去参观一下，就当是开开眼界。于是我下决心去了一趟店里。在那里，我受到了很大的冲击。

酒廊、陪酒小姐这样的字眼，很容易让人想入非非。但那里展现在我面前的，却是华丽的成人世界。女孩子们不仅要努力把自己打扮得漂漂亮亮，还要千方百计让客人满意。虽然拿不准自己能不能做到，但我感觉有尝试的价值。

就这样，我开始了白天在公司上班，晚上去店里陪酒的生活。我的实际年龄是十九岁，但在店里说是二十岁。尽管工作很辛苦，接待客人也比想象中更难，但每天都过得很有意义，赚钱也轻松得多。

可是两个月过去了，我又有了新的疑问。不是对当陪酒小姐这件事，而是要不要继续粉领族生活。我在想，像这样只能做些简单的工作，还有什么必要继续干下去，把自己弄得很累呢？倒不如一心一意地陪酒，赚钱也来得更快。

只是我对周围的人隐瞒了我在陪酒的事。如果突然从公司辞职，我也担心会给各方面带来不少麻烦。

但我觉得终于找到了自己的奋斗道路。我该怎样得到别人的理解，以稳妥的方式从公司辞职呢？如果您能给我一些好的建议，那就太感谢了。

拜托您了。

迷途的小狗

读完这封信，敦也重重地哼了一声。“这有什么好说的，太不像话了！最后一次烦恼咨询，偏偏摊上这么一封信。”

“这个确实不像话。”翔太也撇了撇嘴，“这种向往陪酒的轻浮女人，不管什么时代都少不了。”

“她一定是个美人儿。”幸平乐呵呵地说，“走在路上都会被发现，才两个月好像就赚了不少钱。”

“现在不是佩服的时候。喂，翔太，写信啊。”

“怎么写？”翔太拿起圆珠笔。

“这还用说，叫她别猪油蒙了心呗！”

翔太皱起眉头。“对一个十九岁的小姑娘，这么说太狠了吧？”

“这种蠢女人，不说狠一点她才不会明白。”

“我知道，不过还是说得委婉一点吧。”

敦也不耐烦地咂舌。“翔太你也太心软了。”

“要是话说得太重，反而会引起反弹。敦也你不也是这样吗？”

说着，翔太写了如下的一封信。

迷途的小狗：

来信我已经读过了。

老实跟你说吧，别去陪酒了，那是乱来。

我知道那比做普通的粉领族赚钱多得多，也轻松得多。

因为很容易就能过上奢侈的生活，所以你觉得这样也挺好。这也难怪。

可是只有年轻的时候才有这种好日子。你还年轻，才干了两个月，还不了解这一行残酷的地方。客人里什么样的人都有，已经出现过很多冲着你身体来的男人了吧？这种男人你能巧妙地应付吗？还是跟他们一个个上床？那样身体也吃不消呀。

一心一意地陪酒？你准备干到什么时候？你想做个自立自强的女人，可是年纪大了，哪里都不会雇你。

一直做陪酒小姐，最后你想混出个什么结果？酒廊的妈妈桑？那我就没话可说了，你好好努力吧。可就算自己开了店，经营的辛苦也不是一点半点。

你也很想有一天结婚生子，组建幸福的家庭吧？所以难听话我就不说了，马上收手吧。

陪酒这行做下去，你打算和什么样的人结婚？客人？来你店里的客人有几个是单身的？

你也要替父母想想。他们把你养大，供你上学，不是为了让你做这种事。

临时上上班有什么不好？在公司里不用怎么干活也照样拿薪水，还被周围的人捧在手心，最后找个同事结婚，然后就再也不用上班了。

这样你还有什么不满意？这不是很完美吗？

告诉你，这世上为找不到工作发愁的大叔多的是，他们要是能有高中毕业女生一半的薪水，不管是倒茶还是别的什么都会高高兴兴去干的。

我说这些话没有故意为难你的意思，完全是为了你好。请相信我，照我说的去做吧。

浪矢杂货店

“都说到这个份上了，但愿她会听。”看完信，敦也点了点头。其实他很想直接把对方教训一顿：爸妈供你上到高中，顺利找到工作，你却想去陪酒，脑子里到底在想什么？

翔太去把回答放到牛奶箱里。回来后刚把后门关上，卷帘门那边就传来细微的响动。

翔太说了声“我去拿信”，径直走向店铺。他很快回来了，嘴角带着笑意。“来喽！”说着，他扬了扬信封。

浪矢杂货店：

感谢您的立即回信。我本来还担心也许不会有回音，现在终于放心了。

不过读完信后，我感到很失败。浪矢先生似乎有很多误会，我应该把自己的情况说得更详细些才对。

我想专心陪酒，并不是为了过上奢侈的生活。我追求的是经济能力。要想不依靠他人也能生存下去，这是不可缺少的武器，而如果只是临时上上班，是不可能实现的。

还有，我没有结婚的愿望。结婚生子、做个平凡的家庭主妇也是一种幸福，但我从来没想过要过那样的人生。

至于陪酒这行的残酷，我多少也了解一些。只要看看周围那些比我早入行的陪酒小姐，就不难想象以后会有什么样的辛苦等着我。但我还是决心在这条道上奋斗下去，将来也有自己开店的打算。

我有这个信心。虽然才干了两个月，我已经有了好几个捧场的客人。不过我对他们还不够周到，这也是事实。这主要是因为我白天还要上班，下班后才能去店里，也就没法陪客人用餐。我想把公司的工作辞了，也有这方面的原因。

不过我先说清楚，浪矢先生担心的事——也就是和客人发生肉体关系，我一次也没有过。不是没有人提出这种要求，但都被我巧妙地化解了。我还没有幼稚到那个程度。

对于亲人，我确实很抱歉，让他们为我操心了。可是说到底，这也是为了报答他们的恩情。

说来说去，我的想法还是太胡闹了吗？

迷途的小狗

又及：我只是想咨询如何说服我周围的人，并没有不做陪酒的打算。如果您不赞成，就当没看见这封信好了。

"那就当没看见！"敦也一边把信还给幸平，一边说道，"什么叫'我有这个信心'，也太小看社会了！"

幸平怏怏地接过信纸，应了一句："嗯，也是。"

"其实她说的也不是没有道理。"翔太开口道，"没什么学历的女人要想经济独立，陪酒是来钱最快的。她的想法很现实。这个社会只认钱，没钱什么也干不成。"

"这不用你说我也知道。"敦也说，"就算她的想法没错，顺不顺利也很难说！"

"那你凭什么认定她就不会顺利？这种事谁也说不准吧？"翔太不满地噘嘴。

"当红的陪酒小姐独立开店当然好，可是半年就关门的事也没少听说。做生意本来就不是那么简单的事，钱自然少不了，但也不是有了钱就万事大吉。她也就现在这么一说，其实不过是个不谙世事的小姑娘。那种今朝有酒今朝醉的日子过久了，自己开店准没什么好结果。等到醒悟过来的时候，已经太晚了。错过了婚嫁的年龄，再当陪酒小姐都嫌老，到了那个地步，后悔也来不及了。”

“这姑娘才十九岁，犯不着为那么久以后的事情——”

“就因为年轻我才要说！”敦也提高了声音，“总之，叫她赶快放弃愚蠢的念头，把陪酒的差事辞了，专心在公司找个老公！”

翔太盯着放在餐桌上的信纸，缓缓摇头。

“我想支持她。她写这封信时，心情恐怕并不轻松。”

“不是轻松还是沉重的问题，是现不现实的问题！”

“我觉得很现实啊。”

“哪里现实了！要不我们打个赌？与其赌她能不能经营好一家酒廊，我倒想赌她当陪酒小姐的时候就会被不三不四的男人骗上手，最后生下没爹的小孩，给周围的人添麻烦！”

翔太似乎被噎住了，接着尴尬地低下了头。

屋里充斥着令人窒息的沉默，敦也也垂下了头。

“我说，”幸平开口了，“再确认一下怎么样？”

“确认什么？”敦也问。

“详细的情形。听了你们俩的话，我觉得都有道理。不如再问问她到底有多认真，然后再来想办法。”

“她当然会回答说‘我是认真的’，因为她打的就是那个主意。”敦也说。

“那就问点更具体的问题。”翔太抬起头，“比如，为什么希望经济独立，为什么对结婚过上幸福生活这条路不感兴趣。还有，对于将来开店的事是怎么计划的，这个也得问问。因为敦也说得没错，做生意不是那么简单的事情。问了这些问题后，如果她没有一个切实的回答，我也会判断她的梦想不现实，回信叫她别去陪酒。这样行不行？”

敦也吸了下鼻涕，点了点头。

“我觉得问也白问，不过算了，就这么办吧。”

翔太答应一声，拿起圆珠笔。

看着翔太时而沉思时而埋头写信的样子，敦也在心里回味着自己刚才说的话。当陪酒小姐的时候就会被不三不四的男人骗上手，最后生下没爹的小孩，给周围的人添麻烦——那不是别人，正是他的母亲。因为知道这一点，翔太他们才会沉默不语。

敦也的母亲是二十二岁时生下他的。父亲是同一家店里的服务生，年纪比她轻。但没等孩子生出来，那男人就已消失得无影无踪。

抱着襁褓中的孩子，敦也的母亲继续干陪酒这行。别的事她也做不来。

敦也记事的时候，母亲身边已经另有男人。但敦也没把那男人当成父亲。没多久那男人就消失了，过了一阵子，家里又住进另一个男人。母亲给那个男人钱，男人不上班。很快，那个男人也消失了，又来了另一个男人。这样的事情一而再再而三地发生，不知道重复了多少次之后，那个男人出现了。

那男人毫无理由地对敦也暴力相向。不，或许他有他的理由，但敦也不明白。敦也曾经因为男人一句“看你那模样不顺眼”就挨了揍，那是小学一年级时的事情。母亲也没保护他，反而觉得惹男人生气的儿子很讨厌。

敦也被打得全身青一块紫一块，但他小心翼翼地不让别人发现。万一在学校暴露了，事情一定会闹得很大，到时日子只会更难过。

男人因为赌博被逮捕，是在敦也上小学二年级的时候。当时家里也来了几个刑警。其中一个注意到穿着背心的少年身上有瘀青，向母亲问起时，她撒了个拙劣的谎，那个谎转眼就被戳穿了。

刑警联系了儿童咨询救助中心，对方的工作人员随即赶来。

面对工作人员的询问，母亲回答说，她是亲手把孩子养大的。敦也至今都想不通她为什么会这么回答。他曾不止一次听她在电话里抱怨说，带小孩烦死人了，早知道不生小孩就好了。

工作人员回去了。敦也从此和母亲两个人过日子。他心想，这下终于不用再挨打了。的确，他没有再挨过打，可也并没有过上像样的生活。母亲回家的次数愈发少了，却不给他准备吃的，也不放钱在家里。学校的伙食是他唯一的救命稻草。尽管如此，他也没把困境告诉任何人。原因他自己也说不清，也许，他是不愿意被人同情。

入冬后，圣诞节敦也也是一个人过的。接着，学校放了寒假。可是母亲已经两个多星期没回家了，冰箱里也空空如也。饿得受不了的敦也去偷小摊上的烤鸡肉串被抓，是十二月二十八日的事。从放寒假到那天他是吃什么过来的，他已经不记得了。老实说，他连偷窃的事也记不大清楚。他之所以轻易被抓到，是因为逃跑途中突发贫血晕倒了。

三个月后，敦也被送到了孤儿院丸光园。

3

迷途的小狗：

第二封信已经收到了。

我知道你并不是为了贪图享受才去陪酒。你梦想有一天拥有自己的店，我也觉得很了不起。只是我怀疑，你会不会只是因为刚开始干陪酒这行，被纸醉金迷的生活和丰厚的收入冲昏了头？

比方说，你打算怎么攒下开店的资金？什么时候存够钱，你有具体的计划吗？还有，开业以后怎么发展下去？经营一家店得雇不少人，你从哪儿学到经营的技巧？还是说你觉得陪酒做久了，总归能学会？你对这样的计划成功有信心吗？如果有，依据是什么？

你希望经济自立的想法让人佩服，但和有可靠经济能力的对象结婚，过上安定的生活，不也是很好的生活方式吗？虽然不出去工作，但在背后默默地支持丈夫，这样的家庭主妇在某种意义上，也可以称得上是自立了。

你提到想报答父母，但报答并不只是给钱。只要你过得幸福，你的父母一定会很满足，觉得得到了回报。

虽然你说如果不赞成就当没看见好了，我还是没法真的撒手不管，所以写下了这封信。请你诚实地回答我。

浪矢杂货店

"写得挺好啊。"敦也看完，把信纸还给翔太。

"不知道那边会有什么反应，会不会详细地回答将来的计划。"

听翔太这样说，敦也摇了摇头。"我看不会。"

"为什么？别毫无根据地下结论好不好。"

"就算有类似计划的东西，也准是些白日梦一样的话，像是捧场的客人里有演艺圈的人，也有职业棒球选手，他们都会支持我之类。"

"哇，那样就能成功啰！"幸平很起劲地说。

"笨蛋，哪儿有那么容易！"

"总之，我先去寄信。"翔太把信纸装进信封，站起身。

推开后门，翔太走了出去。接着传来打开牛奶箱的声音。啪嗒一声，盖子合上了。这是今晚第几次听到这个声音了呢？敦也不经意地想。

翔太回来了。刚刚关上后门，就听到外面卷帘门晃动的声音。“我去拿信！”幸平快步过去。

敦也看了眼翔太，两人视线刚好对上。

“你觉得会怎样？”敦也问。

“谁知道呢。”翔太耸了耸肩。

幸平拿着信回来了。“我可以先看吗？”

“看吧。”敦也和翔太同时回答。

幸平开始看信。起初他还是很开心的模样，但看着看着，渐渐变得严肃起来。看到他咬起拇指指甲，敦也和翔太不由得对视了一眼。那是幸平紧张时的习惯动作。

来信似乎有好几页。敦也实在等不及了，拿起幸平读完的信纸看了起来。

浪矢杂货店：

第二封回信我已经拜读了。读完后，我又一次感到后悔。

您怀疑我只是被纸醉金迷的生活和丰厚的收入冲昏了头，老实说，这让我很生气。怎么会有人不负责任地往这上头想呢？

不过冷静下来后，我觉得也难怪浪矢先生会有这种想法。一个十九岁的小姑娘说自己想开店，别人不相信也是很自然的。

最后我也反省自己，不该在信上有所隐瞒。所以我决定这次坦白说出一切。

我之前已经一再提到，我想成为一个经济自立的人，而且经济条件一定要很优裕才行。说白一点，就是要能赚很多钱。但这并不是为了我自己的欲望。

其实我从小父母双亡，到小学毕业为止的六年里，我是在孤儿院度过的。那个地方叫“丸光园”。

但我还是幸运的。小学毕业时，正好有亲戚收养了我。我能念到高中，也多亏了这家人。我在孤儿院里见过好几个被亲生父母虐待的孩子，也发生过养父母完全冲着补助金才收养孩子，连饭都不给孩子吃饱的事。我常想，和他们相比，我已经很好命了。

正因为这样，我觉得一定要报答亲戚的恩情。可是我没有多少时间了。照顾过我的亲戚如今年事已高，也没有工作，只能靠少得可怜的积蓄勉强维持生活。能帮他们一把的，只有我了。而光靠在公司里倒倒茶泡泡咖啡，是不可能办到的。

关于将来开店，我有具体的计划，当然也会存钱。我还有一个靠得住的智囊，他是我店里的客人，曾经协助过多家餐厅开业，自己也有店面。他说等我有一天独立了，他会全力帮忙。

不过浪矢先生一定会有疑问吧，为什么这个人对我这么亲切呢？

我就坦白说了，他提出要我做他的情人。只要我点头答应，每个月就有一笔安家费可拿，那肯定不是个小数字。我在认真地考虑，因为我也不讨厌他。

以上就是我对您问题的回答。您是否可以理解，我绝对不是因为爱慕虚荣才去陪酒？还是说从这封信上，您仍然感受不到我的诚意呢？您会觉得这只是小姑娘的梦呓吗？如果是这样，请您指点我什么事情不可以做，什么地方做得还不够。

拜托您了。

迷途的小狗

4

“我到车站前去一趟。”晴美冲着厨房里的秀代说。空气里飘着柴鱼干的香味。

“好啊。”姨婆回身点了点头。她正忙着把煮出的汤汁倒到小碟子里尝味。

出了家门，晴美跨上停在门边的自行车。

她徐徐踩下踏板。这是她这个夏天第三次一大早出门了。秀代可能也有点疑惑，但什么也没问，因为秀代相信她。事实上，她也的确不是去干什么坏事。

按照习惯的速度，沿着熟悉的路线前行，很快到了目的地。

或许是昨夜下了雨的缘故，浪矢杂货店笼罩在淡淡的雾气中。确定四下无人后，晴美走进店铺旁边的小巷。第一次进来的时候，她心里怦怦直跳，现在已经习惯了。

店铺后面有扇门，门旁安着一个旧牛奶箱。晴美做了个深呼吸，伸手打开盖子。往里看时，和之前一样，里面放着一封信。

她不由得安心地舒了一口气。

从小巷出来，晴美再次跨上自行车，踏上归途。第三封回信上会写些什么呢？她用力猛蹬踏板，迫不及待地想早点看到。

武藤晴美回家探亲，是在八月的第二个星期六。很幸运，她白天上班的公司和晚上陪酒的新宿酒廊同时开始放盂兰盆节的假。如果错开了，她就回不来了。白天上班的公司在盂兰盆节前后很难请到假，而酒廊虽然提前打个招呼就行，她又不想请假。她想趁能赚钱时多赚点钱。

说是回家，晴美回的并不是她从小生长的家。这个家的大门上，挂的是“田村”的名牌。

晴美五岁时，父母因为交通事故身亡。那是一起通常不可能发生的事故，一辆货车越过中央隔离带，从对向车道撞了过来。当时她正在幼儿园参加文艺会演的排练，得知噩耗时是什么感觉，她至今都无法记起。想来应该是悲痛欲绝吧，但那段记忆已经彻底空白了。只是后来才从别人口中得知，她将近半年没有开口说话。

虽然晴美家不是没有亲戚，但平常几乎没有往来，自然也不可能有人收养她。这时向她伸出援手的，是田村夫妻。

田村秀代是晴美外婆的姐姐，也就是她的姨婆。晴美的外公死于战场，外婆也在战后旋即病死，秀代把她当自己孙女般疼爱。因为别无可以依靠的亲戚，这真是天上掉下来的救星。姨公也是个和善的好人。

可是好景不长。田村夫妻有个独生女，她和丈夫、孩子们突然搬回了娘家。晴美后来听说，那女婿事业失败，背上巨额债务，连个容身之处也没了。

上小学时，晴美被送到了孤儿院。我们很快就会接你回去——临别的时候，姨婆这样对她说。

这个约定在六年后终于实现。这时秀代的女儿一家总算搬走了。重新接回晴美的那天，秀代望着佛龛说：“从各种意义上，我都是如释重负。我也可以对得起妹妹了。”

田村家斜对面是一户姓北泽的人家，有个比晴美大三岁的女儿，名叫静子。晴美上初中时，静子也上了高中。六年没见，静子看上去十足是个大人了。

再次见到晴美，静子十分高兴。“我一直打心底惦念着你。”她眼里泛着泪光说。

从那天起，两人的距离迅速拉近。静子把晴美当妹妹般疼惜，晴美也把静子当姐姐般仰慕。因为家住得很近，她们随时可以见面。这次回家，晴美最期待的就是和静子相聚。

现在静子是体育大学的大四学生。她从高中开始练习击剑，最后成为有资格角逐奥运会入场券的选手。虽然上大学期间她基本上住在家里，但因为被指定为强化集训的选手，她整日忙于训练，出国比赛的次数也增加了，时常很久不在家。

不过静子这个夏天也在家闲着。因为日本政府抵制了她渴望参加的莫斯科奥运会，晴美原本还担心她会不会大受打击，见面后才知道自己多虑了。许久没见的静子表情开朗，也没有回避奥运会的话题。据她说，她在资格选拔赛上被淘汰，那时就已经彻底放下了。

“不过那些已经获得参赛资格的选手真让人同情啊。”心地善良的她只有说到这里时，声音才透出忧郁。

晴美有两年没见过静子了。过去身材苗条的她，如今已是运动员特有的健壮体格。肩膀宽阔，上臂的肌肉比一般的男子还要发达。能够冲击奥运会的人，身体素质果然不一般啊，晴美想。

“我妈老念叨我说，我一进来，屋子都显得小了。”说着，静子皱了皱鼻翼。这是她从前就有的习惯动作。

晴美从静子那里听说浪矢杂货店的事，是在两人看完附近的盂兰盆会舞回家的路上。当时她们正聊着将来的梦想和结婚的话题，晴美突然问：“击剑和恋人，你会选哪个？”她是存心想给静子出个难题。

静子听后，停下了脚步，一眨不眨地望着晴美。在她的眼里，闪动着认真得令人吃惊的光芒。接着，她无声地流下泪来。

“咦，怎么回事？我说了什么不该说的话吗？对不起，要是惹你伤心了，我很抱歉！”晴美慌了，赶忙道歉。

静子摇摇头，用夏季和服的袖子擦去眼泪，重又露出笑脸。

“没什么。不好意思，吓到你了。我没事，真的没事。”她连连摇头，随后迈步向前。

此后两人都默默无语，回家的路仿佛格外漫长。

不久，静子再次驻足。

“晴美，我想顺便去个地方。”

“顺便？好啊，去哪儿？”

“去就知道了。没关系，不是很远。”

静子带她去的，是一家老旧的小店，挂着“浪矢杂货店”的招牌。卷帘门紧闭，但单看外表，看不出来是因为到了打烊时间，还是已经关店歇业了。

“你知道这家店吗？”静子问。

“浪矢……我好像在哪儿听说过。”

“烦恼咨询尽管来找我，浪矢杂货店！”静子歌唱般说道。

晴美不由得“哦”了一声。“这我听说过，是朋友告诉我的。原来就是这里啊。”

她上初中时听说过那个传闻，但没有来过。

“这家店已经不开了，不过还接受烦恼咨询。”

“真的吗？”

静子点点头。

“因为最近我刚咨询过。”

晴美瞪大了眼睛。“不会吧……”

“这件事我跟谁都没说，只告诉你一个人。谁让你看到我流泪了呢。”

说着，静子的眼睛又湿润了。

静子的一番话听得晴美目瞪口呆。和击剑教练坠入爱河、打算结婚就已经够让她吃惊的了，但最震惊的，还是那个人如今已不在人世，而静子明知他余日无多，依然为参加奥运会而奋斗。

如果是我，一定做不到，晴美说。

“因为喜欢的人得了不治之症啊。我绝对没法在这种状态下专心训练。”

“那是因为你不了解我们。”静子的语气和表情都很平静，“我想他也知道自己日子不多了，所以才盼望在所剩无几的时间里实现我的梦想，也实现他的梦想。明白了这一点后，我就不再迷茫了。”

而帮她摆脱迷茫的，就是浪矢杂货店。静子说。

“那是个很了不起的人。一点也不敷衍，一点也不含糊。我被他骂得体无完肤，可也因此看清了自己的虚伪，所以能够果断地全心投入击剑。”

“是吗……”晴美望着浪矢杂货店老旧的卷帘门，涌起一股不可思议的感觉。再怎么看，这里都不像是有人住的样子。

“我也这么觉得。”静子说，“不过我说的都是事实。也许平常没人住，但夜里过来收信。然后写好回信，天亮前放到牛奶箱里。”

“这样啊。”

为什么要特地这样做呢？晴美疑惑地想。但既然是静子说的，应该不会有假。

从那一晚起，她一直对浪矢杂货店念念不忘。原因无他，晴美自己也有很深的烦恼，却又无法和任何人商量。

她的烦恼简单来说，就是一个钱字。

虽然姨婆没有直接跟她说过，但田村家的经济状况已经相当糟糕。如果比喻成一条船，已经到了眼看就要沉没的地步，全靠用水桶舀出船舱里的积水，才能勉强浮在水面上。不用说，这种状态维持不了多久。

田村家本来资产雄厚，拥有周围很大一片土地，但大部分都在这几年里卖掉了。原因只有一个：给女婿清偿欠债。全部还完后，女儿一家才离开，也才能接回晴美。

然而田村家的苦难并没有就此结束。去年年末，姨公患脑梗塞病倒，留下了右半身行动不便的后遗症。

这期间，晴美去东京上班了。她觉得自己有责任支援田村家。

可是薪水光支付生活费就花得七七八八，帮助田村家的心愿始终无法实现。

遇到物色陪酒小姐的星探，就是在她为此而心痛的时候。反过来说，如果不是那个时候，她很可能不会想去尝试。坦白说，她对陪酒这种工作是有偏见的。

可是现在不一样了。为了报答田村家，她在考虑要不要辞掉公司的工作，全心全意去陪酒。

咨询这种烦恼也太乱来了，会让对方很为难——坐在从中学时代就一直在用的书桌前，晴美沉吟着。

但静子的烦恼也相当棘手，浪矢杂货店还是圆满地解决了。这样看来，对于自己的问题，人家或许也会有很好的建议。

犹豫也不是办法，先写信看看吧——就这样，晴美决定写信去咨询。

把信投进浪矢杂货店的投递口时，晴美心头掠过一抹不安。真的能收到回信吗？据静子说，她收到回信是在去年，没准现在这里已经没人住了，自己写的信只会徒然留在废弃屋里。

算了，不想那么多了。晴美心一横，把信投了进去。反正信上没写自己的名字，就算被别人看到，也不知道是谁写的。

第二天早晨过去看时，牛奶箱里果然放了一封回信。如果里面空空如也，她会很失落，但真的拿到手里，又觉得太不可思议了。

看完信，晴美心想，原来如此，静子说得没错。信上的回答直截了当，没有任何修饰。既没有顾虑也毫不客气，简直就像是故意挑衅自己，让自己生气一样。

“那是浪矢先生有意这样做的，为的是激发你内心真实的想法，让你找到正确的道路。”静子如是说。

就算这样，晴美也觉得未免太过分了。她是下了极大的决心才去陪酒的，对方却认定她只是迷恋那种纸醉金迷的生活罢了。

晴美立刻写信反驳，说她之所以想辞掉公司的工作专心陪酒，并不是为了过上奢侈的生活，而是希望有朝一日自己开店。

然而浪矢杂货店的回信却看得她愈发焦躁。信上竟然对她的认真程度表示怀疑，还说什么如果想报答照顾过自己的人，结婚组建幸福的家庭也是一种方法，全是些不着边际的话。

但晴美转念一想，自己也有不对的地方。因为隐瞒了重要的事实，对方也就无法体会她的心情。

于是在第三封信里，她在一定程度上说出了实情。从自幼生长的环境，到恩人现在的窘况，她都如实相告，对自己今后的计划也和盘托出。

浪矢杂货店到底会给出怎样的回答呢——她半是期待半是担心地把信投进了投递口。

回到家时，早饭已准备好了。晴美在和室的矮桌前坐下，开始吃饭。姨公躺在隔壁房间的被褥上，秀代用汤匙喂他吃粥，又拿长嘴壶喂他已晾凉的茶。看着这一幕，晴美心里又焦躁起来。她一定要帮助他们，她一定得想办法。

吃完早饭，晴美立刻回到自己房间，从口袋里掏出信封，坐在椅子上看了起来。展开信纸，和以前一样，依然是一行行算不上好看的字迹。

但这封信的内容却和之前截然不同。

迷途的小狗：

第三封信已经读过了。你面对的艰难处境，还有你真诚地想报答恩人的心意，我都充分了解了。现在，我有几个问题想问你。

要你做他情人的那个人，真的可以信任吗？你说他协助过餐厅开业，是什么样的店，怎样协助的，你具体问过吗？如果他带你去那几家店参观，你要让他在非营业时间陪你过去，跟店里的工作人员聊一聊。

那个人向你保证过，将来你的店开业的时候，他一定会帮忙吗？即使你们的情人关系被他太太发现，他也仍然会信守诺言？

你打算跟他一直保持关系吗？当遇到喜欢的人的时候，你怎么办？

为了拥有雄厚的财力，你准备继续陪酒，并且希望有一天自己开店。那么只要能让你有钱，别的方法你也愿意接受吗？还是说出于某种原因，一定要走陪酒这条路？

如果除了陪酒，还有别的方法让你经济优裕，而浪矢杂货店会把这种方法教给你，你愿意完全听从浪矢杂货店的指示吗？指示里面可能包括“不做陪酒小姐”、“不给可疑的男人当情人”等内容。

请你再写一封信，回答我上述的问题。我会根据你的回答，帮你实现梦想。

你会觉得这种事难以置信吧？但我绝对不会骗你。说到底，骗你我又有什么好处呢？

不过有一点要注意。

我们只能通信到九月十三日。过了这个时间，就再也无法联系了。

你好好考虑一下。

浪矢杂货店

5

送走第三拨客人后，晴美被麻耶带到了员工洗手间。她比晴美大四岁。

一进洗手间，麻耶就揪住了晴美的头发。

“我说，你别仗着年轻就得意忘形！”

“怎么了？”晴美疼得皱起了眉头。

“还怎么了，谁叫你跟别人的客人眉来眼去？”麻耶撇着涂得血红的嘴唇说。

“跟谁了？我没有啊。”

“少跟我装蒜！瞧你对佐藤老爹那个热乎劲儿，他可是我从以前的店里拉来的客人。”

佐藤？跟那个胖子眉来眼去？开什么玩笑，晴美想。

“他跟我说话，我就回答他了，只是这样而已。”

“撒谎！明明就是一副骚样儿！”

“既然是陪酒，对客人亲切一点不是应该的吗？”

“还狡辩！”麻耶松开她的头发，同时砰地当胸一拳。晴美后背撞到了墙上。

“下次再这样，我可饶不了你！给我记好了！”

麻耶说完哼了一声，出了洗手间。

晴美照了照镜子，发现头发被弄乱了，于是伸手理好，努力让僵硬的表情恢复自然。她才不会因为这点打击就气馁。

从洗手间出来，她被安排到另外一桌，那里坐着三个看上去很阔绰的客人。

“哟，又来了个年轻姑娘。”秃头男人望着晴美，色眯眯地笑了。

“我叫晴美，请多关照。”晴美看着男人说，然后在他身边坐下。席上另外一个比她资深的陪酒小姐，虽然脸上堆着笑容，投过来的视线却冷冰冰的。这个女人之前也找过她的茬，警告她别太出风头。我才不管呢，晴美暗想。既然干了这一行，不能讨客人欢心还有什么意思？

过了一会儿，富冈信二一个人出现了。他身穿灰色西装，打着红色领带。没有一丝赘肉的体型让人看不出他已经四十六岁了。

他照例点了晴美的台。

“赤坂有一家很有情调的酒吧。”富冈将兑水的威士忌一口饮尽，压低声音说，“每天营业到早晨五点，全世界的威士忌应有尽有。最近他们给我打电话说，刚进了上等的鱼子酱，让我务必赏光，不知道你方便不方便？”

晴美很想去见识一下，但她还是双手合掌道歉。

“不好意思，我明天不能迟到。”

富冈怏怏地叹了口气。

“所以我叫你早点辞职。你是在什么公司上班？”

“一家文具制造公司。”

“在那儿做什么？就是些日常事务吧？”

嗯，晴美点点头。其实连日常事务都算不上，纯粹就是打杂。

“怎么能被那点可怜的薪水束缚住呢？青春年华不会再来，为了你的梦想，也要有效利用时间。”

嗯，晴美再次点头，然后望向富冈。

“说到这儿我想起来了，您上次说过要带我去银座的一家酒吧餐厅，听说那家餐厅开业的时候，您做过很多准备工作。”

“噢，那家店啊。没问题，随时奉陪。你想什么时候去？”富冈探身问道。

“可能的话，最好在非营业时间去。”

“非营业时间？”

“是啊。我想和店里的工作人员聊聊，也想参观一下后厨。”

富冈的脸色倏地黯淡下来。“这个有点……怎么说呢……”

“不行吗？”

“我一向是把工作和私事分开的。要是因为我和他们关系不一般，就带外面的人参观后厨，恐怕店里的工作人员也会不愉快。”

“啊……这样吗？我明白了。抱歉提了过分的要求。”晴美低下头。

“没关系，只要以客人身份去就什么问题也没有。我们这两天就去吧。”富冈恢复了明朗的表情。

这天夜里，晴美回到高圆寺的公寓，已经是凌晨三点多了。富冈叫了出租车送她。

“我不会要求去你家里。”在车上，富冈还是常说的这句话，“那件事你考虑考虑吧。”

他指的是做情人的事。晴美暧昧地笑了笑，含糊过去。

一进房间，晴美就拿起玻璃杯喝水。她每周去店里上四天班，回来差不多都是这个时候了，只有剩下的三天有时间去公共浴池洗澡。

卸了妆，洗过脸，她翻开记事本，查看明天的日程安排。明天早上有个会议，为了准备茶水，必须比平时早半个小时到公司。也就是说，顶多只能睡四个钟头。

把记事本放回包里，她随手拿出一封信。展开信纸，她不由得叹了口气。这封信她已经反复看了好几遍，内容早已深印在脑海里，但她还是每天都要看上一次。这是浪矢杂货店的第三封回信。

要你做他情人的那个人，真的可以信任吗？

这也是晴美暗自怀疑的问题。尽管怀疑，却又不愿去想。假如富冈的话都是谎言，她的梦想就更遥不可及了。

但是冷静想来，浪矢杂货店的疑问确有道理。倘若做了富冈的情人，万一这层关系被他妻子发觉，他还能信守诺言帮助自己吗？恐怕很难，任谁都会这么想。

还有今晚富冈的态度。坚持公私分明不足为奇，但当初可是富冈主动提出要带她去店里，让她看看自己的工作成就。

这个人果然还是靠不住，晴美不由得想。但这样一来，自己今后该何去何从呢？

她的目光又落到信纸上。信上有这样一段话："如果除了陪酒，还有别的方法让你经济优裕，而浪矢杂货店会把这种方法教给你，你愿意完全听从浪矢杂货店的指示吗？"紧接着又说："根据你的回答，我会帮你实现梦想。"

这话到底是什么意思啊？她禁不住纳闷。这口气活脱就像是骗子在恶意设局，要是放在平时，她理都不会理。

可是写这封信的是浪矢杂货店，解决了静子烦恼的人。即便没有这层背景，此前的书信往来也让晴美逐渐信任他。他从来不含糊其词，也从不照顾别人的情绪，总是一针见血地抛出意见。这种态度固然让人觉得不够圆融，但同时也给人以诚实的感觉。

信上说得没错，欺骗晴美对他没有任何好处。话虽如此，却也不能全盘相信。真要有这种包赚不赔的好事，谁都不用辛苦谋生了。浪矢杂货店的店主不发大财才怪。

因为盂兰盆节的假期已经结束，最终晴美没有回信就回了东京。随着重新开始陪酒，她又过起了身兼二职的生活，白天是公司职员，晚上做陪酒小姐。老实说，每天都累得筋疲力尽。好想赶快辞职啊，这个念头她差不多三天就会动上一次。

还有一件事也让她很在意。晴美看了眼桌上的日历，今天是九月十日，星期三。

据信上说，只能通信到九月十三日，过了这个时间，就再也无法联系了。十三日是这个星期六。为什么只能通信到这一天呢？莫非烦恼咨询将在这一天终止？

不如同意听从他的指示好了，晴美心想。先听他详细说明办法，再决定要不要付诸实施。反正答应的事也不一定要遵守，就算违背承诺继续陪酒，对方也不会知道。

临睡前，晴美照了照镜子，发现唇边冒出了粉刺。这阵子一直睡眠不足，等辞了公司的工作，一定要痛快地睡到下午，她想。

十二日是星期五，从公司下班后，晴美前往田村家。今天她不用去新宿的酒廊。

刚休完盂兰盆节的长假不到一个月，晴美又一次回来，姨婆两口子似乎有些意外，当然也很高兴。因为上次没能和姨公好好聊几句，晴美一边吃晚饭，一边向他报告自己的近况。不用说，她只字没提陪酒的事。

“公寓的租金、自来水费什么的，付得起吗？不够的话，别、别客气，跟、跟我们说。”姨公吃力地动着嘴唇。由于家庭开支全部由秀代掌管，他对家里的经济状况并不清楚。

“放心吧，省着点就够用了。而且上班很忙，根本没空出去玩，想花钱都没处花。”晴美轻快地回答。根本没空出去玩倒也是实情。

吃完晚饭，晴美去洗澡。透过纱窗眺望夜空，一轮圆月挂在天上，看来明天也是个晴天。

回信会是什么内容呢？

在来田村家的路上，晴美绕道去了浪矢杂货店，往投递口投了一封信。信的大意是说，她并不想做陪酒小姐，如果有其他实现梦想的方法，她可以辞掉陪酒的工作，不做情人。她完全信任浪矢杂货店。

明天就是九月十三日。不论回信内容为何，都将是收到的最后一封信了。等读过那封信后，再来考虑今后的规划吧。

第二天早上还没到七点，晴美就醒了。更确切地说，是迷迷糊糊的总也睡不安稳，干脆起床了。

姨婆已经起来准备早饭了。从和室隐约飘来一股臭味，应该是刚收拾完姨公的大小便。他已经无法自己上厕所了。

“我去呼吸呼吸早上的空气。”说完晴美出了家门。骑上自行车，她依然沿着盂兰盆节假期时的路线前行。

浪矢杂货店很快到了。笼罩在古旧气息中的店铺，仿佛在静静地等待着晴美。她走进店旁的小巷。

打开后门旁边的牛奶箱一看，里面放着一封信。期待、不安、怀疑、好奇……种种滋味一时都涌上心头。顾不得整理情绪，她立刻将信拿起。

等不及回家再看了，经过附近的公园时，晴美刹住了自行车。确定周围没人后，她跨在自行车上，拆开了信封。

迷途的小狗：

来信已经读过了。你选择相信浪矢杂货店，让我松了一口气。

不过我不知道那是不是你的真实想法，也有可能你这样写，只是为了想知道答案。但那已经不是我能左右的了，所以我就假定你确实相信我吧。

那么，为了实现梦想，你该做些什么呢？

答案是学习，还有存钱。

今后的五年里，你要彻底掌握经济相关的知识。具体来说，就是证券交易和房地产买卖。为了学好这方面的知识，必要时甚至可以把公司的工作辞了。这段时间里，你也可以继续陪酒。

存钱是为了购买房地产。你要尽量挑靠近东京都中心的地段，土地、公寓、独栋住宅通通都行，二手、面积小也都不是问题。你要想办法在一九八五年前买下来，但这不是用来自己住的。

一九八六年以后，日本经济将会迎来空前繁荣，房地产价格一定会攀升。你马上把手头的卖掉，再买进更贵的。新买的很快又会升值，就这样反复操作，赚到的钱投到股票上。你之前学习证券交易的知识，就是为这一天准备的。从一九八六年到一九八九年，股票闭着眼睛买都不会亏。

高尔夫会员证也是前景看好的投资方向，越早买进越好。

但你要记住，这些投资有利可图的时间，最多到一九八八年或一九八九年。进入一九九〇年后，情况就急转直下了。所以就算价格还有上涨的迹象，也要在此之前将所有投资脱手。这种情形就像扑克牌的抽王八一样，谁先把手上的牌全抽光谁赢。最终成功还是失败，这是个重要的分水岭。你一定要相信我的话，照我说的去做。

之后日本经济不断恶化，没有什么好事，所以就别指望投资赚钱了，往后只能踏踏实实地经营一份事业。

不过你一定很困惑吧，为什么我能这么明确地断言几年后的事情？为什么我能预言日本经济的未来走向？

关于这个问题，很抱歉，我无法解释。就算解释了，你也不会相信。所以你就当成是特别灵验的占卜吧。

顺便我再预言一下更久之后的事情。

我刚才说过，日本经济将不断恶化，但并不代表没有任何梦想和希望。九十年代也是新的商业形态兴起、充满机遇的时代。

电脑将会在全社会普及，家家都有一台电脑，不，是人手一台电脑的时代必将到来。这些电脑连接在一起，全世界的人信息共享。而且人们拥有可以随身携带的电话，这种电话也可以连接电脑网络。

所以成功的前提条件，就是早早进入网络相关行业。比如通过网络宣传公司、店铺、商品，或者网上销售商品等等，前途将不可限量。

你信也好，不信也好，都是你的自由，但是希望你不要忘记。我打一开始就说过，骗你我也得不着什么好处。我是非常认真地思考了对你来说最佳的人生道路，最后写下了这封信。

其实我很想再尽点力，但我已经没有时间了。这是最后一封信，你的信我也无法再收到了。

信不信随你，不过你还是信吧。我衷心地祈祷你会相信。

浪矢杂货店

读完信，晴美不禁哑然。信上的内容完全出乎意料。

这不啻是一封预言书，而且充满自信。

现在是一九八〇年，日本经济远称不上景气。石油危机造成的损失还在延续，大学生就业也不乐观。

可信上却说，再过几年就将迎来空前的经济繁荣。

这无论如何也没法相信，一定是被骗了。

但是信上说得没错，拿这种事来骗她，浪矢杂货店也得不到任何好处。

那么，信上的内容都是真的吗？如果是，为什么浪矢杂货店能预测到这些事情呢？

不光是日本经济，信上对未来的科技发展也作了预测。不，以预测来说，也太斩钉截铁了，给人的感觉就像是在描述已经发生的事情。

电脑、网络、可以随身携带的电话——全是些让人看不懂的字眼。虽然距离二十一世纪还有二十年，各种梦幻般的技术变成现实也不奇怪，但信上所说的这些，在晴美看来只会出现在科幻小说和动画里。

晴美烦恼了一整天。到了晚上，她坐到书桌前，展开信纸，开始写信。不消说，当然是写给浪矢杂货店的。虽然应该已经无法通信，但现在还是九月十三日，只要没过十二点，说不定还有机会。

信的内容是想知道预言的依据。她在信上表示，即使原因令人难以置信，也不妨告诉她。她要在听过之后，决定今后的人生道路。

看看已经快到十一点了，她悄悄出了门，骑上自行车直奔浪矢杂货店。

来到店铺前方时，晴美看了眼时间。十一点过五分，没关系，还来得及。她一边想，一边朝店铺走去。

但下一秒，她停下了脚步。

看到浪矢杂货店的那一刹那，她知道，一切都结束了。

之前店铺散发的神秘氛围已经消失了。此刻伫立在那里的，只是一栋已经关门的平凡杂货店。为什么会有这种感觉，她也说不清，但就是知道。

再往投递口里投信已经没有意义了。晴美跨上自行车，踏上归途。

得知自己的判断是正确的，是大约四个月之后的事情。当时晴美正回家过年。新年伊始，她和静子一起去参拜附近的神社。静子的工作已经定了，从春天起就去一家大型超市上班。那家公司自然不会有击剑社，这也就意味着，她将从此告别赛场。

晴美替她惋惜，静子却笑着摇了摇头。

“对于击剑，我已经了无遗憾，所以这样就够了。为了参加莫斯科奥运会，我已经倾尽了全力，我想在天堂的他也会谅解我的。”说着，她抬头仰望天空，“现在我要好好规划以后的人生了。首先要努力工作，然后找个好对象。”

“好对象？”

“是啊，我要尽快结婚，生个健康的宝宝。”静子带点淘气地笑了，鼻翼上现出小小的皱纹。从她的表情里，已经看不出一年前失去恋人的悲伤。真是坚强啊，晴美不禁佩服。

“啊，对了。”从神社回来的路上，静子似乎想起了什么事，“你还记得去年夏天跟你说的事吗？就是那家接受烦恼咨询的神秘杂货店。”

“记得，就是浪矢杂货店吧。”晴美有些忐忑地回答。写咨询信的事她对静子也没提过。

“那家店已经彻底关门了，听说店主老爷爷过世了。我是问一个在店门口拍照的人知道的，他就是店主的儿子。”

“这样啊，这是什么时候的事？”

“我碰到店主儿子是在十月份，当时他说父亲是上个月去世的。”

晴美大吃一惊，屏住了呼吸。“也就是说，老爷爷是九月份过世……”

“应该是吧。”

“九月几号？”

“这我就没问了，怎么了？”

“没什么，就是问问。”

“店里之所以一直关着门，好像是因为老爷爷身体不好。不过烦恼咨询一直在继续。这么说来，我大概是最后一个咨询的人了。想到这里，心头就会莫名一热。”静子感慨地说。

不对，最后一个咨询的人是我——晴美很想这么说，但还是忍住了。她不由得猜想，店主会不会就是在九月十三日这天过世的呢？或许店主就是因为知道九月十三日是自己的大限，才在信上说，只能通信到那一天。如果是这样，店主显然拥有惊人的预知能力，甚至能预知自己的死期。

一边觉得匪夷所思，晴美一边又忍不住想，这未必就不可能。

那封信上的内容，说不定是真的。

6

一九八八年十二月。

装饰着油画的房间里，晴美正准备签订合同。那是一份房地产买卖合同。这几年来，她没少签这样的合同，以一千万为单位的交易已经算不得什么，况且这次的房子价格并不算很高。但她却有种此前从未体验过的紧张感。她对这栋房子的感情，是之前经手过的那些无法比拟的。

“如果对上述内容没有异议，请在这边的文件上签名盖章。”房地产公司职员身穿一套至少二十万元的登喜路西装，转过看似在美黑沙龙上晒出来的小麦色脸孔，向晴美说道。

晴美公司的主要往来银行提供了新宿分行的一个房间供她交易。在场的除了中介登喜路男，还有房子的卖主田村秀代、小塚公子和公子的丈夫繁和。公子去年刚过五十岁，鬓发间已经有了银丝。

晴美依次望向几位卖主。秀代和公子低着头，繁和不高兴似的扭过脸。没出息的家伙，晴美心中鄙夷。如果有什么不满，直接瞪过来不就好了。

她从提包里取出钢笔。“没问题。”说完，她签了名，盖了章。

“麻烦您了。那么手续到这里就办完了，合同顺利成立。”登喜路男高声宣布，随即开始整理文件。虽然不是什么大生意，但一笔手续费确定到手，他显得很满意。

双方各自收下文件后，繁和第一个站了起来。但公子依然低着头没起身。晴美朝她伸出右手，她诧异地抬起头。

“合同签完了，握个手吧。”

“啊，好的。”公子握住晴美的手，“那个……对不起。”

“为什么要道歉呢？”晴美笑笑，“这样不是很好嘛。对我们双方都是圆满的结果。”

“说得也是。”公子始终回避着她的视线。

“喂！”繁和喊道，“你在磨蹭什么？走了！”

公子点点头，朝身边的母亲看了一眼，脸上露出犹豫的神色。

“我送姨妈回去。”晴美说。秀代是她的姨婆，但她一直叫她姨妈。“这事就交给我好了。”

“是吗，那就麻烦你了。妈，你看这样行吗？”

“我都可以啊。”秀代小声回答。

“好吧。晴美，那就拜托了。”

没等晴美回应，繁和已经出了房间。公子抱歉地行了一礼后，匆匆追了上去。

从银行出来，晴美用停在附近停车场的宝马载上秀代，朝田村家开去。确切说来，已经不是田村家了，那栋房子现在已归晴美所有。刚才他们签订的就是那栋房子的买卖合同。

今年春天，姨公去世了。他可以说是衰老而死，最后在被褥上小便失禁的那一刻，宣告秀代漫长的看护生活终于结束了。

从知道他已经时日无多的时候起，晴美一直很关心一件事，就是遗产。说得再具体一点，就是他们的房子。虽然过去曾经是个富有的家庭，但如今唯一称得上财产的就只有那栋房子了。

这两三年来，房地产的价格不断上涨，虽然田村家距离东京有两小时车程，交通不算太便利，但依然很有价值。晴美估计秀代的女儿女婿，尤其是女婿繁和早就盯上了。这个人依旧时不时干点不靠谱的生意，但从没听说成功过。

不出所料，姨公的头七刚过，公子就和秀代联系，说要商量遗产继承的问题。

公子提出的方案是这样的：由于财产只有房子，由秀代和公子一人继承一半。但因为房产不可能直接分割，所以先将房子过户到公子名下，再由专业人士评估出房屋价格，公子向秀代支付一半的现金。当然，秀代也可以继续住下去，但这种情况下需要支付租金，租金从公子应该付给秀代的现金里抵扣。

这个方案在法律上没什么问题，听起来似乎也还公平。但从秀代口中听说时，晴美却嗅到了一股火药味。关键在于，这样一来，房子的产权将完全转移到公子一方，而且一分钱都不用支付给秀代。公子随时可以把房子卖掉。虽然房子里有人住，但那是她的母亲，要赶走并不难。赶走的时候，公子自然有义务把扣除租金后的金额付给秀代，但她尽可以一点一点挤牙膏似的给，料想秀代也不会起诉。

这么过分的做法，晴美实在不愿相信是亲生女儿的主张，她料定背后一定有繁和指使。

于是晴美向秀代提议，房屋由秀代和公子共同所有，再由她出面买下来。所得的价款母女俩平分。当然，秀代可以一直住下去。

秀代跟公子商量时，繁和果然从旁干涉，说为什么他们的方案不行。对此，秀代这样回答：

“我觉得由晴美买下来是最好不过的。你们就让我任性一次吧。”

这一来繁和也无话可说了。他本来就没资格过问。

把秀代送回田村家，晴美也在那里住了下来。不过她明天一早就要出门。虽然星期六公司休息，但还有桩重要的工作等着她。她要去操办一场在东京湾游船上举行的晚会，明天就是平安夜，两百张门票一转眼就卖光了。

躺在床上，眺望着天花板上熟悉的污渍，晴美心中感慨不已。她到现在还不敢相信，这栋房子已经是自己的了。这和她买下现在住的公寓时的感觉完全不同。

这栋房子她是绝对不会出售的。即使日后秀代亡故了，她也会以某种方式继续持有。用来当别墅也不错。

这些年，不管做什么事都很顺利，顺利得令人感到害怕。她甚至觉得，好像有某种力量在保佑自己。

一切都是从那封信开始的……

闭上眼睛，一种很有个性的字迹浮现在眼前。那是浪矢杂货店不可思议的来信。

虽然信上的内容令人难以置信，但烦恼了半天，晴美还是决定按指示去做。毕竟她也想不出什么别的途径。冷静想想，依靠富冈这种人确实很危险，而且学点经济知识对将来也不无好处。

她把白天公司的工作辞了，改为去上专科学校。只要一有时间，她就钻研股票交易和房地产方面的知识，也考取了若干资格证书。

另一方面，她比以前更加用心地去陪酒，但她也做了决定，最多只做七年。因为设定了期限，更能全力以赴。陪酒这行令人愉快的地方在于，只要付出努力，就能得到相应的回报。她的常客眼看着越来越多，也创造了店里顶尖的业绩。虽然因为拒绝做情人，富冈从此再也不来，但这种程度的损失很轻松就弥补了。后来她才知道，富冈所谓协助过多家餐厅开业云云，果然是大吹法螺，实际上只是提供了一点建议罢了。

一九八五年七月，晴美第一次放手一搏。几年来她的积蓄已经超过三千万，她倾囊而出，买下一套位于四谷的二手公寓。无论形势如何发展，这套房产应该都不会贬值。

大约两个月之后，世界经济经历了一场强烈地震。由于美国实施广场协议，日元急剧升值，美元大幅贬值。这让晴美悚然心惊。日本经济以出口产业为主，如果日元持续升值，经济必将陷入不景气。

此时晴美已经出手购买了股票，由于经济形势低迷，股票价格也不断下跌。

怎么会这样？晴美大惑不解。这不是跟浪矢杂货店的预言完全相反吗？

但事态并没有朝不利的方向演变。担心经济恶化的政府推出了低利率政策，并宣布投资公共事业。

到了一九八六年初夏，晴美接到一个电话，是买那套公寓时的房地产公司中介打来的。他问晴美："您好像还没有入住吧？准备如何处理呢？"晴美没有明确回答，于是他又说，如果她有转手的意向，希望可以卖给他们。

晴美恍然大悟，公寓已经在升值了。

回说自己没有出售的打算后，晴美挂了电话，立刻出发去银行。她要确认假如以四谷的公寓为抵押，能够从银行贷到多少钱。几天后，银行方面给出的数字吓了她一跳。那是购买时金额的一点五倍。

晴美马上申请贷款，同时着手物色新的房产。在早稻田找到一套合适的公寓后，她用银行的贷款出手购入。没多久这套公寓的价格也直线上涨，涨到银行的贷款利息几乎可以忽略不计的程度。

晴美准备再用这套公寓抵押贷款时，银行的负责人建议她开一家公司，因为以公司的名义贷款比较方便。就这样，"小狗事务所"诞生了。

至此，晴美已经坚信不疑，浪矢杂货店的预言是正确的。

到一九八七年秋天为止，晴美不断买下公寓又转手卖出，短短一年时间，房产的价格已经翻了将近三倍。与此同时，股票价格也在不断上涨，她的资产像滚雪球般越滚越大。她告别了陪酒生涯，转而利用陪酒时期积累的人脉，经营起活动策划业务，包括提供活动企划、负责会议接待等。此时正是经济繁荣到了极点的时候，每天都有地方举行盛大的狂欢，单子多得接不完。

进入一九八八年后，她开始处理持有的公寓和高尔夫会员证。因为她意识到价格已经涨到了顶点。虽然形势仍是一片大好，小心一点总归不会错的。她相信浪矢杂货店的预言，信上所说抽王八般的情形也一定是真的。仔细想想，如今这种狂欢若能一直延续下去才是怪事。

再过几天，一九八八年就将过去了。明年又会是怎样的一年呢？晴美朦胧地想着，沉入了梦乡。

7

游船上的圣诞晚会大获成功，晴美和员工们一直庆祝到天亮。唐培里侬香槟王喝光了几瓶，她已经不记得了。隔天她在位于青山的家里醒来时，脑袋兀自隐隐作痛。

从床上爬起来打开电视。正在播放新闻节目，似乎是什么地方的建筑起火了。晴美心不在焉地看着画面，看到屏幕上出现的一行字时，她顿时瞪大了眼睛。那行字是“被烧毁的孤儿院丸光园”。

她赶忙竖起耳朵细听，新闻却已播完了。再换到其他频道，也都没在放新闻。

她匆匆换好衣服，下楼去拿报纸。拥有自动门禁系统的公寓大厦安全性很高，但得自己去一楼拿邮件报纸也很麻烦。

星期天的报纸厚厚一大叠。信箱里还塞了大量的广告传单，几乎都是房地产相关的广告。

晴美把报纸的边边角角都看了一遍，并没有找到关于丸光园火灾的报道。可能因为发生地不在东京都吧。

她心想当地的报纸上应该会有报道，于是给秀代打了个电话。果然所料不错，秀代说报纸的社会版上登了消息。

据说火灾发生于二十四日夜间，一人死亡，十人轻重伤。遇难的不是丸光园的人，而是院方为了晚会请来的业余歌手。

晴美恨不得立刻赶去，但因为不了解现场的状况，还是忍住了冲动。那里正一片混乱，外面的人这个时候蜂拥而至，只会平添麻烦。

她小学毕业时离开了丸光园，后来上高中和找到工作单位的时候，都曾回去看望过。但自从开始陪酒后，她就很少去了，因为她总觉得自己陪酒的事会传出去。

第二天，秀代打电话到晴美的办公室，告诉她早报上出了后续报道。报道上说，丸光园的职员和孩子们正在附近小学的体育馆里避难。

寒冬腊月在体育馆生活——光是想象她都背上发寒。

早早结束工作后，她开着宝马前往现场。途中她绕到药店，分别买了一整箱一次性怀炉、感冒药和胃药。这次应该会有不少孩子生病。看到旁边有超市，她又买了大量的方便食品。现在没有食堂可用，丸光园的职员们肯定很伤脑筋。

把东西搬到车上，她重新发动了宝马。车载收音机里流淌着南天群星的《我们的歌》，歌声轻松愉快，晴美的心情却很沉重。本以为今年一切都很称心，没想到最后几天了，却发生了这样的灾难。

两个小时后，晴美抵达了现场。记忆中那栋白色的建筑已经化为焦土，因为消防员和警察仍在调查，暂时还不能接近，但依稀飘来煤烟的味道。

职员和孩子们避难的体育馆距离这里约有一公里，晴美的到来让院长皆月良和很意外，也很感动。

“谢谢你这么远特意赶过来，我真是没想到。你已经长成大人了啊，不对，应该说，已经成为很优秀的人了。”说着，皆月把晴美递给他的名片看了又看。

可能因为火灾操劳的关系，皆月比晴美上次见到时清减了很多。他今年应该已经七十多岁了，以前头上的白发还很浓密，现在稀疏多了。

对于晴美送来的一次性怀炉、药品和食物，皆月很高兴地接受了。看来现在吃饭问题果然是个难题。

“如果还有什么别的难处，您尽管开口。只要是我力所能及的，我一定尽力。”

“谢谢你。有你这句话，我安心多了。”皆月的眼睛湿润了。

“您千万不要客气。我正想借这个机会有所回报。”

“谢谢你。”皆月又重复了一遍。

准备返回时，晴美遇到了一个令她怀念的人，丸光园时期的同伴藤川博。他比晴美大四岁，中学毕业时离开了丸光园。她当作护身符随身携带的木雕小狗就是他亲手制作的。这也是她公司名称的由来。

藤川已经成了一名职业木雕师。和晴美一样，他也是得知火灾的消息后赶来的。他依然不多话。

这次的火灾，应该牵动了很多在丸光园生活过的人的心吧。和藤川博道别后，晴美不禁这样想。

新年刚过，就发生了天皇驾崩这样的大事。新的年号是“平成”。接下来是一段非常时期，电视台取消了娱乐节目，相扑大赛的第一轮赛事也推迟了一天。

等一切恢复正常后，晴美又去了一趟丸光园。体育馆旁边盖了一间简单的办公室，她在那里和皆月见了面。孩子们现在依然在体育馆里生活，不过临时宿舍已经开始动工。等建成之后，先把孩子们转移到那里，再在原址重建孤儿院。

火灾的原因已经查明。消防员和警察研判认为，是食堂老化的部分发生了煤气泄漏，加上空气干燥，静电产生的火花引起了火灾。

“我们应该早点重建才对。”说明了原因后，皆月露出痛苦的表情。

谈到在火灾中遇难的人，皆月尤为痛心。遇难的业余歌手是为了救一个少年才来不及逃生的。

“那位歌手确实令人惋惜，不过孩子们都平安无事，也算是不幸中的大幸了。”晴美安慰道。

“说得也是。”皆月点了点头，“那天晚上很多孩子都已经睡了，只要稍有闪失，后果不堪设想。也许是前任院长在守护我们吧。”

“说到前任院长，好像是位女士？”

晴美隐约记得，前任院长是个表情温和、身材瘦小的老妇人。但几时由皆月接任的，她就没印象了。

“那是我姐姐。丸光园就是我姐姐创立的。”

晴美望着皆月满是皱纹的脸。“原来是这样啊。”

“你不知道吗？大概因为你在丸光园的时候还小吧。”

“我还是第一次听说。您姐姐为什么要创立丸光园呢？”

“这就说来话长了。简单来说，就是回报社会。”

“回报社会？”

“不是我自夸，我家祖上是地主，家境很殷实。父母去世后，我和姐姐继承了财产。我投资成立了自己的公司，姐姐则想帮助那些不幸的孩子，创建了丸光园。她在学校当老师的时候，亲眼看到很多孩子因为战争成了孤儿，为此深感心痛。”

“您姐姐过世是在……”

“十九年前，差不多快二十年了。她天生心脏不好，最后在大家的陪伴下，安详地离开了人世。”

晴美微微摇了摇头。“对不起，我一点也不知道。”

“这也不能怪你。她的遗愿就是不要让孩子们知道这个消息，只说她生病正在疗养。我把公司交给儿子，接手了她的工作，很长一段时间，我的头衔都是代理院长。”

“您刚才说您姐姐在守护丸光园，究竟是怎么回事呢？”

“临终前，姐姐曾经喃喃地说，不要担心，她会在天上为大家的幸福祈祷。所以这次的火灾让我想起了这件事。”皆月有些不好意思地笑了笑，又加上一句，“不过，这只是我一厢情愿的想象吧。”

“这样啊，真是个感人的故事。”

“谢谢你。”

“您姐姐的家人呢？”

皆月叹息一声，摇了摇头。

“她没有结婚，终生独身。可以说，她把一生都奉献给了教育事业。”

“是吗？她真是个伟大的人。”

“可别这么说。我姐姐要是听到这话，恐怕也不会高兴的。她觉得她只是按照自己的心意生活罢了。对了，你呢？打算几时结婚啊？有没有交往的对象？”

突然被问到自己的事，晴美慌乱起来。“没有，还没有。”她连连摇手。

“这样啊。女性一旦在事业上找到了人生价值，往往就会错过婚期。经营公司固然好，可也别忘了早点找个好人家。”

“不好意思，我和您姐姐一样，也只想按照自己的心意生活。”

皆月苦笑。

“你可真要强。不过我姐姐没结婚，并不是因为一心扑在事业上。老实说，她年轻的时候也曾想和一个男人结婚，而且还计划一起私奔。”

“真的吗？”

这个话题很吸引人，晴美不由得倾身向前。

“那个男人比她大十岁左右，在附近的一家小工厂工作。他帮姐姐修理过自行车，两人由此结识。他们总是在工厂午休时偷偷约会，因为在那个年代，年轻男女光是一起走在路上，都会招来流言蜚语。”

“他们计划私奔，是因为父母不认可他们的关系吗？”

皆月点点头。

“原因有两个。一个是姐姐当时还在上女子中学，不过这个问题可以由时间解决。重要的是另一个原因。我刚才也说过，我家很有钱。有了钱，就想要名。家父想把女儿嫁给名门望族，一个默默无闻的机械工根本不在他眼里。”

晴美的表情凝重起来，缩回下颚。这是距今六十余年前的事了。这样的事情，在当时恐怕并不鲜见。

“私奔的结果呢？”

皆月耸了耸肩。

“当然是失败了。姐姐计划在从学校回来的路上绕到神社院内，在那里换好衣服后去车站。”

“换好衣服？”

“我家里有几个女佣，其中一个和姐姐年龄相近，关系也很好。姐姐拜托她把要换的衣服送到神社去。那是一套女佣的衣服，因为富家小姐的打扮太显眼了。机械工也会改换装束，在车站等她。两人顺利会合后，就搭火车远走他乡。这个计划堪称完美无缺。”

“可是最后却没有成功啊。”

“遗憾的是，当姐姐来到神社院内时，等在那里的不是跟她要好的女佣，而是家父雇来的几个男人。那个女佣虽然答应了姐姐的请求，但心里很害怕，便和年长的同伴商议。这么一来，结果就可想而知了。”

晴美可以理解那个年轻女佣的心情。想到她所处的时代，确实也无法深责。

“那个男人……那个机械工呢？”

“家父派人把一封信送到车站，姐姐在信上要求对方忘了她。”

“那是令尊让人伪造的信吧？”

“不，是姐姐亲笔写的。因为家父答应放过那个男人，她才写了那封信。姐姐别无选择。家父在警察那边也很吃得开，要是他坚持追究，大可以把机械工送去坐牢。”

“对方读过信后，有什么反应？”

皆月歪着头。

“那我就不知道了。唯一清楚的，就是他离开了小镇。那个人原本就不是本地人。有消息说他回到了故乡，不过不知道是真是假。后来我曾经见过他一面。”

“咦，是吗？”

“事情过去三年后的某一天，当时还在读书的我刚出门没多久，就被人从后面叫住了。那是个三十岁上下的男人。私奔事件发生时，我并不认识另一方当事人，所以也不知道眼前这个人是谁。他拿出一封信，让我交给皆月晓子小姐。——对了，晓子是我姐姐的名字，拂晓的晓，孩子的子。”

“那个男人知道您是晓子女士的弟弟吗？”

“这一点他大概不能肯定，只是见我从家出来就跟踪上了。我正迟疑不决，他又说，如果怀疑，可以自己先看，或者给父母先看，只要最后晓子小姐能看到就行。于是我就收下了。说实话，我挺想看看的。”

“那您看了吗？”

“当然看了。信没有封口，我在去学校的路上就看了。”

“信上都写了些什么呢？”

“这个嘛……”刚说到这里，皆月就闭上了嘴。他凝视着晴美，沉思了片刻，然后一拍大腿，咕哝了一句：“与其说给你听，不如直接拿给你看。”

“啊？拿给我看……”

“你等一下。”

皆月的旁边堆着几个瓦楞纸箱，他打开其中一个，开始翻找起什么东西。纸箱的侧面用马克笔写着“院长室”。

“因为远离起火点食堂，院长室几乎没受到什么损失。我们把里面的东西都搬到这里来，打算借这个机会整理一下。姐姐也留下了很多遗物。噢，就是这个，找到了。”

皆月拿出一个四方形的罐子，当着晴美的面打开盖。

罐子里有几本笔记，也有照片。皆月从里面取出一封信，搁在晴美面前。信封上写着“皆月晓子小姐收”。

“你不妨自己看看。”皆月说。

“这样合适吗？”

“没关系，写这封信的人，本来就做好了会被别人看到的准备。”

“那我就拜读啰。”

信封里装着叠好的白色信纸，展开看时，上面是圆珠笔写成的文字。秀逸的笔迹让人很难想象出自一个机械工之手。

皆月晓子小姐玉启

敬启者

请原谅我突然以这种方式送来信件。如果邮寄过来，我担心会被直接丢掉。

晓子小姐，你还好吗？我是三年前楠木机械的浪矢。也许对你来说，这是个很想忘记的名字，但我希望你能把信读完。

这次提笔写信，别无他意，纯粹是想表达我的歉疚。其实之前我也几次想过写信，却因为与生俱来的怯懦，始终下不了决心。

晓子小姐，那时候真的很对不起。事到如今，我对自己当时的愚蠢举动深感后悔。我诱惑了还在读书的你，甚至企图让你抛下家人出走。现在想想，这种做法真是太恶劣了，完全没有辩解的余地。

后来你打消了念头，绝对是正确的选择。如果是父母劝说的结果，我要向他们表示感谢。如果不是他们，我差一点就犯下了不可挽回的过错。

如今我在家乡务农，无时无刻不想起你。和你在一起的时间虽然短暂，却是我至今为止人生中最美好的时光。与此同时，我也无时无刻不想向你道歉。一想到那时的事情也许在你心头留下了伤痛，我就无法入睡。

晓子小姐，你一定要幸福啊。这是我现在唯一的心愿。希望你会遇到理想的对象。

浪矢雄治敬上

晴美抬起头，皆月正注视着她。“你感觉如何？”皆月问。

“他是个很善良的人。”

听她这样说，皆月点了点头。

“我也这么觉得。私奔失败的时候，他一定想了很多。我想他会怨恨我的父母，也对姐姐的背叛感到幻灭。但三年后回顾往事，他已经能够理解，那样也未尝不是好事。但他觉得不能光理解就算了，如果不郑重地表达歉意，姐姐心里会永远留下伤痕。她一定会为背叛了恋人而深深自责。所以他写下了这样一封信。明白了他的心情后，我把信交给了姐姐。当然，我没让父母知道。”

晴美把信纸放回信封。

“您姐姐一直把这封信放在身边吗？”

“好像是。姐姐死后，我从她办公桌上找到这封信时，不禁心头一热。姐姐之所以一生独身，或许就是因为这个男人的存在。她直到最后也没有爱过别人，而是把自己的人生奉献给了丸光园。为什么她会选择在这块土地上建立丸光园呢？这原本是个和我们没有任何关系的地方。虽然姐姐至死都没有明说，不过多半是因为这里邻近他的家乡。我不知道他老家的确切地址，但从以前的谈话里，可以推测出大致的区域。”

晴美微微摇了摇头，感叹地呼出一口气。虽然两人没能结合令人同情，但爱一个人能爱到如此地步，她内心也不无羡慕。

“姐姐临终时说，她会在天上为大家的幸福祈祷。写这封信的男人，想必也在某个地方默默守护着姐姐吧，如果他还在世的话。”皆月神色认真地说。

是啊，晴美附和着，心里却有一个疑问。那就是这个男人的姓名——浪矢雄治。

她虽然和浪矢杂货店有过书信往来，但并不知道店主的名字。从静子所说的情况来看，一九八〇年的时候，店主无疑已经年纪很大了，和皆月谈到的这个男人正好是同一个时代。

“怎么了？”皆月问。

“噢，没什么。”晴美摆了摆手。

“总之，丸光园是姐姐倾尽心血创立起来的，不能说没就没了。我一定会想办法重建。”皆月总结似的说道。

“您加油吧，我会全力支持的。”说着，晴美把手上的信封还给皆月。就在这时，信封上“皆月晓子小姐收”的字样映入眼帘，让她再次感受到字里行间蕴含的坚定决心。那字迹与她收到的浪矢杂货店的来信截然不同。

果然只是巧合吧？

晴美决定不再多想。

8

刚睁开眼睛，晴美就打了个大喷嚏。全身冷飕飕的，她把毛巾被拉到肩头。空调开得太足了。昨晚因为天气很热，她把温度设定得低了些，结果临睡前忘了调回去。没读完的文库本丢在枕边，台灯也没关。

闹钟显示的时间是接近早上七点。虽然她定了七点的闹钟，但很少听到铃声，因为她总是没等铃声响起就醒了，然后关掉开关。

晴美伸手关了闹钟，就势起了床。夏日的阳光透过窗帘的缝隙洒了进来，看样子今天也很热。

上完洗手间，她走进盥洗室。站在大镜子前，看到镜中映出的面容，她不由得吃了一惊。不知为何，她有种自己还是二十来岁的感觉，但出现在镜子里的，一看就知道是一个五十一岁的女人。

端详着镜中的自己，晴美歪着头。为什么会产生这种错觉呢？仔细想来，大概是因为做了一个梦的缘故。虽然细节已经想不起来了，但她隐约记得，她梦见了自己年轻的时候，还遇到了丸光园的皆月院长。

因为对做梦的原因心里有数，她并不觉得很意外，反而为没记住梦中的详细情形感到懊恼。

凝视着自己的容颜，她点了点头。皮肤多少有些松弛和皱纹了，这也是难免的。这是她一路打拼过来的证据，她丝毫不以为耻。

洗完脸，晴美一边化妆，一边用笔记本电脑查看各种资讯，顺便吃了早饭。昨晚她买了三明治和蔬菜汁。上一次自己做饭已经是什么时候的事了呢？晚上她基本都是和别人聚餐。

料理完毕，她准时离开家门，坐上一辆灵活的国产混合动力汽车。对大而无当的高级进口汽车她已经厌倦了。她自己开车，抵达六本木时刚过八点半。

公司位于一栋十层高的大厦，她把车停到地下停车场，正要走向玄关大厅时，突然一个男人的声音传来：

“社长！武藤社长！”

晴美环顾四周，只见一个身穿灰色 polo 衫的男人迈着短腿跑了过来。那张面孔她似乎在哪儿见过，但一时想不起来是谁。

“武藤社长，拜托您了！甜点馆的事，能否请您再考虑一下？”

“甜点？噢……”她想起来了。这人是日式馒头店老板。

“能不能再给我一个月机会？就一个月！我一定会让您刮目相看！”老板深深低下头去，稀疏的头发紧贴在头皮上，让人联想到他店里卖的栗子馒头。

“你忘了吗？如果人气投票连续两个月倒数第一，就有可能被要求撤店，这是合同里明白规定的。”

“我知道。不过，还是请您高抬贵手，再等一个月行不行？”

“不行，下一个进驻的店铺已经确定了。”晴美迈步向前。

“请您务必通融一下！”馒头店老板不死心地跟在后面，“我们一定会拿出成绩，我有这个把握！请再给一次机会吧！如果现在撤店，我们就开不下去了！再给我们一个机会吧！”

保安似乎听到了吵嚷声，赶了过来。“怎么回事？”

“这个人不是我们这里的，把他撵走。”

保安的脸色变了。“明白！”

“不不，等一下！我不是不相干的人，是有业务关系的。喂，社长！武藤社长！”

晴美不理会馒头店老板的叫喊，径自走向玄关大厅。

大厦的五楼和六楼是小狗公司的办公室，九年前公司从新宿迁来这里。

社长办公室在六楼。晴美在这里通过电脑再次确认和整理信息。收到一大堆无聊的电子邮件，让她很是厌烦。虽然可以用过滤器清理垃圾邮件，但只要没有设置，就会收到许多不知所云的邮件。

回了几封邮件后，已经九点多了。晴美拿起公司内线电话，按下一个缩位号码，电话很快接通。

“早上好。”话筒里传来专务董事外岛的声音。

“可以过来一下吗？”

“好的。”

约一分钟后，外岛出现了。他穿着短袖衬衫。办公室的冷气和去年一样不够足。

晴美把停车场发生的事告诉了他，外岛听了不禁苦笑。

“那个大叔啊，我也听负责人提过，说他一直央求个没完。没想到他竟然直接找上社长，真是让人吃惊。”

“这是怎么回事？好好跟他解释一下，他应该能理解啊。”

“话是这么说，可他还是不死心。听说总店那边顾客也日渐稀少，情况相当不妙。”

“就算这样，我们也爱莫能助啊。毕竟我们也是按合同办事。”

“您说得没错。我看不必放在心上。”外岛淡淡地说。

两年前，湾岸一家大型购物中心重新开业之际，晴美的公司接到了一单业务：如何更好地利用活动会场。会场原本预定用来举办小型音乐会，但实际上并没有得到有效利用。

晴美的公司立刻展开调查分析，最后得出的结论是：将其打造成甜点圣地。他们把购物中心里零散的甜点店、咖啡店全部集中到会场，又和全日本的甜点店联系，邀请对方开设分店。“甜点馆”由此诞生。馆里的甜点店常年保持在三十家以上。

通过电视台和女性杂志的报道，这一企划大获成功。在甜点馆里受到好评的店铺，总店也无一例外地销售额大增。

但依然不能掉以轻心。如果卖的东西万年不变，顾客很快就会厌倦了，所以最重要的就是不断吸引回头客。为了达到这一效果，必须定期更新店铺。更新的方法是由顾客进行人气投票，并将结果通报给不受欢迎的店铺，不时也有店铺被要求撤出。所以各家店铺每个月都很拼命，因为竞争对手是其他所有的店。

刚才那家日式馒头店的总店就在本地。这一企划刚启动的时候，基于“优先照顾本地商铺”的考虑，向他们发出了邀请，他们也很高兴地开了分店。然而这家最拿手的招牌产品就是不起眼的栗子馒头，以致经营情况很不乐观，最近一直稳居人气投票的末席。照现在这样下去，已经无法给其他店铺作表率了。不能因为感情因素影响决定，这正是生意场上残酷的地方。

“对了，那个3D动画进展如何？”晴美问，“达到可以实际应用的程度了吗？”

外岛皱起眉头。

“我看过样片了，技术上还不过关。因为智能手机的屏幕很小，看起来总是模糊不清。现在正在制作改进版，到时再请您过目可以吗？”

“就这么办吧。没关系，我只是有点兴趣而已。”晴美微笑着说，“谢谢你。我要说的就这么多了，你有什么事情没有？”

“没有，重要的事项我已经给您发电子邮件了。不过，有一件事我有些在意。”外岛投来意味深长的视线，“就是那家孤儿院的事。”

“那是我的个人行为，和公司没有关系。”

“我明白，因为我是公司内部的人。可是外界的人就很难这么想了。”

“发生什么事了吗？”

外岛撇了撇嘴角。“有人特地来打听，想知道我们公司准备对丸光园采取什么动作。”

晴美蹙起眉头，抓了抓刘海的发际。“服了这些人了，怎么会这么夸张？”

“社长您太引人注目了，所以即使一个很平常的举动，在别人看来也很不平常。请您充分认识到这一点。”

“你这是哪门子的讽刺？”

“不是讽刺，是陈述事实。”外岛平静地回答。

“我知道了。今天就到这里吧。”

“那我告辞了。”说完外岛离开了办公室。

晴美站起身，来到窗前。六楼并不算高，事实上还有楼层更高的写字楼，但她最终放弃了。她不想过于高估自己的实力。尽管如此，像现在这样眺望窗外时，她依然真切地体会到，几经奋斗，终于有了一定的成就。

蓦然间，二十年来的往事又上心头。晴美再次感慨，紧随时代的潮流对商界人士是何等重要。有时候，甚至是天堂和地狱的差别。

一九九〇年三月，为了遏制高涨的房地产价格，当时的大藏省开始对金融机构实施限制融资政策，即总量控制。由于土地价格高不可攀，一般的上班族对于买房已经连想都不敢想，使得这一措施势在必行。

可是，区区一个总量控制真能达到抑制地价的效果吗？晴美心存疑问。媒体也众口一词地认定这只是杯水车薪。实际上，地价也的确没有迅速下跌。

但这种总量控制如同一记重击，给日本经济带来了沉重的打击。

日经指数率先开始下跌，加上八月伊拉克入侵科威特，原油价格上涨，导致经济进一步萧条。

从这时开始，地价也终于逐渐回落了。

然而民间流传的土地神话尚未破灭，很多人坚信这只是暂时的现象，要不了多久就会恢复如初。他们要到一九九二年过去时，才真正意识到狂欢般的日子已经一去不复返了。

而掌握了浪矢杂货店信上预言的晴美明白，靠买卖房地产大发其财的时代已经彻底终结了。早在一九八九年，她已将持有的投资用房地产全数出手，股票和高尔夫会员证也同样清空。她是抽王八游戏的赢家。最终，在这个被称为泡沫经济的时期，她获得了数亿元的利润。

整个社会终于清醒过来时，晴美已着手进军新的领域。浪矢杂货店预言通过电脑和手机，信息网络将会飞速发展，事实也正如其所言，手机已经成为现实，个人电脑也开始普及到家庭。既然如此，当然要利用这一潮流。

她接触电脑通信后，预感到未来展现在眼前的定将是一个梦幻般的世界，于是潜心学习，收集资料。

互联网日渐普及的一九九五年，晴美聘用了数名信息工程系毕业的学生，每人提供一台电脑，要求他们思考一个问题：可以利用互联网做什么？他们整天对着电脑苦苦思索。

到了第二年，小狗事务所首次开展网络相关业务：制作主页。最初只是尝试用来宣传自己公司，但当报纸报道了这一消息后，反响十分热烈，频频接到企业和个人有关制作主页的咨询。虽然当时还不是人人都可以任意访问互联网，但在不景气的时候，大家都热切期待着新的广告媒体。委托制作主页的订单源源而来。

此后的几年里，小狗事务所赚钱赚得轻松愉快。利用互联网开展的广告业务、销售业务、游戏下载业务全都非常顺利。

进入二〇〇〇年后，晴美开始考虑下一步事业发展方向。她在公司设立了经营咨询部门。设立这一部门的直接原因，是接到一个经营餐厅的朋友的咨询，他的店由于营业额停滞不前，经营陷入困境。

晴美是拥有国家资格的中小企业诊断师，于是她组织了专门的一班人马进行研究，得出的结论是：单纯的宣传是不够的，必须在先进理念的指导下改进菜式的种类和餐厅内部装潢。

这家餐厅根据他们的建议重新装修后，获得了极大的成功。再次开业后短短三个月，就一变成为订餐火爆的店。

晴美确信，从事经营咨询可以赚钱。但只有半桶水是不行的。如果只是分析经营不佳的原因，那谁都做得来。只有想出从根本上解决问题的对策并切实取得成效，才能长久开展下去。晴美从公司外召集了优秀的人才，有时积极介入客户的商品开发，有时则提出无情的裁员建议。

以IT部门和经营咨询部门为两大支柱，小狗公司稳步成长。回顾起来，她的成功有目共睹。许多人称赞“武藤社长有先见之明”，一定程度上也确实如此。但如果没有浪矢杂货店的那封信，她绝不会如此一帆风顺。所以她一直念念不忘报答。只靠自己的力量，她不会有今天。

说到报答，丸光园也是不能忘记的。

今年她听到丸光园经营危机的传闻，调查后发现确是实情。自从二〇〇三年皆月院长去世后，丸光园全靠长子经营运输业从旁维持，但他自己的事业已经背上巨额赤字，根本没有余力再支持丸光园。

晴美立刻和丸光园联系。现在的院长虽然是皆月的长子，但只是名义上的，实际掌握运营主导权的是一个姓苅谷的副院长。晴美跟他说，只要是自己能帮上忙的地方，尽管开口，并且明确表示，可以视情况出资赞助。

但苅谷的态度却很暧昧，甚至说出“希望尽量不借助外界力量”这种毫无危机感的台词。

见问题没能得到解决，晴美又去了皆月家，询问能否将丸光园交给自己经营。但结果也差不多，对方只含糊地回答，丸光园的事情由苅谷副院长负责。

晴美调查了丸光园的情况，发现这几年来正式员工的数量减少了一半，莫名其妙的临时工却多得离谱，而且没有迹象显示这些人确实在园里工作。

晴美心里有数了。有人利用皆月院长去世的机会，暗中进行某种违法勾当，多半是违法申请补助金。主犯应该就是苅谷。为了不让事情曝光，他才拒绝晴美插手经营。

晴美越来越觉得不能放任不管，得想点办法才行。能拯救丸光园的，只有自己了。她想。

9

晴美注意到这个消息，完全出于偶然。在新换的智能手机上用各种关键词搜索时，她无意中看到了“浪矢杂货店仅此一夜的复活”这篇文章。

浪矢杂货店——这是一个她从未忘记也无法忘记的名字。她立刻查看详情，找到了来源的网站。网站上声称：九月十三日是浪矢杂货店店主的三十三周年忌日，所以想请教过去咨询过的人们，当时的回答对他们的人生有没有作用，并要求在十三日午夜零点到黎明这段时间，将信件投进店铺卷帘门上的投信口。

这也太难以置信了。真没想到到了如今这个年代，还会再看到这个店名。网站运营者似乎是店主的后人，但只是公告了三十三周年忌日的这一活动，并没有说明详细情况。

该不会是恶作剧吧？她的第一反应是怀疑。但她想不出这样做有什么目的。玩这种把戏来骗人，又能捞到什么好处呢？说到底，有几个人会留意到这个消息？

最令晴美心动的，是九月十三日是店主的忌日这一点。与浪矢杂货店通信的最后期限，正是三十二年前的九月十三日。

这不是恶作剧，是认真的活动，晴美确信。既然这样，就不能当没看见。她是一定要写信的，不用说，是感谢的信。

但在此之前，要先去确认浪矢杂货店是否真的还存在。虽然她每年都去几次田村家，但没有去过浪矢杂货店那边。

正好她要跑一趟丸光园商谈转让事宜，那就回来的时候顺道去浪矢杂货店看看吧。

出现在谈判席上的，依然是苅谷副院长。

“关于丸光园，皆月夫妇已经全权委托给我。到现在为止，他们从未参与过经营。”说话间，苅谷细细的眉毛不住抽动。

“那如果将丸光园的财政状况如实报告给他们呢？我想他们也会改

变想法。”

“您不说我也有详细报告。他们看过之后，仍然表示一切都交给我。”

“那么，报告的内容可以给我看看吗？”

“那可办不到，您毕竟是外人。”

“苅谷先生，请您冷静考虑一下。照现在这样下去，这家孤儿院会破产的。”

“您不用担心，我们会依靠自己的力量想办法的。您还是请回吧。”苅谷低下大背头鞠了一躬。

晴美决定今天先到此为止。当然，她是不会放弃的。看来只有设法说服皆月夫妻了。

来到停车场，只见车身粘了好几块泥巴。晴美环顾四周，几个孩子正从围墙上探头探脑地看她，马上又缩了回去。真是受不了，晴美叹了口气。看样子自己被当成坏人了，准是苅谷跟孩子们吹了什么风。

她没有理会泥巴，径自发动汽车。朝后视镜里一看，孩子们已经跑了出来，正冲她喊叫着什么，八成是“别再过来了”这种话吧。

虽然心情很不愉快，晴美仍然没忘记去看浪矢杂货店。她凭借模糊的记忆转动着方向盘。

没多久，前方出现了熟悉的街道。和三十年前相比，变化并不大。

浪矢杂货店也依然伫立在那里，一如当年她来投信时的模样。招牌上的字样已经快认不出来了，卷帘门也锈蚀得很严重，但却如同一个等待着孙女的老人一般，充满了温暖的氛围。

晴美停下车，打开驾驶座旁边的车窗，眺望着浪矢杂货店，然后缓缓发动汽车。她想顺便再去看看田村家。

九月十二日下班后，晴美先回了一趟家，对着电脑思考回信的内容。

本来她是想早点写好的，但这几天工作太忙，总也抽不出时间。其实今晚也要陪客户一起用餐，但她推说自己有事实在脱不开身，派最信任的下属代为出席。

看了又看，改了又改，信终于在九点多时写好了。接着晴美动手抄写到信纸上。给重要的人写信时一定要亲笔书写，这对她来说是个常识。

又读了一遍写好的信，确定没有问题后，她将信纸装进信封。信纸和信封都是为了今天这封信特地买的。

收拾打扮花了些时间，开车离开家门时，已经接近十点了。她一边小心不要超速，一边踩下油门。

约两个小时后，抵达了目的地附近。她本来打算直接去浪矢杂货店，但这时距离零点还有一会儿，她便决定先去田村家放下行李。今晚她准备在那里过夜。

晴美获得田村家房屋的所有权后，按照当初的约定，让秀代继续在里面生活。但秀代没能看到二十一世纪的到来。姨婆死后，晴美将房子稍微装修了一下，作为别墅使用。在她心里，田村家就像是自己的娘家，周围大片的自然风光也很令她喜爱。

但这几年来，她一两个月才来一次，冰箱里只有罐头和冷冻食品。

田村家周边没什么路灯，平常这个时候早已一片黑暗，但今晚因为有月光，从远处也能看到房屋的样子。

周围寂无人影。虽然房子旁边就是车库，晴美还是把车停在路上，挎上装有换洗衣物和化妆品的提包下了车。空中悬挂着一轮圆月。

穿过大门，打开玄关。刚一开门，就飘出一股清香。香味来自鞋柜上的芳香剂，那是她上次过来时放在那里的。她顺手把车钥匙搁到芳香剂旁边。

摸索着打开墙上的电灯开关，晴美脱了鞋迈进屋里。虽然有拖鞋，但她嫌麻烦很少穿。沿着走廊往里走，里头是一扇通往客厅的门。

推开门，和刚才一样，她伸手寻找电灯开关，但找到一半就停下了。因为她感觉到一种异样的氛围。不，不是氛围，是气味。她隐约闻到一缕不属于自己的气味。这个房间不应该有这种气味。

一发现危险，她立刻转身欲走，但伸向开关的手已经被人一把抓住，一股大力把她拉了过去，嘴巴也被什么东西捂住了，连呼救的工夫都没有。

“不要吵！老实别动就没事。”耳边传来一个年轻男人的声音，因为在她背后，看不到脸。

晴美脑海里一片空白。为什么家里会有陌生人？他躲在这里到底想干什么？为什么自己会碰上这种倒霉事？好几个疑问瞬间涌上心头。

虽然心里想抵抗，身体却一动也不能动。神经似乎已经麻痹了。

“喂，浴室里有毛巾吧？拿几条过来！”男人说。但是没有反应。他焦躁地又喊了一遍：“快点！毛巾！别磨蹭了！”

黑暗中有人影在慌忙地走动，看来还有别人。

晴美急促地呼吸着，心跳还是很剧烈，但已经恢复了一点判断力。她发现捂住自己嘴巴的手上戴着劳保手套。

就在这时，另一个男人的声音传入耳中。声音来自斜后方，小声嘟囔着“糟了”。控制住晴美的男人回应道：“那也没办法。去翻翻包，看有没有钱包。”

有人从后面抢走晴美的包，在里面翻找起来。没多久就听他说：“找到了！”

“有多少钱？”

“两三万吧。其他全是奇怪的卡。”

晴美耳边传来一声叹息。

“怎么才这么点？算了，把现金抽出来，卡没用。”

“钱包呢？这可是牌子货。”

“用了很久的东西不能要。这个包倒还挺新，留着吧。”

过了一会儿，脚步声又回来了。“这样行吗？”这个人的声音也很年轻。

“行。现在把她眼睛蒙上，手也牢牢反绑上，别让她挣脱。”

那人似乎迟疑了一下，用毛巾蒙住晴美的眼睛。毛巾上有淡淡的洗衣粉香气，正是她惯用的那种洗衣粉。

毛巾紧紧绑在晴美脑后，没有一点松动。

接着他们让晴美坐在餐椅上，双手绑到靠背后面，双脚也分别绑在椅子腿上。这期间，戴着劳保手套的手一直捂着她的嘴。

“我们有话要跟你说，”捂着晴美嘴的男人开口了，他似乎是几个人的老大，“等下会放开你的嘴。不过你不要大声叫嚷，我们有凶器，敢叫就杀了你。我们其实也不想这么做。如果小声说话，我们不会伤害你。你要是答应，就点点头。”

晴美没有拒绝的理由，于是依言点了点头，压在嘴上的手立刻松开了。

“不好意思。”领头的男人说，“我想你应该也知道了，我们是小偷。今晚我们以为这栋房子里没人，就溜了进来。没想到你会突然回来，也没想到会这样把你绑起来，所以你别见怪。”

晴美没作声，叹了口气。吃了这种苦头还要她“别见怪”，也太强人所难了。不过她也稍稍放下心来。直觉告诉她，这几个人的本性并不坏。

“只要达到目的，我们马上就走。至于目的嘛，当然就是捞上一票。可我们现在还不能走，因为还没找到多少值钱的东西。所以就要问你了，那些值钱货都放在哪儿？到了如今这地步，我们也不挑剔了，什么都行，你全说出来吧。”

晴美调整了一下呼吸，开口说道：“这里什么都没有。”

“是吗？”对方哼了一声，“不可能吧？我们调查过你的情况，你骗不过去。”

“我没有骗你。”晴美摇了摇头，“既然调查过，你们就该知道我平常不住在这里，所以别说现金了，贵重的物品也都没放在这里。”

“就算这样，总会有点东西吧？”男人的声音里透着焦躁，“你好好想想，一定有。想不出来我们就不走，那样你也不好受。”

事实的确如他所说，只可惜这栋房子里确实没有值钱的东西。就连秀代留下的遗物，也已经全部搬到她居住的公寓大厦了。

“隔壁的和室有个壁龛，上面摆放的茶杯听说是知名陶艺家的作品……”

“那个我们已经拿了，顺便把挂轴也笑纳了。还有呢？”

以前秀代曾经说过，茶杯是真品，但挂轴就只是一张印刷画。这件事还是不提为妙。

“二楼的西式房间你们找过了吗？就是那个八叠大的房间。”

“大致找了一下，好像没什么值钱货色。”

“梳妆台的抽屉呢？从上面数第二个抽屉有两层底，下面那层放着首饰，那里你们看过没有？”

男人没吭声，似乎在向其他人确认。

“过去看看。”男人说。随即传来离开的脚步声。

梳妆台其实是秀代用的，因为欣赏那种古色古香的造型，晴美一直没舍得丢。抽屉里也的确放有首饰，但不是晴美的，而是秀代的女儿公子单身时的收藏。她没有仔细看过，但多半不值多少钱。如果价格不菲，公子出嫁时一定会带走。

“你们为什么会选中我……选中这栋房子？”晴美问。

“不为什么。”停了片刻，领头的男人回答，“无意中碰上了。”

“可是，你们不是特地调查过我吗？总有某种原因吧？”

“少啰唆！这种事根本不重要。”

“怎么不重要，我很想知道。”

“够了，你就别操心了，给我闭嘴！”

被男人一说，晴美闭上了嘴。她不想刺激对方。

一阵尴尬的沉默后，一个男人开口了：“可以问一个问题吗？”这个人不是领头的那个，说话口气意外的客气。

“喂！”领头男训斥似的说，“你要问什么？”

“有什么关系嘛。有件事我很想跟她问清楚。”

“算了吧！”

“你想问什么？”晴美说，“尽管问好了。”

有人不耐烦地咂舌，八成是领头男。

“改成酒店的事是真的吗？”另一个男人问。

“酒店？”

“听说你要拆除丸光园，改成情人酒店。”

意外地听到丸光园，晴美吃了一惊。这么说来，这伙人很可能跟苅谷有关。

“我没有这个打算。我是想重建丸光园，才决定把它买下来的。”

“大家都说那是骗人。”领头男插嘴道，“听说你的公司会把快要倒闭的店重新装修后赚钱，也曾经把商务宾馆改造成情人酒店。”

“确实有过这种情况，但跟这次的事情没关系。丸光园的事是我个人的举动。”

“胡说！”

“我没胡说。说句不好听的话，那么偏僻的地方盖情人酒店，哪儿会有人光顾？我不可能干这种蠢事。相信我，我是站在弱者一方的。”

“真的？”

“肯定是说谎，你可别真信了。什么站在弱者一方，一旦发现没钱赚，还不是马上丢到一边。”

话刚说完，传来了下楼的脚步声。

“这么久才回来，你干什么去了？”领头男斥责道。

“我不知道怎么打开两层底，不过还是弄开了。真厉害，你看看这个。”

一阵哗啦哗啦的声音，似乎连抽屉一起拿过来了。

另外两人沉默不语。那些怎么看都是老古董的首饰到底值多少钱，他们心里恐怕完全没底。

“算了。”领头男说，“总比什么都没有强。把这个带上，赶紧溜吧。”

晴美耳边传来衣服摩擦的声音，打开又拉上拉链的声音，应该是他们把偷来的东西装进了包里。

“这个人怎么办？”刚才问起丸光园的男人说。

“把胶带拿来。”停顿了一下，领头男说，“要是叫起来就麻烦了。”

切割胶带的声音响起，接着晴美的嘴就被封上了。

“可是这样也不大妥当。要是一直没人来这里，她就会活活饿死了。”

又是片刻的沉默。看来很多事情都是由领头男决定。

“等我们顺利逃走后，就给她公司打个电话，通知他们社长被绑起来了。这样就没问题了。”

“要是想上厕所呢？”

“那只能忍着了。”

“能忍住吗？”听口气，好像是在问晴美。

她点了点头。现在她确实还没有便意，而且即使他们带她去上洗手间，她也会谢绝。她只盼着他们赶紧离开这个家。

“好了，开溜。没有东西落下吧？”领头男说完，三人一起离开。脚步声渐渐远去，似乎出了玄关。

过了一会儿，隐约传来男人们的说话声，里面夹杂着“车钥匙”这个词。

晴美吃了一惊，想起车钥匙就放在鞋柜上。

糟了！她咬紧嘴唇。停在路边的汽车副驾驶座上丢着她的手袋，是她下车前从提包里拿出来的。

他们在提包里找到的是备用钱包。平常使用的钱包放在手袋里，里面光现金就有二十多万，还有信用卡和借记卡。

但晴美懊恼的并不是钱包。要是他们只把钱包拿走，那反倒求之不得。但他们多半不会那么做，既然急着跑路，肯定顾不上翻看就直接带走了。

手袋里装着写给浪矢杂货店的信。她不希望那封信被拿走。

不过转念一想，其实也一样。就算那封信被留了下来，以现在这个状态，她什么也做不了。至少天亮之前，她一动也不能动，而浪矢杂货店仅此一夜的复活，也将随着黎明的到来而结束。

本来还想道声谢的，晴美想。多亏您的帮忙，我拥有了很强的能力，今后我也会帮助更多的人——她在信上如此写道。

可是这又算怎么回事？为什么她会吃这种苦头？她到底做错了什么？记忆中她从没做过任何会遭报应的事，她只是诚实地一心向前奔跑。

刚刚想到这里，她突然想起了领头男的那句话——什么站在弱者一方，一旦发现没钱赚，还不是马上丢到一边。

真是令人意外。她什么时候做过这种事了？

但脑海里随即浮现出日式馒头店老板那泫然欲泣的脸孔。

晴美用鼻子呼出一口气，在眼睛被蒙上、手脚被绑住的状态下苦笑起来。她确实在拼命地向前奔跑。只是，也许太专注了，眼里只看得到前方。这次的事件，或许不应该理解成报应，而是一个忠告，提醒她心态可以更从容一些。

该帮栗子馒头一把吗——她恍恍惚惚地想着。

10

将近黎明时分，敦也盯着空白的信纸。

“我说，真的有这种事吗？”

“什么这种事？”翔太问。

“就是说，”敦也说，“这栋屋子连接着过去和现在，过去的信能寄到我们这里，反过来，我们放到牛奶箱里的信也能寄到对方那里。”

“怎么到现在还问这个问题？”翔太皱起眉头，“就因为的确是这样，我们才能和别人通信。”

“这个我也知道。”

“确实很不可思议。”说话的是幸平，“应该和‘浪矢杂货店仅此一夜的复活’有关系。”

“好吧！”敦也拿着空白的信纸站起身。

“你去哪儿？”翔太问。

“去确认。我要做个试验。”

敦也走出后门，把门关紧，穿过小巷绕到正门前，将折叠的信纸投进卷帘门上的投递口，再从后门进入屋内，查看卷帘门的另一边。本应从外面掉进来的信纸，并没有出现在瓦楞纸箱里。

“我猜的果然没错。”翔太一副充满自信的口气，“现在从这家店外将信纸投进卷帘门里，就会寄回到三十二年前。这就是‘仅此一夜的复活’的含义。也就是说，我们之前体验到的，是与之相反的现象。”

“这边天亮的时候，三十二年前的世界里……”

翔太接过敦也的话头：“老爷爷已经死了。浪矢杂货店的店主爷爷。”

“看来只有这种可能了。”敦也“呼——”地长出一口气。虽然听来匪夷所思，但确实也想不出别的解释。

“那孩子怎么样了呢？”幸平幽幽地说。敦也和翔太一齐向他望去，他缩回下巴。“我说的是迷途的小狗。”他说，“也不知道我们的信派上用场没有。”

“不清楚。”敦也只能这么说，“不过，一般来说是不会相信的吧。”

“怎么想都很可疑。”翔太抓抓头。

读了迷途的小狗的第三封信，敦也他们大为着急。看样子她会被来路不明的男人欺骗和利用，而且她还是来自丸光园的同伴。三人商量后决定，一定要想办法救她。不仅要救她，还要引领她走向成功。

为此他们得出结论：在一定程度上告诉她未来的事情。他们也知道八十年代后期是被称为泡沫经济的时代，于是决定指导她如何巧妙投机。

三人用手机详细调查了那个时代的事情，然后如同预言般写进给迷途的小狗的信里，连泡沫经济破灭后的情况也一并写上了。不能直接用“互联网”这个词真的很不方便。

让他们拿不定主意的，是该不该把未来将会发生的事故和灾难也告诉她。一九九五年的阪神淡路大地震，二〇一一年的东日本大地震，想跟她说的事情像小山一样多。

但最后还是决定不提这些事。就像不告诉鱼店音乐人火灾的事情那样，他们觉得涉及人命的事情不能透露。

“不过我还是挺在意丸光园。”翔太说，“怎么什么事都跟它扯上关系？只是巧合吗？”

这一点敦也也暗自纳闷。如果说是巧合，也太巧了一点。他们今晚之所以会待在这种地方，也是因为丸光园。

养育过他们的孤儿院面临危机的消息，是从翔太那里知道的。那是上个月初，包括幸平在内，他们三人像平常那样凑到一起喝酒。不过地点并不是在小酒馆，他们从正在大减价的店里买来罐装啤酒和罐装苏打烧酒，在公园里推杯换盏。

“听说有个女社长要买下丸光园。说是要重建，肯定是骗人的。”

翔太被供职的家电商场炒了鱿鱼，靠给便利店打工勉强度日。那家便利店离丸光园很近，所以他现在还不时过去看看。顺便一提，他被家电商场解雇，纯粹是因为裁员。

“这下惨了。我本来还想着万一没地方住了，就去投奔那里呢。”幸平可怜巴巴地说。他目前无业，以前在汽车修理厂工作过，但今年五月修理厂突然倒闭，虽然眼下还住在工厂宿舍里，迟早会被扫地出门。

而敦也也失业了。到两个月前为止，他一直在一家配件加工厂上班。一天，厂里接到总公司一份新型配件的订单，因为和以往的配件尺寸相差太大，敦也再三确认，对方都坚称没错，他就依样生产，结果果然出了差错。听说是因为总公司方面的联系人是个刚入职的新手，搞错了数字的单位。虽然没有因此生产出大量不合格产品，责任却落到敦也头上，理由是他没有充分确认。

类似的事情之前已经发生很多次了。工厂在总公司面前永远抬不起头，上司也不替他们说话，一旦出了问题，总是敦也这样的底层工人背黑锅。

敦也终于忍无可忍。“我不干了！”他当场扔下这句话，离开了工厂。

他几乎没有存款。看到存折上的数字，他觉得快要不妙了。公寓的租金也已经两个月没交。

这样的三个人聚到一起，虽然很担心丸光园，却也无能为力，顶多只能骂骂那个试图购买的女社长。

是谁提出干这种事的，敦也已经记不清楚了。也许是他自己吧，不过不能肯定。他只记得自己握紧拳头，说了这么一句话：

“干吧！偷这个女人的钱，老天也会原谅我们！”

翔太和幸平也挥舞着拳头，干劲十足。

他们三人年龄相同，从初中到高中都在一起，什么样的坏事都干过。调包、扒窃、破坏自动售货机，只要是不使用暴力的偷窃行为，三个人差不多都没少干。现在想起来也很惊讶的，是他们居然几乎没被抓过。这多亏了他们遵守相应的规则，从不触犯禁忌，不在同样的地点反复犯案，也不重复使用同样的手段。

他们也闯过一次空门。那是高三的时候，因为面临找工作，说什么都要买一套新衣服。他们的目标是学校里最有钱的人家里。打听清楚这家人出门旅游的时间，仔细查看了防盗设施后，三个人行动了。至于万一失败会怎样，他们压根儿没想过。最后他们偷出了三万元现金。这笔钱正好放在打开的抽屉里，他们拿了钱就满足地逃走了。因为干得漂亮，这家人甚至没发现钱被偷了。真是个快乐的游戏。

不过自从高中毕业后，他们就洗手不干了。三个人都已经成年，一旦被抓，报纸上会登出名字。但这一次，谁也没提出反对。大概是因为每个人都被逼得走投无路，只想找个人发泄心头的焦躁吧。说老实话，敦也对丸光园的命运并不关心。虽然受过前任院长的关照，但他不喜欢苅谷。自从这家伙来了之后，丸光园的氛围就变得很糟糕。

翔太负责收集目标的相关情报。过了几天，三个人聚到一起时，翔太两眼放光地宣布：“有个好消息！我找到女社长的别墅了。自从听说她要来丸光园，我就弄了辆摩托车等着，一路跟踪找到了那个地方。那里距离丸光园大约二十分钟，房子看起来挺漂亮，不过如果要下手是小菜一碟，轻松就能溜进去。据邻居说，女社长一个月也不一定来一次。对了，我可没蠢到给邻居留下印象，你们不用担心。”

如果翔太的话是事实，那的确是个喜讯。问题是里面有没有值钱的东西。

“当然有了！”翔太斩钉截铁地说，“那个女社长全身上下都是名牌，别墅里肯定有珠宝什么的，还有高价的罐子啊画啊当摆设。”

说得也是，敦也和幸平同意了他的看法。老实说，有钱人的家里到底有些什么东西，他们其实一点概念也没有，脑子里想象出来的，都是动画和连续剧里那种毫无真实感的富人豪宅。

动手的日子定在九月十二日夜里。选择这一天并没有什么特别的理由。翔太打工的地方这天休息是最大的原因，但休息的日子其他时间也多的是，所以说，只是凑巧而已。

幸平弄来了行动用的汽车。这都靠他活用自己维修工的本领，不过弱点就是只能对付古董车。

九月十二日晚上十一点多，三人实施了行动。他们打破院子那边的玻璃门，拧开月牙锁，用这种老掉牙的手法轻松闯了进去。因为事先在玻璃上贴了胶带，破碎时并没有发出声音，碎片也没有四下飞散。

不出他们所料，宅邸内空无一人。当下他们一鼓作气，碰到什么拿什么，速战速决。可是也只高兴了这么一会儿，结果还是白忙一场。

家里该找的地方都找过了，却没有多少斩获。全身都是名牌货的女社长，为什么别墅却如此平民化呢？“奇怪。”翔太歪着头纳闷，可没有就是没有。

就在这时，房子附近传来停车的声音。三人立刻关掉手电筒。接着，玄关的门开了。敦也吓得直发抖，看样子，女社长竟然回来了。之前可不是这么说的！他心里发急，可是要抱怨也晚了。

玄关和走廊的灯亮了。脚步声愈来愈近，敦也心一横。

11

“喂，翔太。”敦也说，“你是怎么找到这间废弃屋的？你说是偶然发现，可一般谁也不会来这种地方吧？”

“嗯，老实说，的确不是偶然。”翔太一脸局促不安。

“果然是这样。到底是怎么回事？”

“别这么瞪着我嘛。其实也没什么，我不是说过，我跟踪女社长找到了那栋别墅吗？在那之前，女社长在这家店前停下来过。”

“停下？她来干吗？”

“我不知道。虽然不知道原因，不过她盯着这家店的招牌，目不转睛地看了好一会儿。这让我很好奇，所以调查了别墅之后又回来了一趟。我想着万一有什么事说不定可以派上用场，就记住了这个地方。”

“结果没想到这间废弃屋是匪夷所思的时间机器？”

翔太缩了缩肩膀。“可以这么说吧。”

敦也抱起胳膊，低声沉吟着，目光望向墙角的提包。

“那个女社长是什么人？叫什么名字？”

“武藤……什么来着？晴子？”翔太也歪头沉思。

敦也伸手拿过提包，拉开拉链，取出里面的手袋。要不是注意到玄关鞋柜上的车钥匙，这个手袋差点就成了漏网之鱼。当时他们一打开停在路上的汽车，就赫然发现躺在副驾驶座上的手袋，于是想都没想就塞进包里。

打开手袋，首先映入眼帘的是细长的藏青色钱包。敦也取出钱包，点了一遍里面的钞票，至少有二十万元。光凭这个钱包，这回就算没白干了。对借记卡和信用卡他没有兴趣。

手袋里还有汽车驾照，上面的名字是武藤晴美。从照片来看，可以说是个大美女。虽然翔太说她已经五十多岁了，但怎么看都不像。

翔太突然朝敦也望过来，眼里泛着几缕血丝，也许是睡眠不足吧。

“怎么了？”

“这个……包里有这个。”翔太递出一个信封。

“这是什么？怎么回事？”

敦也一问，翔太默默地把信封的正面亮给他看。一眼看过去，敦也的心差点跳了出来。

致浪矢杂货店——信封上是一行手写的字迹。

浪矢杂货店：

我在互联网上看到“仅此一夜的复活”的消息，这是真的吗？不过我相信是真的，所以写下了这封信。

您还记得吗？我就是一九八〇年夏天给您写过信的“迷途的小狗”。当时我刚从高中毕业，还是个幼稚的小姑娘，咨询的也是“我决心靠陪酒生活，该怎样说服周围的人”这种让人目瞪口呆的问题。

理所当然地，浪矢先生把我骂了一通，骂得可真是体无完肤啊。

可是年轻的我没那么容易接受。我坚持说明自己的身世、境遇，认为这是报答恩人的唯一途径。想必您也会觉得我是个倔强的女孩子，感到很厌烦吧。

可是浪矢先生不仅没有丢开我不管，叫我爱怎么做就怎么做，反而给了我建议，教导我今后应该怎样生活。而且那不是抽象的指教，充满了极为具体的细节。什么时候应该学习什么，经营什么，抛弃什么，坚持什么，简直可以称为预言。

我听从了浪矢先生的建议。坦白说，起初我半信半疑，但没过多久，我就确信社会的发展正如浪矢先生所料。从那时起，我再也没有怀疑过。

真是不可思议啊！为什么您能预料到泡沫经济的到来和崩溃呢？为什么您能准确预测到互联网时代的到来呢？不过现在问这些问题已经没有意义了。即使知道了答案，也不会改变什么。

所以我想要告诉浪矢先生的，只有以下这些话。

谢谢您的帮助。

我从心底感谢您。如果没有您的建议，就没有今天的我。弄得不好，也许会沉沦到社会底层。您永远是我的恩人。没能有所报答让我深感懊悔，那么至少，让我在此深深致谢吧。今后我也会帮助更多的人。

据网站上说，今晚是您的三十三周年忌日。而我写信向您咨询，正是在三十二年前的这个时候。这么说来，我应该是最后一个咨询者。这也是某种缘分吧，我不禁感慨。

愿您安息。

曾经的迷途小狗

读完信，敦也抱住了头。他觉得脑子仿佛麻木了，虽然很想说出现在的感受，却一个字也想不出来。

其他两人也一样，都抱着膝盖没动，翔太的视线似乎飘向了空中。

怎么会这样？拼命说服打算进入陪酒世界的少女，告诉她未来的种种事情，也就是刚刚才发生的事。看来她已经顺利成功了。可是三十二年后，敦也他们却袭击了她的家……

"一定有什么东西……"敦也低喃。

翔太转过脸。"什么东西？"

"就是……我也说不好。就是把浪矢杂货店和丸光园联结起来的东西。也许该说是看不见的细线吧，觉得有人在天上操纵着这根线。"

翔太抬头望着天花板。"也许吧。"

幸平突然"啊"了一声，看着后门。

后门敞开着。清晨的阳光洒了进来，天已经亮了。

"这封信已经没法寄到那边的浪矢杂货店啦。"幸平说。

"那也不要紧。因为这封信是寄给我们的。对吧，敦也？"翔太说，"这个人感谢的是我们。她写信对我们说谢谢，对我们这样的人，我们这种垃圾……"

敦也凝视着翔太的眼睛。他眼圈通红，泛着泪光。

"我相信这个人。我问她是不是要把丸光园改成情人酒店的时候，她不是说没有那个打算吗？那句话不是撒谎。迷途的小狗不会撒这种谎。"

敦也点了点头。他也有同感。

"那我们该怎么办？"幸平问。

"这还用说。"敦也站起身，"回到那栋房子，把偷来的东西还回去。"

“还要给她松绑，”翔太说，“蒙眼睛的毛巾、嘴巴上的胶带也要拿掉。”

“是啊。”

“然后呢？逃跑吗？”

幸平一问，敦也摇了摇头。“不跑。等警察来。”

翔太和幸平都没有反对。幸平只是垮下肩膀说了声：“要蹲班房啊。”

“这样算是自首，应该会得到缓刑。”说完，翔太望向敦也。“问题是以后，只怕更找不到工作了，那时该怎么办？”

敦也摇摇头。“我不知道。不过，有件事我已经决定了。今后再也不对别人的东西下手了。”

翔太和幸平都默默地点了点头。

收拾好东西，他们走出后门。阳光很耀眼，不知哪里传来麻雀的叫声。

敦也向牛奶箱望去。这一夜，这个小木箱不知被打开关上了多少次。想到再也不会去开它了，不禁觉得有点寂寞。

他决定最后再去打开一次。一开牛奶箱，发现里面放着一封信。

翔太和幸平走在前头。“喂！”敦也叫住两人，“里面有这个。”他把信封扬给他们看。

信封正面用钢笔写着“致无名氏朋友”，字迹相当漂亮。

敦也拆开信封，拿出里面的信纸。

> 这是给寄来一张白纸的朋友的回答。如果您不是那位寄信人，请将信放回原处。

敦也屏住了呼吸。刚才他确实把一张什么都没写的信纸投进了投递口，这封信就是对它的回答。写信的人，自然就是真正的浪矢爷爷了。

信的内容如下。

以下这段话是给无名氏朋友。

我这个老头子反复思索了你特地寄来一张白纸的理由。因为我觉得这一定是件很重要的事，不能随随便便地答复。我开动快要糊涂的脑筋想了又想，最后理解为，这代表没有地图。

如果把来找我咨询的人比喻成迷途的羔羊，通常他们手上都有地图，却没有去看，或是不知道自己目前的位置。

但我相信你不属于这两种情况。你的地图是一张白纸，所以即使想决定目的地，也不知道路在哪里。

地图是一张白纸，这当然很伤脑筋。任何人都会不知所措。

可是换个角度来看，正因为是一张白纸，才可以随心所欲地描绘地图。一切全在你自己。对你来说，一切都是自由的，在你面前是无限的可能。这可是很棒的事啊。我衷心祈祷你可以相信自己，无悔地燃烧自己的人生。

我以后应该不会再回答烦恼咨询了。感谢你在最后问了一个很有价值的难题。

浪矢杂货店

敦也从信纸上抬起头，正对上其他两人的视线。他们的眼睛里都闪着光芒。

自己的眼里也一定是这样，他想。

图书在版编目(CIP)数据

解忧杂货店/〔日〕东野圭吾著；李盈春译.—海口：南海出版公司，2014.5

ISBN 978-7-5442-7087-8

Ⅰ.①解…　Ⅱ.①东…②李…　Ⅲ.①长篇小说—日本—现代　Ⅳ.①I313.45

中国版本图书馆CIP数据核字(2014)第061528号

著作权合同登记号　图字：30—2012—139

解忧杂货店

〔日〕东野圭吾　著
李盈春　译

出　　版　南海出版公司　(0898)66568511
　　　　　海口市海秀中路51号星华大厦五楼　邮编　570206
发　　行　新经典发行有限公司
　　　　　电话(010)68423599　邮箱　editor@readinglife.com
经　　销　新华书店

责任编辑　张　锐
特邀编辑　史　诗
装帧设计　金　山
内文制作　田晓波

印　　刷　北京中科印刷有限公司
开　　本　850毫米×1168毫米　1/32
印　　张　9.25
字　　数　218千
版　　次　2014年5月第1版
印　　次　2017年9月第81次印刷
书　　号　ISBN 978-7-5442-7087-8
定　　价　39.50元